送爸妈一支玫瑰

刘向阳 著

图书在版编目（CIP）数据

送爸妈一支玫瑰 / 刘向阳著 . -- 南昌 : 江西高校出版社, 2024.1

（全民微阅读系列）

ISBN 978-7-5762-1004-0

Ⅰ . ①送… Ⅱ . ①刘… Ⅲ . ①小小说—小说集—中国—当代 Ⅳ . ① I247.82

中国版本图书馆 CIP 数据核字（2021）第 037539 号

送爸妈一支玫瑰

SONG BAMA YI ZHI MEIGUI

出版发行	江西高校出版社
地　　址	江西省南昌市洪都北大道 96 号
总编室电话	（0791）88504319
销售电话	（0791）87919722
网　　址	www.juacp.com
印　　刷	永清县晔盛亚胶印有限公司
经　　销	全国新华书店
开　　本	700mm × 1000mm　1/16
印　　张	17.5
字　　数	234 千字
版　　次	2024年 1 月第 1 版
	2024年 1 月第 1 次印刷
书　　号	ISBN 978-7-5762-1004-0
定　　价	58.00 元

赣版权登字 -07-2021-249

序

文化自信从读写开始

杨晓敏

近年来，随着互联网技术的不断推广升级，现代信息技术已遍布各行各业。微博、微信、微小说、微电影，各类“微”产品，以网络阅读、手机阅读、电子书阅读、光盘阅读的形式，进入大众视野。但这种碎片化、快餐式的阅读，仅仅可以作为传统阅读的一种有效补充与辅助，却不能完全代替传统阅读。

我国经济建设的腾飞，带动并刺激着文化事业的极大进步，而文化软实力的增长，又为经济跨越式发展提供着强有力的智力资本的支持。正是这种强有力的智力资本支持，慢慢建立起了我们的民族文化自信。

学习的基本途径是阅读。一个人的阅读力量，决定着个人学习的力量、思考的力量、实践的力量；所有人的阅读力量，决定着一个民族文化的力量、精神的力量、创新的力量。伟大的中华民族复兴之梦，要靠全国人民共同缔造实现。提高全民素质，提升全民文化自信，繁荣民族文化，从阅读开始。

为了提高全民素质，建设书香社会，政府正采取一系列有效举措，营造阅读环境，倡导全民阅读。譬如开展读书日、读书月活动，一些省市地区通过整合全民阅读资源，打造了一批有广泛影响力的全民阅读“书香”品牌；还有些地区创办“农家书屋”，送书下乡，让书香墨香飘进寻常百姓家。

作为近三十年才成长起来的一种新文体，小小说的质朴与单纯，简洁与明朗，加上理性思维与艺术趣味的有机融合及其本身的亲和力，散发出让青少年产生浓郁兴趣的魅力。小小说是一种新文体的再造，是训练作家的最好学校；小小说贴近生活，紧扣时代脉搏，大千世界，瞬息万变，小小说能以艺术的形式，迅速地反映生活热点，传导社会信息，是观察社会生活的一扇窗口；小小说可以培养青少年的想象力，让他们展开翅膀飞翔。近些年来，大量小小说编入高考作文，入选各类优秀阅读丛书，正为越来越多的年轻读者所喜爱，显示出它强大而茁壮的生命力。

杨晓敏，河南省获嘉县人，1956 年 11 月出生。河南省作家协会副主席、河南省小小说学会会长。曾任《小小说选刊》《百花园》主编 20 余年，编刊千余期，著述 7 部、编纂图书近 400 卷。

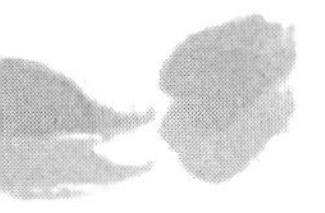
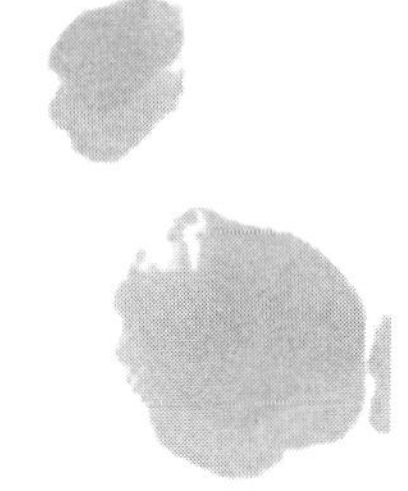

目　录

第一辑　乡村振兴

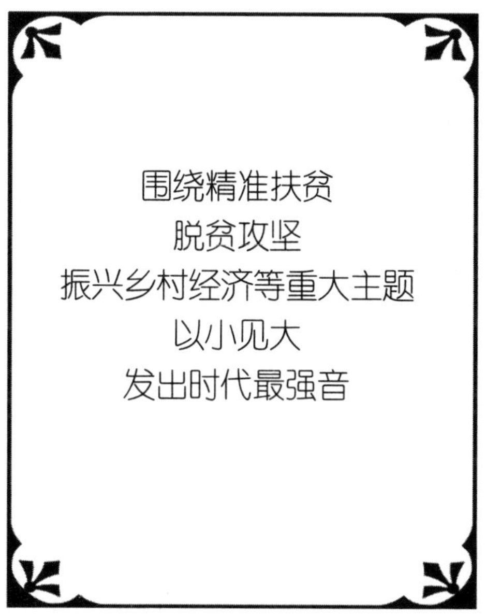

功　夫

双掌平推，食指微弯，霍霍霍，似有一股气势排山倒海而来……

大侠又练功了。只见他挺胸收腹，剑眉倒竖，手的动作幅度加大，引发教室里一阵窃笑。

大侠姓马，名慕阳，身材偏瘦，皮肤黝黑，好读武侠小说。每有会意，手舞足蹈，比画不停。晚自习过后，寝室灯熄，他却毫无睡意，去操场做俯卧撑或引体向上，大汗淋漓而归。室友被惊醒，一个个探出头来，呵斥指责。大侠吐吐舌头，马步一扎，两手前后伸张，模仿李小龙“哇哇”怪叫，惹得众人恼也不是，骂也不是，无可奈何蒙头睡去。

大侠练功起得早。晨雾未散，他已跑完数圈，拎着一盒热腾腾的炒粉，站在女生宿舍楼下张望。走廊上飘荡着女生们五颜六色的衣裙，那条绿色连衣裙像一只翩然若飞的蝴蝶。全校文艺会演，“蝴蝶”长发飘飘，巧笑倩兮，裙裾飞扬……“蝴蝶”芳名谭芊芊，温婉可人。可她还没下来，大侠摇摇头，走了。

那时候天总是很蓝，那时的男生都中了武侠小说的毒，幻想着仗剑走天涯，大展拳脚，英雄救美。大侠恋得更痴，恨不能跺几脚就会天崩地裂。芊芊坐他前排，近在咫尺，花香可嗅，却从未对他回眸一笑。

临近高考，学习任务紧，芊芊背英语单词忙过了头，饿得头晕眼花，匆匆跑去食堂打饭菜，结果吃到了虫子，吓得花容失色，瘫坐在地。恰巧大侠来了。大侠终于有机会出手了。众目睽睽之下，他端起芊芊的饭盆，直扑工友师傅，责问哪来的虫子。工友师傅找来了管食堂的周老师。周老师不上课，负责采购和卫生管理，因学生伙食分量少，价格贵，外号“周剥皮”。面对大侠的质问，周剥皮冷笑一声：“你算老几？轮得到你说话吗？爱吃不吃！”大侠年少气盛，侠义之心油然而生，挥拳揍向周剥皮。谁也没料到，周剥皮徒有一副皮囊，却根本不是大侠的对手，即刻被大侠撂翻在地，痛得喊爹叫娘。“好呀！”芊芊兴奋得跳起来。其他围观者也纷纷叫好。回到教室，迎接大侠的是雷鸣般的掌声。大侠又是抱拳，又是憨笑，大有英雄凯旋之感。

七月之后，芊芊金榜题名，过长江，跨黄河，北上读大学。可大侠呢，参加高考的机会都被剥夺了。什么原因？打架斗殴呗。大侠找食堂的茬儿，动手打人，无异于太岁头上动土。

回乡窝了两年后，大侠南下广东谋生。起初在流水线上挥洒汗水，一天十二小时，下了班就想躺下。后分到搬运组，劳动强度虽大，自由支配的时间却多了，打球下棋，生活丰富多彩。

大侠也谈恋爱，和包装部的曼妞聊得火热。曼妞来自河南，长相平平。一旦大侠加班，曼妞就提前去给他打夜宵，看着他吃。有时张开嘴巴，等他喂几口，甜蜜死了。工厂效益不好时，曼妞无所事事，背着大侠出入酒店歌厅，灯红酒绿的生活让她迷失了方向。大侠知道后，强忍怒火，希望她跟他回湖南，另谋出路，她答应了，可过了几天，又跟别的男人勾肩搭背，招摇过市。大侠忍无可忍，冲过去揪住曼妞，厉声质问。曼妞喷着酒气，哼了一声：“你是我什么人？管得着吗？”大侠牙根咬得脆响，挥手给她一巴掌，殷红的血渗了出来。那男人叫来了几个卷头发青年，三下五除二，就把大侠打趴在地，进医院躺了半月之久。而曼妞再无踪影，人间蒸发。

养好伤后，大侠身心疲惫地回到了家乡。没赚到钱，家中一贫如洗，父母唉声叹气。他没精打采地来到街上，打算卖掉三只黑山羊填补家用。有人说，如果你的羊再多几只我就好办了，价格高一点都没关系，外面

货源紧呐。说者无心，听者有意，大侠像打了鸡血一样亢奋，马上到周边县市去考察，发现大多数人家是养几只黑山羊来填补家用，没人大规模养殖。他赶紧走亲访友，跑信用社，借钱引进五十只黑山羊，后来扩大到了八千多只，并且与各大火锅店建立了长期的合作关系。

黑山羊毛色纯黑，闪光发亮，漫山遍野，爱煞人了。曾有人打歪主意，趁黑夜盗羊，被大侠逮个正着。来人是老驼，身体有残疾，加上老婆死得早，带着女儿艰难度日。大侠让红着脸的老驼走了，也没在村上声张，过年时还送去一腿羊肉。后来，老驼成了大侠的帮手。几年下来，大侠成立了合作社，带动村民发展养殖业致富，自己的腰包鼓了，小洋楼也竖起了，还收获了爱情，与老驼的女儿喜结良缘。

方圆数十里，大侠成了名人。他的事迹经媒体报道，上了电视，被昔日同学看到了。同学聚会，推杯换盏，把酒言欢，不知是谁提到了大侠。有女同学指着电视尖叫：“那不是马慕阳吗！”众人皆紧盯荧屏，大呼，是他，马大侠。没想到这小子养羊出了名，捐资修路，改建村小学，十足的土豪啊。

有同学极力撺掇芊芊联系大侠。芊芊也不拒绝，打电话给大侠，说同学们都很想他，希望抽空聚一聚。于是，相约华泰大酒店吃晚餐，集体上歌厅 K 歌一把，畅聊友情。

光影斑驳，酒酣耳热。有同学戏言，请大侠表演功夫，回味青春，助助酒兴。大侠嘿嘿一笑，功夫早丢了，还是唱首歌吧：“再回首……才知道平平淡淡从从容容才是真……再回首我心依旧，只有那无尽的长路伴着我。”

掌声雷动，大侠眼里泪花闪烁。唱完后，大侠悄悄地来到前台结账，又悄悄离去。

野樱桃

樱桃树下，小如扯开嗓子朝屋里喊："妈妈，好多漂亮小车呀。"

屋内，张莲飞舞一双巧手，把一根根麻壳笋变成雪白的仙女。笋经开水浸泡，晒干贮存，日后便是一道美味佳肴。

"妈妈，家里来客人啦……"小如涨红了脸。

游客已走上张莲家地坪，带队的是作协陈主席，他问："小朋友，你叫什么名字？几岁啦？"

小如羞怯一笑，指着樱桃树说："我叫小如，跟它一样大。"她的回答充满童趣，把大家逗乐了。樱桃果实尚未熟透，泛着青亮的光，闪耀在枝头，有些快垂到头顶了。经不住樱桃的诱惑，有人攀枝摘果塞进嘴里，小如见了，鼻子一抽，哇哇大哭。哭声惊动了张莲，她急匆匆地跑出来，搂过小如安抚："傻丫头，哭啥子？来的都是客嘛。"扭头望向陈主席，笑道，"你们尽管吃，好吃就多摘一些。"张莲肤色黝黑，左额有一块紫色伤疤，状若豌豆。

游客们尴尬地笑着，谁也不动了。张莲很快旋进屋子，端出一盘洗净的樱桃，请大家品尝。陈主席吃了几颗，甜中带酸，还夹杂着一丝苦涩味，就问张莲："你这树哪来的？"

"四川。"

"这么远？相隔万水千山，肯定有故事呗。"陈主席示意大家坐下，张莲也不推辞，娓娓道来。

“我老家多樱桃，每到仲夏，总要上山采摘，吃不了，就背到集上卖掉。二十岁那年，我到深圳打工，喜欢上了宝生，嘻嘻……我俩就走到了一起……我们每天加班很晚，住最廉价的房子，一日三餐酸菜辣酱下饭，也没攒啥子钱。”

“每次提起家乡，宝生就叹气。村子田少地薄，交通落后，人们生活清苦。他每天要往返二十多里山路，步行到山外的学校读初中，清晨出发，摸黑回家……他没有辜负双亲的期望，考上了市高中。然而高考前，他接到父亲病危的消息，连夜回家，也没见上最后一面。原来此前一天，他父亲到镇上挑化肥，返回时抄近路，不小心摔落悬崖。之后，他就南下深圳……”

“那年中秋，我请假回家。酒桌上，父亲介绍一个陌生男人给我认识，我从他的眼神里读出了内容。返厂前，我跟父母挑明了与宝生的关系。父亲脸色铁青，狠狠地嘬了一口烟，操起小板凳砸向我……”

讲到这里，张莲不经意地摸了一下额角，两眼湿润。

“来，吃樱桃。”张莲泪中带笑，招呼大家。

“那男的条件如何？”陈主席问。

“他父亲是乡长，母亲是中学校长；离异，有小孩……”透过簇簇樱桃，凝望翠绿群山，张莲的思绪又回到了十年前。

由川返深不久，张莲和宝生双双辞职，在湘乡举办了一场简单的婚礼。新婚不久，张莲就走了，过了一个月，她又回来了，怀揣户口迁移证明，手里还捧着一棵鲜活的樱桃苗，下地栽种时，村里人都跑来看稀奇。转眼到了腊月，张莲分娩生产，伴随着小如嘹亮的啼哭声，生机勃勃的樱桃竟也开出了洁白的小花！

“刚来时，有人说我在这穷山沟里待不了几年，可我偏偏没走，爱上了这里，就像这棵樱桃，深深地扎下根来，开花结果。”张莲不无感慨。

“宝生呢？”

“他可是大忙人啊。十年前，大伙推他当村主任，集资修路，头一个月没筹到一分钱，急得他昼夜不眠。我心疼，也盼着早日修好路，就把母亲给的一万元‘压箱钱’拿出来带个头，总算凑齐资金，打通了与外界联系的公路。之后，他又带领大伙栽板栗柑橘，种紫藤花，建屋场，开发小水溶洞，搞旅游休闲……”

返城时，游客一一与张莲母女道别。车队愈行愈远，人与樱桃也越来越小，最后与那山水融为一体了。

父亲是村支书

天色渐暗，夜幕即将降临。

硬化后的村道平坦光滑，映射出几缕稀疏光影；偶有村民晚归，夹杂着犬吠和孩童的啼哭声。拐下村道，是一条狭窄多坑的土路，蜿蜒似蛇，扭向我家。天已墨黑，山影重重，我心里害怕，慌慌地往家赶。许是步子迈得大了一些，我被石子绊倒在地，崴了左脚，钻心地痛。

家家户户水泥路修到了门前，就我家还是烂路，雨天一身泥，晴天一身灰……我气愤地踢开家门，书包一丢，眼泪纷飞："这书我不念了！"

娘煞是惊讶，一边张罗饭菜一边唠叨："你去学校，怎么又回来了？耽搁明天的课程可不行！你呀，肯定是贪玩，误了坐车。"

"才不是呢。托书记大人的福，村村通，户户通，就咱家毛路一条，害得我走路摔跤，万一摔个脑震荡什么的，上不了学，讨不到堂客，您就抱不了孙子……"

"你哪来那么多牢骚？饭菜都堵不住你的嘴！"娘心疼地替我揉着脚踝。

我道出了回家的缘由。下午返校，父亲从后面跟上了我。他提个旧公文包，穿着老土，背部微驼，都快谢顶了。平时父亲跟我单独交流少，同行至公路边，父亲话也不多，仅叮嘱几句"学习要紧"云云。有乡政府的小车开过来，送父亲进城出席全县"优秀村干部"表彰会。我欣喜若狂，想都没想，美滋滋地钻进车内。车子刚要起步，父亲便让司机停车，连劝带骂拽我下来，说挤着坐不安全，坐中巴车上学好啊，可以欣赏沿途风光……我心里那个火啊，猛地甩掉他塞给我的皱巴巴的钞票，扭头就跑。班主任的女儿学习成绩比我差，却评上了“三好学生”，还不是沾她父亲的光！而我家刘大书记呢，搭一回顺风车都不行，真气人！

当然，我隐瞒了最关键的因素：我心里憋屈难受，不愿意傻傻地站那儿等车，而是去了村小学打乒乓球，横挑竖劈，越杀越过瘾，晚来天欲黑，才晓得错过了最后一趟进城的中巴车。

我讲完后，娘幽幽地叹气：“莫怪你爹，他就那脾气，心中只有集体，从不谋取私利。你大哥就恨死了他。”

那一年，教育局招民办教师，一村一人，众皆以为非大哥莫属。然而出人意料的是，父亲把名额给了村尾坳坨李寡妇之子阿忠。大哥好悲伤啊，以绝食、跳河、出走等方式相逼，也未能走上三尺讲台，只得抱一坛米酒，醉卧后山杉林，红肿着双眼，又哭又笑。倒是阿忠执教多年后享政策之福，转了公办教师，退休后工资三四千元，晚年生活高枕无忧。

阿忠的父亲我有印象，高高大大，蛮劲十足，一把将我举起，撂上肩头，奔跑如风，吓得我哇哇大哭。我好怕他，见了就躲。躲过几次后，我就不必躲了。那会儿修韶山灌渠，村里人热情高涨，早上去，夜里回。有一次回得晚一些，车未停稳，他就急于往下跳，不晓得怎么头部先落地，重重地撞在尖硬的岩石上，血流如注，一命呜呼。

阿忠跟大哥同年，上山打柴，下河摸鱼，总是形影相随。阿忠高大威猛，能挑重担。一担硬柴，重达二百斤，阿忠搓搓手，挑将起来。大哥挑得轻一些，走在前面，忽听后面传来扁担的爆裂声，紧接着听到阿忠的惨叫，大哥急忙跑上去，一瞅不得了，阿忠摔下了山涧……上医院打针吃药，遍寻民间偏方，终究没保住右臂，阿忠成了残疾人。

“虽然阿忠空着一只袖子，但他还有左手，可用左手写字，当民办老师。你肢体健全，有手有脚，完全可以干别的事啊！”父亲在杉林对大哥说的一席话，我全偷听到了。是父亲让我跟着大哥的。父亲到底担

心大哥啊。我看见父亲眸子里闪着晶莹的泪花。

表彰会后新春到，父亲又去了一趟县城，回来后屋都不归，就去了坳坨。简直丢人现眼！李寡妇的饭菜比娘做得要好吃一些吗？坳坨的水泡茶比娘烧得更甜更香？娘醋意顿起，径直去找父亲。

娘到了坳坨口，脚步再没往前挪了。娘看到了一辆四轮汽车，满车翠绿惹眼的树秧子，有桃树、柑橘、板栗、香梨、枇杷等等。一些领了果苗的村民，高高兴兴地奔向山头，挥锄挖坑，栽种美好希望。

“难怪大崽打工寄回来的八千块钱不见了。”娘喃喃自语，“这个死老倌子，回家不收拾你！”

留住青蛙

杨丽优雅地站在包厢门口。一个矮壮敦厚的男人急忙起身，紧紧握住她的手，“杨老师，我是张富贵，您还认得我吗？”

“张富贵，你变得我快认不出来了。接到电话时，声音陌生，没听出来……这些年，你在哪儿混出息了？”

“北京。”落座后，富贵特激动，颤抖着手递上一个盒子，“这次回来，什么礼物也没带，送您一双鞋子。”

“送礼就俗气了。”杨丽搅动着杯中的菊花。

“这是学生工厂的产品，就算给您做纪念吧。”富贵目含笑意。

“你小子开公司了？！”杨丽睁大眼睛，竖起了大拇指。

富贵挺了一下身子。

杨丽打量着鞋盒——墨绿的田野，饱满的水稻，憨态十足的青蛙鼓劲鸣唱，给人无限遐想。“你小子做的皮鞋无论是外观还是质量都很好。只是怎么想到取‘青蛙’这个名字？”她取出鞋子，爱不释手。

“您还记得那堂课吗？”富贵的声音低沉下去。杨丽迎着那对执拗的眸子，倏忽间，脑子里闪过三十年前的事情。

那时，杨丽在郊区一所小学任教，距县城十多里。村名画岭，峰峦绵延，岩石遍布。村里的孩子发蒙迟，富贵就是十岁上的学。课堂上，她指着教学图案，讲解青蛙是人类的朋友，绝不能滥捕滥捉，破坏生态平衡；要爱护青蛙，留住碧水蓝天。然后，她教孩子们朗读，大家就大声地跟着读“青蛙”。许是有人捣蛋，不念“青蛙”，怪腔怪调地读“麻拐”（湖南方言，麻拐即青蛙），逗得全班同学哄堂大笑。她四下逡巡，锁定“祸源”，气咻咻地走到后排一男孩跟前，“张富贵，你站起来，跟老师念，青蛙。”

“麻拐。”富贵倔强地扭着头。

“青蛙。”她教鞭一挥，轻戳他的肩头。

“麻拐。”富贵表情漠然。

“青蛙！青蛙！青蛙！”她近乎歇斯底里了。

“麻拐！麻拐！麻拐！”富贵像疯了似的，瞪着红肿的双眼，全无惧色。

那一堂课，教室变成了春天的百花园，似有万千野鸟在呢喃叽喳。下课后，“麻拐麻拐”的戏谑声此起彼伏，响彻校园……

“富贵，不，张总，你心里一直在记恨我，是吗？所以，你送我‘青蛙’皮鞋，是要给我穿小鞋呀。”杨丽盯着他，莞尔一笑。

“您误会了。那时家里穷，父母无力供三个孩子读书，我哥便辍学外出谋生。父亲为了给我和妹妹筹学费，白天到矿山卖苦力，当搬运工；晚上用矿灯去稻田照青蛙，送县城菜市场，外号‘张青蛙’。父亲有时也带我去，我喜欢听他模仿青蛙呱呱叫，惟妙惟肖呵。后来上面下发了通知，严禁捕蛙。有一天晚上，天热无风，父亲悄悄地往外溜，我紧跟上去。田野荧光点点，父亲搜寻了好几条田埂，终于发现了一只青蛙。我毛躁地冲到前面，想要一试身手，父亲迅捷地把我推开，‘哎哟’一声，弯腰抱住左腿……父亲为救我，被‘百步蛇’咬了，送医院抢救也回天无术……我嗓子都哭哑了，天塌了似的……每当别人提起青蛙，我就会想到父亲，心里特别难受，所以才那样放肆对您……”

杨丽脸颊一热，顿感愧疚。那天，她一气之下拧着他的耳朵，拖到操场上罚站，晒得他头晕目眩，昏倒在地。午餐后，她悠闲地坐等他来做检讨，校长板着脸走进来，劈头盖脸一阵训斥：“杨老师，你犯了天大的错误，竟然体罚学生！还送医院了……成何体统？”不久，她背着“违背职业道德”的处分调离了教师岗位。

“当时，我并没有中暑，只是汗水流进眼里，受不了，才故意装作昏迷躺倒。您因为我教师都没当了，实在对不起啊。”

“我态度粗暴，该说‘对不起’的是我。”杨丽眼角湿润了，“我曾去过你家，可是……”

“父亲去世一年后，娘带着妹妹改嫁了，我不得不投奔哥哥。在北京街头，我从擦鞋起步，修鞋，进鞋厂当学徒，又辞职搞小作坊，渐渐扩大规模，办起了七八十人的鞋厂。”富贵平静地讲述他创业的艰辛历程。

“注册‘青蛙’商标，不仅仅是纪念你的父亲吧？”杨丽问。

“在外打拼，我思念父亲，故乡的蛙鸣时常萦绕在梦中。可如今，有个叫潘兴邦的老板看上了画岭的石头，投资开发采石项目，昔日的碧水蓝天变得满目疮痍，巴掌大的几亩水田修路建房，哪里还有蛙声咯。”富贵重重地叹了口气，抬眼望向她。

杨丽摩挲着“青蛙”的手哆嗦了一下。潘兴邦是她老公呢。

戏 味

一缕炊烟袅袅升起，莫雯伟生火做饭，给爷爷熬好中药，就去上学。

蒙蒙雾霭，路上行人稀少。莫雯伟对着村落田畴，总要哼几段花鼓戏曲调。那一畦畦油菜花，露珠初绽；那一树树梨花，白得耀眼，多么富有诗情画意。放学后，四下无人，莫雯伟又来了兴致，唱《打铜锣》《补锅》等桥段，回声荡漾。

初中毕业后，莫雯伟加入了小戈负责的文工团，参加全乡文艺调演，跟小戈演的《刘海砍樵》夺得头名，好不激动。谈婚论嫁时，莫雯伟一点也不着急，爷爷旁敲侧击，才晓得孙女喜欢上了小戈，还非他不嫁呢。小戈大莫雯伟十三岁，一人吃饱，全家不饿，且憨头憨脑，只会唱戏，将来能给孙女幸福？急得爷爷吐血。

小戈原本对婚姻没什么指望了，面对莫雯伟的狂热追求，坠入情网而不能自拔，爱情的甜蜜让他愿意为之付出一切。就在这时，县花鼓戏剧团招人，莫雯伟一考即中，顺利跳出农门，当了演员，吃了国家粮。为了追逐心中的梦想，莫雯伟断绝了与小戈的往来。

下腰、压腿、劈叉……周而复始，艰苦磨砺，莫雯伟终于能独挑大梁了。好消息也接踵而至，剧团拿到了省艺校定向委培名额，莫雯伟脱颖而出，幸运地去了长沙。经过一系列专业化课程的洗礼，接受老师一对一的精心指导，流血淌汗地苦练，膝盖摔破了也咬牙挺住……功夫不负有心人。培训回团后，莫雯伟成了团里的台柱子，每次演出，观众都点名要看莫雯伟的戏，人山人海，盛况空前。

油菜花开，莫雯伟做了新娘，新郎乃团长之子。

那些年，可谓花鼓戏的黄金时代，一票难求。莫雯伟是戏痴，专注于演出，精益求精，频频获奖。可世事难料。20 世纪 90 年代，打工潮风起云涌，网络飞入寻常百姓家，花鼓戏不景气，无人问津，剧团连工资都发不下，演员们也走得快差不多了——下海，经商，摆地摊，卖烤红薯……真是祸不单行，恰巧此时，爷爷病危，她火急火燎赶回画岭，可是，最疼她的爷爷已听不到她的呼唤了。

葬礼上，莫雯伟披麻戴孝，跪唱一折丧戏，泪水挂满了她的脸颊。她觉得对不起爷爷，只顾自己追梦，忽视了风烛残年的老人，就连最后一面也没见上。丧事完毕，莫雯伟悲戚戚地返回剧团。

秋叶飘零，一派萧条。莫雯伟毅然留下来了。

活人还会被尿憋死？莫雯伟和丈夫豁出去了。红白喜事，建房搬家，都要请人唱戏。莫雯伟放下架子，不论报价高低，来者不拒。

有一次，丈夫骑摩托车载她到离画岭不远的村子打花鼓，休息时听人闲聊，画岭有男童不幸栽入水库溺亡，男童父亲闻讯后当即晕倒。莫雯伟随口问，他父亲哪个？答是小戈。他堂客叫军胖，反应迟钝，傻里巴叽的……有两女一男，男孩才六岁，抢着抱树秧子，不料……唉，造孽啊。文工团解散后，别人都跑出去打工，包工程，做生意，他倒好，哪也不去，没人照管的田土山水，他搞得热火朝天，种田，栽树，养鱼……

小戈，小戈，人到中年，该喊老戈咯。莫雯伟默念着那个熟悉的名字，愧疚、怜悯等情感纠结于心，她的眼角湿润了。

苦水浸泡着熬过了凛冽的寒冬，花鼓戏的春天来到了。“精美湘潭”送戏下乡大型活动启动，莫雯伟多年的艰苦坚守总算有了回报。艺术家们走进田间地头，推陈出新，吹拉弹唱，场面火爆。譬如画岭，还差人相邀哩。

近乡情更怯。莫雯伟踏上画岭的土地，心潮澎湃。故乡宛若一幅秀美的画卷，山峰翠绿，溪水潺潺。老戈的千亩油菜基地蜂飞蝶舞，梨花洁白胜雪，桃花粉面含春。花海丛中戏台高筑，人头攒动。莫雯伟玉唇轻启，大声放歌，激情四射，把人都唱醉了，手机相机闪烁不停，叫好声喝彩声不绝于耳。

一曲唱罢，莫雯伟找寻着那双眸子。

“谢谢老戈请戏进村啊。”

“呵呵，你天生一副好嗓子，不枉我当年把唯一的招人名额让给你……”

背转身去，莫雯伟哭了。

却见花团锦簇，生机盎然，乡村大舞台的帷幕已徐徐拉开。

愿作画岭一棵杉

工地后面砌挡土墙，民工图省事，基脚没挖好就匆匆忙忙填土埋石，表面竖一排石头，抹上水泥敷衍了事。我不知情，轻轻一踩，墙面立马露出西瓜大的窟窿，里面松散的土石一览无余。

“这不是帮我，是害我。马上返工！”我板着面孔。

大伙垂头丧气，无人动手。

“你们是聋子，没听见我说话？”我怒不可遏。

有人开始撬石拆墙，只有马良依旧站着没动。

“你白痴啊，还不动！”我指着马良，目光威严。

“在老乡面前耍么子威风？贼牯子！”马良带着嘲笑的口吻。他最后吐出来的三个字，犹如一颗炸弹，引爆了沉闷的工地——大伙的哄笑像鞭子，猛烈地抽打着我发烫的脸颊。

我怒视马良，“你给我滚！滚！”

马良红着脸，尴尬一笑，悻悻地溜了。

次日，我去找马良道歉，毕竟我态度也不好嘛。“嘀”的一声，是他发来的短信：“无意中骂你‘贼牯子’，伤害了你，没脸留下来。画岭回不去了，我已南下。请原谅我不辞而别。”

我能理解马良内心深处的痛楚。老婆跟人跑了，女儿又不听话，在学校跟同学打架，被逼着脱光衣服，拍成视频，传到网上……书念不成了，无奈之下送到外婆家。马良惶惶如丧家之犬，只身投奔我，却当着

民工的面剜我的伤疤……

画岭乃山区，田地稀少，一日三餐吃红薯，穿的是蓑衣，住的是杉树皮搭成的茅棚。那晚漆黑如墨，林中静得可怕。我和伙伴没有亮光，也不敢大口喘气，只有你推我扯地来回锯树，提心吊胆伐倒两棵，远处就响起了急促的犬吠。不好，一定是马良的父亲发觉了！他是守林员啊。我们吓得分头逃窜。大约跑了 300 米，我就被白晃晃的手电强光给罩住了——前面是悬岩，两侧为荆棘，我无路可逃，一咬牙，转身跪向老马，流泪求饶。

“你站着比树直，为何不挺胸做人？”老马虎着脸训斥，“都像你一样，画岭还不被砍光啊！”

我鸡啄米似的磕头：“叔，实在冇法子，我答应了小玉住新房子的……我知道，偷树可耻，可我这是第一次……”

马良从老马身后跳出来，气咻咻地揪住我，啐我一脸口水。“都是因为你，小玉才跟我分手的，也不晓得你灌了么子迷魂汤……”马良气急败坏，求父亲千万别放过我。老马却不听儿子的，一把推开他，拍拍我肩膀，说：“只怪画岭太穷了，才逼得堂堂男儿来做贼。这次且放过你，画岭以后还得靠你们啊。”又嘱咐马良切莫对外声张，让我赶快走人了事。

我霸得蛮，吃得苦，到长沙的工地担砖搬石，慢慢获得工头赏识，做了管工。历经多年的摸爬滚打，也积累了一些经验和资本，便招兵买马，自立门户，成了一名建筑老板。

我一直记得老马当年说过的话。平时，我喜欢看新闻，时刻关注家乡的变化。得知家乡将建园林城市，涟水河两岸要打造成休闲风光带时，我就想回村办一家园林工艺构件厂，起码可以安排一些老乡就业呀。

“画岭距城远，交通不便，什么原因促成你把厂子办到村里？”记者问。建厂第二年，电视台派人来采访我。

青翠杉林，楼舍点缀，金光闪闪。我带他们来到厂后山坡上拍摄。

“画岭过去虽然落后，但杉竹纵横，鸡犬相闻，烟火氤氲。可现在，路通了，经济好了，家家有楼房，却空着无人住，人都去外面打工了啊。村里的留守妇女，跑了好几个；留守儿童，亲情缺失，也容易出问题……假如家门口能挣钱，谁愿意背井离乡？只有留住人，画岭才有未来。”

“所以你坚持把厂子办到村里，不愿她抽空了心！”记者说。

我郑重地点点头。不远处是一棵棵笔直坚挺的杉树，奋力向上擎着，一眼望不到边。

以《致富不忘乡邻，助力“精准扶贫”》为题的电视专题播出后，社会反响强烈。忽一日，久未联系的马良打来电话，激动地说：“我们在外的游子，都想回到画岭的怀抱！”

阿牛传奇

春节回乡，发小聚会，问到阿牛，大家三缄其口，保持沉默。

有人嗫嗫嚅嚅说没通知他。

为什么呢?

一个大老爷们儿吃低保，大伙担心他面子上过不去，扫了聚会的兴。

又是一阵沉默。

阿牛与我同年，一起发蒙，一起进山赶牛屁股，牧笛横吹。如今落到吃低保的地步，换了谁都会觉得难堪，何况他正当壮年!

回城前，我去了一趟画岭最高峰——牛头岭，但没见到阿牛。岭上柴草枯黄，几畦菜园星罗棋布。三间老屋横陈，一头母牛静卧，似在反刍往昔岁月。母牛精瘦，老态尽显。它年轻时肥硕丰腴，浑身有使不完的浪劲，引我家公牛追得满山跑。我们担心俩畜生掉沟坎摔了腿脚，远远地跟着，累得气喘吁吁。阿牛直骂，看我追上你，不打死你，骚货!

正是春天，山谷里满眼嫩绿的野草，岭脊坡背繁花点点，惹人心醉。我们爬上山顶，抬眼望牛，立马移开视线。我问阿牛：“它们做什么了?”阿牛坏坏一笑：“公牛母牛在一起，还能做什么?”我双颊烫得似火烧，羞死人了。我俩背靠背坐在青石板上，默然无语。又同时转身，你看我，我看你，挤眉弄眼，嬉笑不止。

我问他长大想做什么?他说：“没想过，也许放牛呗。每天把牛赶到青草肥沃的山上，吃饱吃好了，就能下健康的牛崽子。牛崽子长啊长，长成牛犊子，卖了可抵我学费呢。”又侧脸窥我，“你呢？”我不假思索：“诗人。”

“噗——哈哈！”阿牛笑得眼泪鼻涕都来了。“诗人？好浪漫呀。”

阿牛的嘲笑是有预见的。我至今没成为诗人，业余爱好写点小说，自娱自乐。阿牛呢？

阿牛学习成绩优良，写得一手漂亮的钢笔字，我有点嫉妒他。最让我艳羡的是，高中三年，有位伊人一直喜欢他，给他写朦胧的情书，邮寄馨香的明信片，他却装作一无所知。伊人也是我们村的，就读于隔河相望的东台山下。其实啊，阿牛每次去登山、踏青、看油菜花，单车后座上总是载着那位伊人，裙袂飞扬。

高考过后，阿牛读湖大，伊人回家乡，两情该断了吧。世人也这么认为。一个高等学府，一个贫瘠乡村，天地之别呵。那伟大的“鹊桥相会”是一个童话，而童话都是骗人的。可是一年后，阿牛辍学了，回到牛头岭，开荒种地，承包果林，娶伊人为妻，真正亮瞎人们的眼——童话变成了现实，灰姑娘做了幸福的新娘。

阿牛兄长多，皆摸锄头扁担，脸朝黄土背朝天。父母指望阿牛大学毕业后跳出农门，当个公务员什么的光宗耀祖。不料他为了伊人，竟然放弃学业，自毁前程，气得父母都不理他了。

阿牛和伊人一砖一瓦，在牛头岭搭建了三间房子。他们什么也没有，只有欢笑，还有那头母牛。阿牛左牵牛，右牵伊人，仰望蓝天白云，久久无语。

“阿牛哥，委屈你了。”伊人眼里含泪。

阿牛把伊人拢在怀里，说：“等到山青了，果实丰收了，我一定会治好你的病的。等你病好了，我们再养好多好多的牛，一起放牛，一起赏景，好吗？”

伊人点头，泪珠儿滚动。她是孤儿，养父母均已去世，除了阿牛，世上再无别的亲人。

伊人连续几天高烧不退，上医院检查，确诊为白血病。阿牛为了给伊人治病，果林的所有收入都交了医药费和化疗费，还欠了十多万元外债。这些年，阿牛一边照顾果园，一边拼命打工赚钱，带着伊人跑长沙北京的大医院，希望奇迹出现，但终究没能治好她的病。她走了，阿牛茶饭不思，精神萎靡，像具空壳。村人无不为之动容，一致同意他评上低保。

几年后的一天，朋友邀我去本市最大的乡土牛肉大排档吃火锅。门未进，浓香已扑鼻。店内人头攒动，场面火爆。

店长郑重介绍："我们这里既有夏洛莱牛，也有西门塔尔牛，鼎鼎有名啊。"我打断他的话："不是说乡土牛肉吗？怎么都是进口的啊？"店长笑了："食材来自画岭阿伊农场，货真价实。"

"农场老板是谁？"我问。

"阿牛。听说他是名牌大学的学生，因为爱情，放弃了学业。深山建牛舍，办农场，成立合作社，搞得风生水起。可他至今单身……"

我鼻子一酸，两眼已噙满了泪水。

伏　鸡

入伏气温攀升，黑狗晒得受不了，吐着猩红的舌头溜进了堂屋。

宋伯家四面环山，前方嵌一池塘，如一团煎饼，焦黄流火。山上树木静止，叶片儿纹丝不动。

宋伯肩搭毛巾从果园回来，吆喝瑞娘做中饭。又叮嘱，别忘了给那叫鸡子丢一把米。一大早，宋伯捉了鸡，打电话叫大烨回家吃“伏鸡”。起伏吃只鸡，一年好身体嘛。

瑞娘应着，进了杂房，搬开竹箩筐上面压着的砖头，撒米进去。叫鸡子不理她。瑞娘很是生气，啐道：“犟吧，你犟吧，大烨回来就宰了你！”

热浪炙烤，黑狗缩到桌下睡懒觉，鸡们也不知躲哪儿凉快去了。

宋伯躺在藤椅上喝茶，闭目养神。厨房传来了锅碗盆筷的洗刷声。

“爷爷。”孙子从车上下来，径直进屋。儿子大烨和儿媳梅珍并排跟在后面，有说有笑。

“哎。”宋伯起身，扭头冲厨房喊：“老婆子，大烨回来了，准备杀鸡！”又踢了黑狗一脚，“懒家伙，也没叫唤一声。”

“大烨，今晚不走了吧。我们爷儿俩好好聊聊，你娘跟梅珍也有许久没唠了。”

“好啊。”大烨满口答应，“我记得，您和娘节衣缩食供我读大学……您起早贪黑给人挑砖，肩膀磨破了好几层皮……娘做小工，卖蔬菜，不到五十就白发如霜，皱纹满面……”

“大烨，哭么子啊，都熬过来了。你挺争气，有出息，当了官；孙子也大学毕业参加工作了。”

“儿很想回报您和娘，时刻陪伴在你们身边，共享天伦之乐。可儿是党培养起来的干部，必须以工作为重，为百姓着想。还有，梅珍下岗后，也没正式职业，她的父母身体又不太好，一个糖尿病，一个肾结石，儿也得孝顺啊。”

“我能理解，不怪你。只是你娘有时会埋怨，啰里啰唆。”

“老头子，讲么子梦话？！叫鸡子跑了！”瑞娘摇动藤椅，把宋伯的午觉惊醒了。

三点多，太阳的性子依旧是火辣辣的。

“愣着做么子？捉鸡啊！”宋伯大声嚷嚷。

瑞娘头戴旧草帽，手端饭盆子，“咯咯咯”地唤鸡。十多分钟过去了，她脸颊的汗水汩汩直冒，却不见鸡的影子。

“寻鸡去，一定要抓一只！”宋伯恶狠狠的口吻。

黑狗带队，宋伯居中，瑞娘断后，朝屋前小山包进发。“汪汪汪”，黑狗冲着一丛荆棘吠叫。荆条棍子般粗大，勾搭缠绕成了鸡们的纳凉胜地，像一间没有门窗的小屋。面对宋伯和瑞娘的包围，鸡们泰然自若，不慌不乱。

两老喘匀了气，稍做休息，商讨对策。

一会儿，瑞娘沿“小屋”四周撒米，宋伯赶走黑狗，藏身于一株香樟后面。瑞娘撒完米后，若无其事下山。宋伯窥视“小屋”动静，一旦有鸡伸出脑袋偷食，他将迅捷扑上，手到擒来。

一眨眼，四点多了，“小屋”中的鸡偶尔偷食，却非常机警，不给宋伯下手的机会。淌着汗水的宋伯不愿意再僵持下去，即刻喊来瑞娘，驱赶黑狗把鸡从“小屋”中轰出去，往屋前地坪赶。地坪没有荆棘杂草的羁绊，能放开手脚捉鸡。

两老费了九牛二虎之力，把鸡群赶到地坪，像唱二人转的小丑，张开双臂，扑向鸡群。鸡飞狗跳，鸡毛遍地，却一无所获。

二老累得气喘吁吁，如霜打的茄子，蔫头耷脑。

“不捉了！不捉了！”瑞娘右手撑腰，左手按住门框，气急败坏。“天杀的，一个个成精了。”

“不捉了？不捉怎么吃‘伏鸡’啊。”宋伯坐在门槛上，瞪着瑞娘。“你啊，到手的都没罩好，还让它跑了。”

“也不能全怪我，筐顶压着砖头，谁知它也能逃掉，真神了。唉，老头子，咱们请人来帮忙吧。”

“请个屁！村里的青壮劳力都在外面。”

“那，那大烨回来吃么子啊？”

太阳一跃跳到了山顶，凉风轻拂，树叶儿欢腾。池塘浮着一层晚霞的金黄，光影微漾。

嘀嘀，嘀嘀嘀，一辆黑色小车从村道驶来，开上了地坪。

“爸，妈，我们来吃‘伏鸡’了。做好了吗？”车门打开，下来的是大烨，后面是梅珍母子。

“大烨啊，这鸡……唉。”宋伯脸上汗痕未干。

“怪妈没罩好，让鸡跑了。”瑞娘低着头，自怨自艾。

“没什么，来，我们一家人捉鸡，还怕捉不到？”大烨说。

在大烨的指挥下，宋伯提筐，瑞娘撒米，梅珍母子从左右两翼包抄，最终把一只叫鸡子逼入死角，一举成功。

欢呼过后，烧水，添柴，杀鸡，拔毛，剥蒜，爆炒，一家人齐动手，热热闹闹，香气溢满了村落田野。

弯弯的月亮

高考过后，大哥被“挤”落悬崖，“摔”得鼻青脸肿，垂头丧气，回了画岭。

大哥恨不得把脑袋缩进裤裆。母亲骂他没出息：“为何不把腰杆挺直？农民就不要人当吗？”大哥也不跟母亲争辩，独自跑上画岭之巅，咆哮怒吼，一任咸咸的泪水漫过脸庞……也不知过了多久，夕阳染黄了山坡，牧童吆喝牛群下山了，谁家的黑白电视机把音量调到了最高，山谷里回荡着忧伤而唯美的旋律：

弯弯的河水流啊
流进我的心上
我的心充满惆怅
不为那弯弯的月亮
只为那今天的村庄
还唱着过去的歌谣……

大哥落寞的身影与两三点烟火，勾勒出孤寂山村一幅色彩单调的剪影。

高中时代，大哥是学校合唱团成员，在全校歌咏比赛中获过一等奖。务农后，大哥的音乐细胞更加活跃，撮嘴鼓腮吹口哨，学鸟叫，惟妙惟肖；更爱唱歌，于田间地头，模仿歌坛明星之经典曲目，拿腔捏调，鼻音颤音火力全开，引得路人驻足，尖叫连连。

“宝国，你可以去当歌星了。”村里人夸大哥。“唱不好哩。”红了脸的大哥内心涌过一阵喜悦的波浪，随即跑到画溪边，面朝清凌凌的河水，哼起了《弯弯的月亮》。“我要当歌星！我要主宰自己的命运！”大哥振臂高呼，坚定地向“歌星梦”迈开了第一步：剪去凌乱的长发。

半夜起床，大哥到山外小站赶唯一的一趟列车，天亮抵城区；再排队买票上车，一路挤挨奔长沙，参加《超级歌手》海选。母亲噙着两汪泪，默默地送大哥出村。站台上，绿壳子火车“嘎嚓嘎嚓”远去，长蛇似的钻进了隧道，母亲忍不住哭了：“宝国伢子，长沙若不好待，就回来！”

大哥的海选之路注定是没有希望的，一如他的“歌星梦”。全省上万人参加海选，俊男靓女齐上阵，许多还是学院精英或音乐教师，哪有大哥的一席之地啊。

虽然没当成歌星，但大哥唱歌的兴致有增无减。他把歌声带上了南下的火车，带到了建筑工棚，衣衫褴褛的工友就是他的铁杆粉丝。一日，有女子钱包被扒，满脸倦容，流落工地，借宿大哥对面，晨起梳洗后清新靓丽。问之，答是湖南双峰人，叫雅丽。大哥顿感喉咙发痒，有了要抒情的冲动，就轻轻地唱起了《弯弯的月亮》。后来，雅丽留下来做饭，大哥的歌声时刻相伴，《弯弯的月亮》成了工地的每日一歌，声情并茂，动人心弦。工友只要一提“弯弯”二字，大哥就一个劲儿傻笑，雅丽则羞成了“月亮”……

大哥结婚的新房极为简陋，土砖墙刷白灰，挂满歌星海报，让人眼花缭乱。新婚之夜，大哥醉眼蒙眬，“咿咿呀呀”地嘹亮了一宿，一首一首唱得来劲，俨然“舞台”主角。鸡鸣声啼，客人散尽，被冷落的雅丽气昏了头，闭门不开，亏得大哥使出绝招，一曲《弯弯的月亮》把雅丽唱哭，才得以进屋。

生活中不能没有音乐，大哥不能停止歌唱。他的歌声在四季飘香的果林深处悠扬，在浪花飞溅的水库上空飘荡，柑橘板栗水蜜桃，鲇鲤草鲫刁子鱼，都是他尊贵的“嘉宾”；还有山上的黄牛黑山羊，一边啃草，一边和着他的节拍呢。他的孩子在他的歌声里长大，女儿成了一名音乐老师，儿子当兵赴边疆。

在画溪之畔，大哥精心打造了一座仿土砖结构的乡村特色菜馆，青瓦炊烟，柴火煨食，店名“月亮湾”。炎炎夏季，许多城里人慕名而来，品画岭美食，赏映日荷花，避暑纳凉，心情倍爽。当然，人们来此消费，还有一个目的，就是听大哥唱歌。大哥也不化妆，往大厅一亮相，清清嗓子，张嘴就来：遥远的夜空，有一个弯弯的月亮……

第二辑　乡土情怀

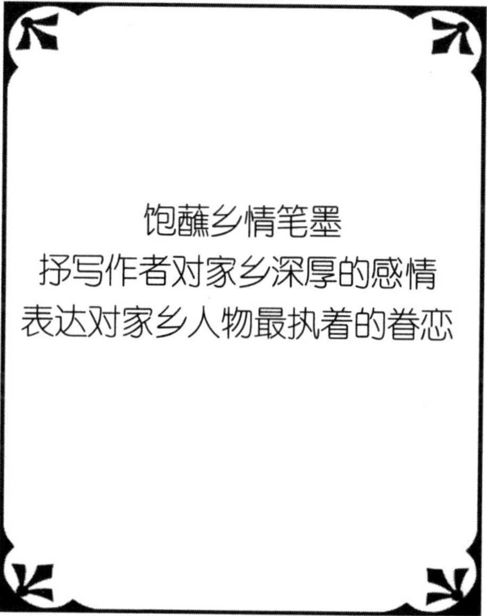

乡 土

男人低头卸煤，头也不抬一下，机械地弯腰，低头，再弯腰……

“师傅，歇会儿吧，喝杯茶——你，你是老同学，国华！”

“是你，中强。”

惊喜过后，我给老婆晓琳做了介绍，又吩咐端上些瓜果。国华把煤球码得整整齐齐，又把厨房打扫得干干净净，洗净手，才到客厅落座。

“我们有十多年没见面了……你当‘煤老板’，还可以吧。”

“以前生意还行，如今烧电烧气多，烧煤的少了。”

“小时候，你的陀螺玩得好，打遍校园无敌手，绰号‘华旋风’。”

寒暄之后，我们互留电话，握手道别。我送到门外，看着国华下楼，原本矮小的身躯显得更加瘦弱，如一枚不知疲倦的陀螺。

有一次，国华打来电话，说送煤的三轮车被交警扣了，央我找熟人放车。我一打听，国华的车是套牌车，且到了强制报废年限。“这样啊……”国华匆匆挂了电话。

半年后的一天清早，国华提着蛇皮袋走进院子，大喊：“老同学，我刚坐早班车从家里来，这些蔬菜啊花生啊顺便给你捎的。”我要赶去上班，便推辞，国华不由分说地把那蔬菜花生一股脑塞进了车子后备厢。

第二年春天，我搬新房至滨河六楼，屋顶平原似的开阔。晓琳忽然冒出一个念头，种菜！我从小长在农村，熟悉一切农活，当然支持种菜。可土壤从哪儿来呢？

晓琳来到劳动力市场，一个黝黑的男人引起了她的注意，黑乎乎的板车孤零零地停放在他旁边。男人佝偻着腰，询问那些老菜叶帮子的价格。

晓琳凑上去，笑眯眯地说：“国华，中强老念着你。你们是老同学，应该多联系。老婆呢？”

“她啊，每天早上四点准得起床，五点就要挨家挨户送牛奶，可不能误了人家的早餐。听说你们搬家了。”“是啊。屋顶面积可大了，空着也是空着，我们想种点菜，可惜没黄土呵。”

“土的事好说，我包了。”天已擦黑，国华随便要了一些菜叶，拖车远去。

过了十天半月，也没见着国华的影子。晓琳有些失望了，怪我没帮国华打招呼，人家心里有疙瘩啦。

又过了一周，傍晚，我家的门铃响得特急：“我是国华，请问是中强家吗？”声音瓮声瓮气。

晓琳喜形于色，跳起来：“国华你终于来了。”

国华取下簸箕装满黄土，用脚踏平，防止落地，一步一步挑担上楼。星光从天幕钻出来，与他脸上的无数颗汗珠交相辉映。

晓琳把湿毛巾递过去，又是饮料又是香烟槟榔。我紧紧握着国华粗糙的大手，不无愧颜：“真佩服你，我肩不能挑，手不能提，跟你比起来，简直就是废物。”

“你是机关干部，国家公务员，我这个农民怎么能跟你比？”

“有一样反正你比我强，我输得心服口服。”

“什么？”

“陀螺。”

我们大笑，手握得更紧，国华却要挣脱。他手劲大，拗开后，气呼呼道：“中强，你干什么呀？还当我老同学吗？”话毕，十几张红钞票相继落在黄土堆上。

“国华！你担上来容易吗？这是你力气所得，不是同情和怜悯。”我眼角泛泪。

“你以为这是城里的土？我父亲生病，母亲又不能照料，我就把父母接到身边侍候。前些日子，父亲走了，我遵照老人遗愿，把他葬在家乡的油茶山上。返城时，顺便给你拖了一车黄土。这是家乡的土壤，我不能收你的钱！”

我抓起一把真正的乡土，使劲嗅着，泪流满面。

国华早已旋出楼梯间，旋向了车水马龙，拖着板车消失在茫茫夜色里。

泉水豆腐

画岭有泉井，水质清冽，细水长流。张老倌取沟埋管，引水做豆腐，挑担走四方，也兼说媒，十里八乡讨酒喝。

张老倌酒量不大，三口下肚，舌头就大了，话语絮絮叨叨。可七姑八姨煞是喜欢，纷纷端盆操碗，围拢听他胡侃海聊。几个回合下来，豆腐卖完了，临走时忘不了喊："妹子，过几天带帅哥来相亲，准备好酒好菜喔。"妹子羞红了脸，低头闪躲。众人捧腹大笑，目送他远去。

秋香眼红张老倌收入稳定，极力撺掇男人贱柏也卖豆腐。贱柏父母去世得早，游手好闲惯了，又瞧不起卖豆腐之类的小本生意，一心只想赚大钱，发大财。秋香骂他只晓得做白日梦，崽女学费老拖欠不说，三间破瓦房破烂不堪，哪天若是塌了，一家子埋瓦砾堆里了……秋香又哭又闹，贱柏不得不依了她。

"好水在泉井，豆腐最鲜嫩。一块钱七片啊！"贱柏亮起嗓子。人们爱吃清凌凌的泉水做的豆腐，且同样一块钱，又比张老馆的多一片，于是，一传十，十传百，"泉水豆腐"声名鹊起，风头盖过了张记豆腐。

贱柏生意红火，快要把无人问津的张老倌逼上绝路时，他却突然举家下长沙，硬是把"泉水豆腐"的金字招牌拱手相让。真是怪事，简直不可思议！村人都这么想，张老倌更甚。

那晚，开旧三轮车的老田不幸连人带车滚落泉井坳的沟渠，恰巧张老倌从妹子家说媒出来，多喝了几杯酒，步子有点乱，听得沟底有人哼唧，急急地滑下去，连扶带背，忙不迭喊人帮忙送医院。几天后，老田终因伤势过重，不再醒来。其双亲健在，尚要承受白发人送黑发人的痛苦，儿子读大学，学费又咋办？

清早，张老倌送豆腐到田家。田婶伤心地哭泣："孩子考上了重点大学，老田高兴啊，早上离家时对俺说，不要急，今天矿山办结算，少了就去信用社借，一定要凑齐学费，不能误了孩子的前程。又说要晚点回来，想多运几车石头，谁知……"

张老倌边听边纳闷，田家怎么没要贱柏的豆腐呢？后来一打听，才知贱柏关门停业了。说是贱柏的舅舅在长沙开炒货铺，急需人手。村里有人撞见他背包携女，只顾低头走路，神色慌张。秋香却与人打招呼："上有白发老母，下有崽女读书，房子也得改建……光卖豆腐，吃灰呀！"

哼，早不去，晚不去，偏偏老田出事第二天就去了，莫非贱柏心里有鬼？张老倌暗忖。当时只想着救人，黑咕隆咚的，谁也没留意老田的黑皮包——那里面可是他借来的学费啊！

丧事完毕，田婶已债台高筑，尚欠信用社几万元借款，无力再供儿子上学，村人为之叹息。

没了竞争对手，张老倌独家经营，生意做得顺风顺水，也不必晃悠着担子走村串户。逢年过节，前来排队者络绎不绝。

"画岭有泉井，豆腐最鲜嫩。一块钱六片啊！"张老倌大声吆喝。

不是一块钱七片吗，怎么又变卦了呢？村人很是不爽，却也无可奈何。

四年后，贱柏风风光光开车回村，大兴土木建别墅，一时亮瞎许多人的眼。

伴随着"噼噼啪啪"一阵爆竹脆响，贱柏家崭新的三层楼房上梁圆垛，村里人都跑去庆贺。贱柏逢人就敬香烟，散槟榔，热情洋溢。

张老倌躲在家里喝闷酒。他对贱柏充满了鄙视。四年前，贱柏的"泉井豆腐"做出了名堂，突然就不搞了；四年后，这家伙脱胎换骨，开小车，建别墅，莫非发了横财不成？老田出事那晚，他家一直亮着灯，之后，放着好端端的生意不做，举家去长沙……

“不得了，贱柏从新楼屋顶栽下来，送医院了，可能有生命危险！”张老倌的老婆从贱柏家回来，语带伤感。

张老倌心里翻江倒海，五味杂陈，陡生出一丝快意。贱柏啊贱柏，你搞几年炒货批发，就买得起小车，盖得起别墅？还不是……不义之财要不得啊。真是报应！

经抢救治疗，贱柏成了植物人，秋香每天推着他晒太阳。村人不免唏嘘嗟叹。

锣鼓喧天，彩旗飘飘，潭邵高速过境画岭。勾机作业时，在泉井坳挖出一个黑皮包，里面满是花花绿绿的钞票碎片，夹杂着颗粒饱满的老鼠屎，漫天飞舞。

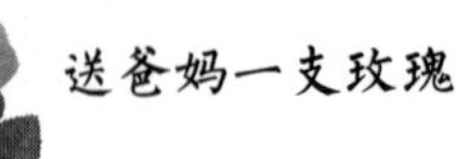

耍 灯

云门岭花灯，灯头师傅姓高，一个瘦精精的汉子。

高队长右手提灯笼，左臂挎竹篮，走在队伍最前面。队伍橘黄点点，于崎岖山路上缓缓蠕动，像一条游走的火龙。每次耍完灯，主家都会好酒好菜招待，还打发米酒、糖果或香烟，挤满一篮子。我喜欢看灯，常望着高队长手上的竹篮出神，幻想着长大了也要做灯头，吃好的，拿好的，拿多的……我帮高队长背行头，递毛巾，傻傻地笑。他就会抹抹油腻的嘴，丢一包烟给我带回家，乐得我爷老倌三天不用抽呛死人的“叶子烟”。

也许，我命里注定与灯有缘。家中每日三餐吃红薯，胀肚子，老放屁，饿得快。上学腿发颤，教室打瞌睡，初中未念完，我就辍学了。幸好爹妈给了我一副好皮囊，人高马大，一身霸蛮劲，去采石场卖苦力，搬石头是好手。到了春节，男女老少寻快活，首选耍花灯。谁当灯头呢？高队长拍拍我肩膀，说：“二傻子，莫浪费你这身肌肉，就你吧。”

高队长那时已是云门岭最高行政长官，贵为高书记。他率花灯队参加全乡比赛，荣膺第一，代表乡里走进县政府大礼堂，得到了县文化部门的表扬和肯定。当然，随他一块儿进城的，还有花生、茶油、茶叶、咸鸭蛋等土特产。

既然高书记发了话，我就欣然领命。我把每一盏灯都擦拭得干干净净，摸了一遍又一遍，想到幼时的愿望终于得以实现，心中无比激动。

我决定，花灯第一站，首选高书记家。

咚咚锵，咚咚锵，一路锣鼓响起，“狮子”翻滚着给高书记拜年后，一朵朵火焰便在高家堂屋跳动起来。灯光映照之下，高书记满脸通红，颔首微笑。

快看，你的灯！嘈杂声中，后面有人使劲推我。我赶紧抬头望，妈呀，我擎的灯被烛火舔了个口子，一下烧着了，红光一闪，瞬间燃尽，只余黑乎乎的灯把子。我吓出一身冷汗——烧了灯，不仅耍灯人脸面无光，主家的脸色也会很难看的。只见高书记圆睁双眼瞪着我，一言不发。我也不敢看他，慌慌地溜出后门……

当又一年新春的锣鼓敲起来时，出门打工的人回来了，村子里生机勃勃，该耍耍灯欢聚咯。高书记近水楼台先得月，包揽公路永久修复项目，赚得盆满钵满，新建的别墅熠熠生辉。采石场林老板欲送灯贺喜，可我心有余悸，犹豫不决。林老板像看穿了我心思，说：“你是怕着火……有时风大，灯烧了很正常嘛。你看高书记，评上优秀村干部，又当人大代表，人旺财兴，红火得很啊。你不要有思想包袱，放心耍！”

有了林老板这番话，我点头答应了。头天，我给队员们鼓劲打气，嘱托要一万个小心。又仔细检查那些皮纸糊的灯罩和里面的烛座，力求万无一失。当晚，高家张灯结彩，耀如白昼。花灯进屋，爆竹脆响，彩炮冲天，看热闹的村民围了个里三层外三层。快接近尾声了，十五盏灯毫发未损，光明亮堂。一切都很顺利，我悬着的心总算如石头坠地。

慢慢地，所有花灯转成了一个圈，要“圆灯”了。倏地，光影一闪，有盏灯旋即灭了。我像瞬间跌进了冰窟窿，只觉寒气透顶。刚才还笑眯眯的高书记，此刻也两眼发直，僵尸般杵在那里，一动也不动。

我琢磨，皮纸糊灯，风一吹，容易出事，干脆换塑料灯罩，既稳妥保险，又美观洋气。今年春节，我决定用塑料的，却无人接灯了。我去找高书记，碰巧村主任、村会计和林老板都在，他们像在商量什么，见了我，脸色皆异。我向高书记拍胸脯担保，每盏灯都按简易电路设计，配备电池灯泡，外裹红色塑料布，绝对没问题。高书记皱皱眉，不耐烦地挥挥手，去去去，爱要就要呗。

是夜，我们耍得特别卖力，二龙戏珠，八仙过海，花样百出，甚至把灯当棍耍，直舞得人眼花缭乱，叫好声不断，绝无灭灯或燃烧现象。顺利“圆灯”后，没见到高书记，说是头痛，灯刚进屋就睡了。

阳春三月，油菜花开，一辆小车开进了云门岭，两个面容严肃的人带走了高书记。车行渐远，围观者久久不去。静寂片刻，不知谁冒出一句:

“二傻子，明年春节，花灯耍我家！”

拐　爷

一条脚带宽的小路，两边是深深的狗尾巴草。

拐爷送女儿金子去公社招待所。

拐爷大名叫田雷，抗美援朝下来少了一条腿。回村时，佩戴大红花，放了许多鞭炮。顽皮少年围着他喊：“拐爷拐，跳下山，讨米要饭敬菩萨。”大家就喊拐爷了。

拐爷进屋就发现少了一个人。他的女人生了银子，难产，大出血……

招待所不是人人能进的。因为拐爷是伤残退伍军人，子女享受优待。

村里人都说金子命好，吃了皇粮，再不用待在这穷山沟了，不愁找不到好人家了。每次回家，显得越发俏丽的金子总要捎几个白白胖胖的馒头，让弟弟银子吃到打饱嗝。然而，两年后，嫁给招待所里一公务员并生有一女的金子病死了。噩耗传来，村里人背地里说金子是被害的。人家怎么会带你乡下姑娘进城？是不是。

拐爷正在老婆坟堆上填土，容姨在一旁帮忙挂一条条素白山纸。

正是清明时节，稀薄的烟雾笼罩着村庄。容姨提了篮子在手腕，篮子里面是青青的茶叶。

容姨看到拐爷两行清泪溢出了眼角。

银子很早就不上学了。他在作文里写父亲是英雄，要向英雄学习。

他报名参加修建韶山灌渠。村支书把他当作榜样，号召大家踊跃参加，一时全村热情高涨。

公社来人请拐爷去光荣院。女儿早逝,儿子不在身边,为老人着想嘛。

提了几件衣服到了村口。一些闲散人员在吹牛玩扑克，也有人扛起背包走在外出谋生的路上。

小路两旁的狗尾巴草摇得正欢，还有野牵牛、苦楝花与油菜花低低相望。

野花后面是容姨，梳着整齐的发髻，一身崭新的花格子。容姨的男人死得早，两个孩子跑去外面做事了。

拐爷看了看容姨，目光柔柔软软，然后朝公社走去。

在光荣院住了不到一个星期，拐爷回来了，说再也不去了。说有银子，还有两只手一条腿，犯不着困在光荣院里享清闲。

支书又把此事作为典型宣传。拐爷以高风亮节的形象出现在人们面前。

嚼舌根的人说拐爷是想女人才回的，还说亲眼看见拐爷与容姨在山坳里的草地上野合。

支书说不信，又叫大伙莫听谣言。拐爷是党员，上过前线，作风过得硬。支书说这话时，拐爷在路上和大伙修机耕道。

“要让手扶拖拉机进得来。”拐爷说，大伙要拐爷明年竞选。拐爷笑道：“一条腿的，不行……”

大伙又说：“这穷山恶水的，路都没一条，不改变面目不行啊。”拐爷不作声。

大伙又问：“拐爷你到底和容姨……”拐爷就笑：“那有什么，人有七情六欲嘛。”

第二年，高速穿村而过，村上路面可以加宽硬化了。

拐爷和大伙平整路面，兴致高昂。千百年来肩挑手提，眼看可以走一条平坦的柏油路了。收工后，拐爷踱到容姨家唠嗑，最担心的就的是银子三四十了还没对象。容姨的两个儿子在外面都带了女人回来，大的手里还抱了小的。

“以后路修好了，会好起来的。”容姨给拐爷泡了茶。

“银子今天去考驾驶员还没回来。”拐爷喃喃自语。

“听说支书他们也去县城搞工程征购款……”

“你怎么晓得？”

“他昨夜说的……上面那笔数分到下头没有多少了……你家银子不知咋打听到了，嚷嚷着要上访！”

“昨夜你们在一起？原来山坳里是你们两个？”拐爷悻悻地拂袖而去。

夜里，打门声把拐爷吵醒：“不得了了，银子出车祸了！”

路修好了。拐爷看着银子被人抬着，走在宽阔的柏油路上，上了山。

金子和银子一左一右陪伴着他们的娘亲。

拐爷的头发已经完全白了，耳畔仿佛又响起了那首童谣：“拐爷拐，跳下山，讨米要饭敬菩萨……”

路旁的田埂地垄，星星点点一些野花野草，还有那狗尾巴草，顽强地探出头来……

为青春埋单

万大年四十有三，中等身材，眼球白多黑小，是画岭的杀猪匠。

挑豆腐的进村，一群女人围拢上前，老万便会挤进去凑热闹，呼着嚷着“豆腐，要豆腐”，逗得女人们哈哈大笑。有人笑他：“老万，你天天买豆腐，一群女的围着你，连个老婆都娶不到？”许是说到了痛处，老万讪笑着走开，神情落寞。

打工潮风起云涌时，杀猪营生惨淡，老万告别年迈的娘亲南下修铁路。

火车站附近工厂林立，站台上散步的打工妹比春天的花朵还多。老万蹲在灯塔旁边，瞪着一对对男女手牵着手，亲热无比，双眼圆睁似铜锣。

老万的娘老了，眼巴巴盼着抱孙子呢。老万便开始主动跟打工妹搭讪，但无人理睬。工友认为他的表现不够出彩，怂恿他尽量吸引女孩注意，才有机会下手。晚上，老万早早来到站台，等到人群越聚越多，便连吼数声，抱住灯塔使劲旋转，一下子吸引了众人的目光。

“这人疯了吧？”

“不疯也不是正常人！”

“看上去年龄也不小了，还跟三岁小孩一样，老顽童！”

旁观者像观摩一出猴戏，议论纷纷，嬉笑一地。

老万却像“人来疯”似的越发来劲，转得发晕，摔倒在地。此后，画岭人不再喊他老万，都喊“老顽童”了。

老顽童跨长江，过黄河，北上南下，短短的青丝里冒出缕缕白发，像冬日摇曳的芭茅花。同龄伙伴都做爷爷了，他却还是一人吃饱，全家不饿。

娘竟心急成身疾，一病不起。

老顽童跪伏床前，娘有气无力地说："大年啊，你没娶上媳妇，是娘拖累你了。"老顽童抓紧娘鸡爪似的手，无声地淌泪。娘接着说："村长老岳退休工资三千多，还吃低保，俺却评不上……"娘还在絮叨，老顽童腾地起身，左翻右找，寻出那把生锈的杀猪刀，冲出了破败的砖瓦屋。

那天，村长家喜炮喧天，高朋满座，老顽童的杀猪刀委实给村长儿子的婚礼增色不少。村长只差没给老顽童下跪了。争执中，外边有人报讯：万老娘走了。

高举杀猪刀的老顽童冲出家门时，万老娘一个拦不住，人滚落床下……

安葬了娘，老顽童又去找村长。这一回，村长很是热情，笑眯眯地问："老万，多大啦？"老顽童迷惑不解，伸出粗麻布似的双手，左手四根，右手五根。村长近前附耳，如此这般，说得老顽童从脸红到脖子根儿。村长一本正经，板着脸孔："你想不想娶媳妇？想不想生个一男半女？想不想为你土里的娘争气？"老顽童应答响亮："想！想！想！"

提着二十斤茶油，外加一条硬芙蓉烟，老顽童趁黑摸到村长家。村长也不拒绝。他说："四十五变成三十五，你要多年轻就多年轻；这油和烟，我去跑腿还不够呢。"老顽童连连称是。

两个月后，老顽童的新身份证下来了，果真"年轻"十岁，这回不怕找不到对象了。怀揣身份证，老顽童轻飘飘地踏上了打工之旅。

工地位于广西山区。老顽童当小工，抬石头，拌砂浆，工钱一千二，比大工师傅少三百。他不服气，可又不会砌砖。结账时，同样是小工的小肖却比他拿钱多。一月多一百，一年就一千二，可气人了！老顽童气咻咻地找到老板讨要说法。

老板睥睨一笑："老万啊，你可真是老顽童。小肖年轻，身强力壮，干的活自然比你多。你都四五十岁的人了，做事慢一点正常，身体要紧啊！小肖多一百，应该的。"老顽童听出了老板的嘲讽，忍不住掏出身份证："你看，你看，老子才三十五，还没成家呢。"

老板不信："骗鬼呢？不服你和小肖比试比试？"老顽童的脸涨成猪肝色："谁怕谁？比就比！"抬水泥，扛预制板，织钢筋笼子，几场比试下来，老顽童输得一败涂地。

"真是岁月不饶人啊。"他唏嘘长叹。转念又想：反正我才"三十五"，好不容易拿钱换来的，可不能白白浪费这"十年"资本！

有热心人为老顽童牵线，对方离异带个女儿。老顽童十分重视，洗脸，擦增白的雪花膏，头发染得乌黑发亮，还未干透便迫不及待去相亲。听到他报年龄，女人抬头看他，看得他心慌慌的。女人说："我都四十一了，比你大，还拖着一个尾巴，你不嫌弃？"老顽童激动，结结巴巴："同意，同意。"说着擦汗，却越擦越热，染发剂追上汗珠儿，顺着额角悠闲地一路滑向增白雪花膏，深一道浅一道，整张脸都花了。

那哪儿是一张三十五岁男人的脸啊？女人心里有数，黯然离去。之后，每次相亲扫兴归来，老顽童总要励志一番：我还年轻，明年三十六，后年三十七，有的是机会，让那些娘们儿后悔去吧！

岁月飞花，十五载光阴倏尔远逝，老顽童依然单身。

画岭有了茶油加工厂和竹器厂，村民不再外出，在家门口挣钱，还能照管好责任田。村上六十岁以上的老人每人每月能领六百元养老金，一年就是七千二，基本生活有了保障。平时带带孙子，跳跳广场舞，可以安享晚年了。

老顽童也六十了，发如雪，脸似柴，却享受不了农村社保政策，因为他才"五十"岁，还得缴十年基金。当年，他花钱买的"青春"，现在要再花钱老去……

洗　澡

叔高大魁梧。婶娇小清瘦。

叔六十五岁那年，五十五岁的婶瘫痪在床。

阳光从山顶滑落，透过秋叶和炊烟，飘洒地坪，盈满了屋内的澡盆。叔笼罩在一片橘黄里，给婶擦拭身子。

婶爱洁净，尽管下半身不能动弹，却很少间断洗澡。每次，都是叔把她从床上抱到澡盆里，像给婴儿洗澡一样细致地呵护。

一晃二十年过去了。曾经，儿女欲请保姆服侍婶，叔怒斥："保姆哪有我体贴？"儿媳、女儿要给婶洗澡，叔大愠："你们没轻没重的，搞不好弄痛了你娘。"此后，儿女再不提给婶洗澡的事。

叔八十五岁生日那天，儿女孙曾围了一屋，争相给婶喂水果。

叔起身，看看婶，突然眼前一黑，栽倒地上再没醒来。

鼓乐响起，儿女孙曾悲伤哭泣。

婶漠然地看着堂屋中央那具乌黑锃亮的长方形棺材。

下半夜，忧伤的旋律低回婉转，如雾似烟飘浮在村庄。

清晨，天边一轮毛月亮。

曲调缓缓沉落，夜歌声、爆竹声此起彼伏，堂屋一片肃穆。

妆殓的白发老者拴上了门。

老者揭开棺盖，给叔妆殓。叔面容安详，像是熟睡了。

儿女孙曾绕棺恸哭不已。

一声撕肝裂肺的哭声传来。

是婶扑过来了！

“老头子，你走了，谁给我洗澡？”婶的哭声很响，句句击痛人心。

婶不是一直坐在里屋床上？

婶能下地行走了，这一走又是十年。十年里，婶的生活基本上能自理，不要人服侍。

最后一面

“老弟，父亲快不行了！”大哥说。

“吃了东西没有？”我放下手中的模型，焦急地问。

“三天没进一粒米了。”电话里听得出大哥低沉的呜咽，“你就这么忙吗？老爸念着你呢。”

我说不出话来。天天加班赶货，一月才挣两三千，不忙是假的。母亲病故后，我隔三岔五与父亲通电话，了解家里情况。

父亲是唱夜歌子的，哪里有人过世就被请去陪亡灵，通宵达旦地清唱，赚钱贴补家用。记得读初中时，父亲送我一支“英雄牌”钢笔，就是他连续三夜喊哑嗓子换来的。

有一次，父亲在电话中兴奋地告诉我，哼一晚有一百多，外带几包硬盒“芙蓉王”哟。我劝父亲莫去唱了，熬夜太费神，身体要紧。父亲似在拍打着胸脯，说：“老骨头硬朗得很哩，守着几亩莲藕，映日荷花别样红，悠闲时还可玩玩跑胡子（字牌）。”

两个月前，大哥半夜来电，要我务必第二天到家。那晚我一宿无眠，咬咬牙买了高铁票，一家三口辗转到达湘乡。进了屋子，气氛果然很悲怆。清瘦的父亲躺在床上，眼神暗淡无光。我喊父亲，父亲费力地点头，眼眶积满了泪水。

是夜，我们轮流守候。大哥抱着父亲的头枕在胸口，父亲就像孩子一样，弯在大哥怀里睡着了。

接下来几天，姐姐们都陪了父亲过夜。轮到我搂着父亲时，我感觉父亲的身子轻飘飘的，手触及处尽是骨骼；父亲的身体有一丝冰凉，气息越来越微弱。我大声喊：“老爸，我在陪您呢！听到了吗？”

父亲睁大眼睛，脸上艰难地露出一丝笑意。

我说：“您打跑胡子吗？我陪您玩几把。”

父亲无力地摇头。他整个身躯干枯如藤，深陷的眼眶储满了两汪湛蓝的湖泊，辉耀着太多的眷顾。

我挑选出全部红色的字牌放在父亲手心，可父亲无论如何也抓不住了。我捉住父亲的手，哭着说：“您抓了一手红牌，胡了！天胡！”

父亲又牵扯出一痕微笑，然后阖上眼睛。

我们都以为父亲走到了生命的尽头，纷纷跪拜床前。大哥烧着纸钱，说父亲这一段时间老是惦挂着你在外面打工不容易，屙泡尿都要发什么离岗证，爷娘疼满崽啊。老爸内心是希望你在老家发展的，可以天天看见你们哟。

我酸酸地难受，抬起头来抹眼泪，却看见父亲坐起来哼唱夜歌子，嗓音细如游丝：

歌来歌来，
带把梳来，
梳起东边云雾开……

姐姐们吓得脸色发白，大哥几脚就把纸钱踩灭，上前抱住父亲痛哭……

这一次，父亲“复活”又是两月有余。

大哥话中带怒：“你真的这么忙吗？父亲三天没进食了，嘴里还念叨你们一家子。”

我匆匆收拾台面模型，写好请假条，心里慌乱至极，闭上眼睛就浮现出父亲慈祥的面容，耳畔隐约传来白莲花般空灵的旋律，一如父亲那幽邃而绵长的歌谣。

回家途中，大哥的电话一次比一次含糊，一次比一次急切。最后一次，大哥恸哭：“老弟，怎么还没到啊？父亲走了，手里攥一把字牌，你陪他玩过的，尽是红的……”下了车，我呼号着向家狂奔。夕阳像一枚煎得发焦的鸡蛋，很快将被暮色吞咽。深沉的夜歌划破山村，踏一抹素白的炊烟袅娜升腾：

歌来歌来，
带把梳来，
天边莲花朵朵开……

爷们五题

画岭村里，成年男人叫爷的不多，数来数去，就庆爷，九爷，七爷，宋爷，还有六嫂。这六嫂怎么叫爷呢？那不妨先从他说起。

六嫂

年轻时，六哥出身不好，娘生怕六哥娶不到媳妇。

六哥不知媳妇是什么概念。六哥手里摇着风车的把柄。

风车上刻了祖父的名字。祖父在地下躺了几十年，还作孽，让父亲不好过日子。他们说父亲是残渣余孽，无休止地批斗，最后把他吊在村口的槐树上。

对门长根来借风车，六哥就问媳妇是做什么的。

长根笑道："媳妇是你的堂客，陪你困的，给你生崽的，你娘死后，她就是你娘。"

晚上，六哥就对娘发脾气，不要堂客。娘说你不要听别个的，娘要看到你成亲才闭眼。

不几日，还真来了一女子，水灵如葱，山后面坳冲的。

坳冲红薯产量比六哥村子高，挖一筐从山坡上滚落，可以打倒山脚一片楠竹，轰动一时。坳冲的红薯硕大无比，坳冲的女子根正苗红，看上了成分不好的六哥，六哥真是一辈子修来的福气。

新婚之夜，闹洞房的还没走多远，就听到六哥惊慌的叫声："娘……她打俺……"其后好像嘴巴被捂上了。

第二天，坳冲女人走了，羞羞的。

“娘——打——”就成了六哥的别称。有好事者，干脆喊六哥“妈妈打”。慢慢地，每当有人问怎么回事，六嫂子怎么要走，六哥就一脸讪笑，再不谈媳妇。久而久之，人皆呼其“六嫂”了。

长根问六嫂是不是被女人吓坏了，不敢要了。有个女人知冷知热，暖暖脚，说说话，还是好的。

六嫂就把目光投向山上。

太阳快落山了，鸡蛋黄似的浸在山岭。娘就埋在那山窝里。

娘临死都没见到六嫂娶女人。娘死在六月。

稻谷上了田，一层层躺在晒谷坪里。长根女人打发细伢子来借风车。六嫂心想，家家户户都有责任田，干吗不弄一架呢。细伢子身子薄，上不了肩。六嫂不容分说，拱起来送到长根家的坪里。

长根去外地攒钱了。长根女人拉了六嫂喝酒，酒放了山药浸泡，除了长根别人是莫想尝的。六嫂曾见长根咂吧嘴巴，说这酒壮男人，六嫂你没女人，呵呵，不要喝，喝了坏你事。

满满一大碗才喝了一半，六嫂感觉体内起了变化。长根女人正在和细伢子收拾谷子，六嫂看着长根女人的背影，坳冲女人白葱似的身子就在眼前晃动。六嫂本来可以征服坳冲女人的，六嫂抱着坳冲女人叫娘，女人咬了六嫂，打了他。六嫂痛，大喊：“娘，她打我……”娘就踹开了房门……

细伢子去池塘洗澡了，长根女人提了桶往屋后角拐去，那里置了一些土砖，围了一块粗布。水晃晃悠悠，现出长根女人隐约的曲线。听得里面水响，六嫂一口喝完了药酒，往屋后山坡上摸去。那是一个有利位置，可以看见长根女人白嫩的背影。

鸡蛋黄被村子吞没了。六嫂咽了口唾沫，听得自家方向在喊：“六嫂，你娘不行了。”

娘就葬在六嫂打望的地方。村里老人说有福之人六月死，但孙子都抱不上，娘算有福吗？六嫂觉得老人的话都是空话。

槐树下聚了许多人，大家都摇头叹息："六嫂，这下，你妈妈真的不行了。"

娘死后，六嫂不种田了，田集中在少数人手里，机械化操作。祖父就是因为田多，才殃及父亲的。土地里作物也种得少，果木多，红薯都用来喂猪，不当口粮了，红薯藤挂在屋檐下飘荡。

老风车摆在屋子里，有些碍手碍脚。反正家家都有，不如劈了，烧了。六嫂抚摸着那光滑的把柄，祖父摸过，父亲摸过，还有许许多多的人摸过……刻名字的地方只余一团黑乎乎的印痕了。祖父叫什么名字来着？六嫂搔搔起了白发的头，想不起来了。

细伢子喜欢看电视，六嫂没买，也过去看。

长根女人忙完活儿进了厨房。一会儿飞奔出来："细伢子，快来，你爸爸来电话了。"

细伢子接过手机："爸爸，是崽宝哩……我在看电视，妈妈要煮饭了……看《大风车》啊……"

六嫂听长根父子俩对话，电视里的大风车正"吱呀吱扭"地转。

六嫂起了身，踱到娘的坟前。娘睡的地方位置好。

六嫂看见村子里起了雾，洁白丝带一样缭绕着山山水水。长根女人和孩子抱在一起聆听千里之外男人的声音。远处，或明或暗的灯光，透过大槐树，打量着村庄，黑黢黢的。

六嫂下了坡，进了屋，老风车立在堂屋里，桌上端端正正摆放了娘的照片。

六嫂跪了下去。

只听得"轰隆"一声巨响，老风车倒塌了，碎了。它的四条腿早被白蚁掏空了。

第二天清早，有人看见六嫂挂在槐树上，用一把粗粗的薯藤。

庆爷

庆初搞了孙女妮，一直被画岭村人所不齿。

曾氏在画岭是大姓家族。妮虽说不是亲孙女，出了五服，可论宗排辈起来，也得叫庆初爷爷呀，简直要让曾家祖宗蒙羞了。

妮慌慌的不见红了，心里害怕，被娘察觉，追问之下，才吞吞吐吐说出是庆爷造的孽。

庆初是家中幼子，天生眼疾。有一天，当乡干部的父亲提了一个四方形状的盒子回来，接上电源，咦，奇了！荧屏人影晃动，载歌载舞，把雁鸣村人的魂都勾住了。妮怯生生地挤进观摩的人群，不舍得走，言情电视连续剧一集也没落下。

广告时段，妮找庆爷闲聊。庆爷的床头搁着一部收音机，妮挨着他躺下，一起听《梁祝》，不知不觉睡得香甜，醒后身上多了一条暖暖的床单。那个雨夜，电视剧终，人都走光了，唯有妮没动。妮看着庆爷，踱过去，庆爷把妮抱上床，说："我想……"妮忸怩着低下头，脸蛋儿烧得发烫。庆爷捏着妮白嫩的肌肤，摸得妮痒痒的。妮笑道："我要喊你爷爷，不要嘛。"庆爷啃她，"出了服的，不怕。"

不久，妮的肚子渐渐显怀了。娘上庆爷家闹，吵得雁鸣村鸡飞狗跳。庆爷父亲眼看要升副乡长了，怕出乱子，找本家长老协商解决，不在乎花多少钱，只要妮子家不再纠缠就行。"乱亲不乱族"，这是不可触碰的高压线啊，但庆爷不依父亲的安排，执拗地领着妮悄然离村，躲进古盘岭扎寨安家。

古盘岭群峰陡峭，植被郁郁葱葱，宛如世外桃源。庆爷与妮刀耕火种，自给自足，乐得逍遥快活。妮也争气，一口气生下三个儿子。平素，庆爷沟沟岭岭打符开光算命，十里八乡赢得了"活神仙"的称号；妮操持家务，里外一把好手。三个儿子长大后，庆爷夫妇含辛茹苦送他们读书，走出大山，在城里扎了根。还没来得及好好享福，妮积劳成疾，口吐鲜血，再没醒来。妮葬于古盘岭顶峰之右。

坟地是庆爷指定的。那儿地势高，可以一览古盘岭全貌。如果把目光再拉远一点，硬化过后的柏油路时隐时现，恰如一条蜿蜒的白蟒，鳞

片似的稻田与豆腐似的楼房在两侧闪耀。

妮去世后，古盘岭只余庆爷等老人和十多个孩子了。算命的越来越少，庆爷闷得无聊。三个儿子希望父亲进城，想住哪家就哪家，庆爷不去，他种一畦菜，喂几只鸡，闲暇就摸上山顶看妮子。后来，山里的老人都被儿女们接走了，孩子们也去了父母身边，整座古盘岭就归庆爷一人主宰了。

山高林深，空落无人，只有一痕斜阳恹恹摇梢。庆爷抹一把脸，老泪纵横。

“老哥，你哭什么？”路边停着一辆灰色轿车，钻出来一个四十岁左右的女人，饱满富态，傲气凌人。

“你是谁？”庆爷吓了一跳。没弄错吧，居然有人进山，而且还是一个女人。

“你一定是传说中的活神仙吧。”女人双手抚胸，目光闪烁。“我想请你帮我算算。”

庆爷坐进了车内。女人架上墨镜，载着庆爷进城，到了一幢豪华楼房前面。女人的家像皇宫，女人家的后花园种了花草，有工人在忙于培育莳弄。女人像抓住了救命草，迫不及待诉说她幸运的一面：她与男人经营着好几家工厂酒店，赚的钱堆积如山，儿子在一所重点中学就读。不幸的是，钱多了，男人离她远了。男人有其他女人，且不止一个。她感觉生活无聊至极，富裕的背后是莫大的空虚……“你给我算算，我以后的路该怎么走。钱不是问题，算一次，给一万。”

一捆钞票扔在桌上，响声很大。

庆爷先是默默倾听，继而讲述自己的故事：“妮挨着我听收音机哩。我眼睛不好，不知妮长得怎样，可我们相爱了。我们在大山里听风赏月，种菊观桃……”

女人听后，哇哇直哭，哭得梨花带雨。

以后几个月里，女人心情欠佳时，就开车去古盘岭接庆爷进城唠嗑。又把临街的铺面装修一新，悬挂“城市神算”牌匾，专供庆爷算命。听说神仙降临城市，人们趋之若鹜，求签占卦者络绎不绝，生意异常火爆。

之后，女人不顾亲友反对，欲与神仙成亲。

“我六十二，你四十二，不合适。”

“那，还有八十二与二十八结婚的呢。”

“梁太太，我们真的不可以。”

“别叫我梁太，我大名曾昭蓉。”

“昭宪庆繁祥，哇，你是‘昭’字辈的……我不是要喊你奶奶了？！”

不久，爆竹脆响，女人举办了一场盛大的婚礼。可迟迟不见庆爷的影子。

庆爷去哪儿了？

古盘岭，白云缥缈。妮子坟前一缕蓝蓝的香火。

九爷

九爷出身不好，娶不到女人。

为了蹭顿酒饭，每逢村里红白喜事，九爷帮忙写写对联，做礼生司仪，渐成主业。

秋成结婚就是请的九爷。

秋成女人叫春枝。新婚燕尔，羞怯的春枝一袭红艳艳的嫁衣裹得紧巴巴的，鲜嫩的脸庞可以拧出汁液。

“……天造一对，地设一双，同行到老，百世荣昌。”九爷乜一眼春枝，怔呆半天，高喊着，目送两人亲昵地进入洞房。

有人问九爷：“你到底有没有碰过女人？”

九爷收回带钩的眸子，脸色红如猪血：“你晓得个屁！”

秋成婚后外出谋生，春枝与儿子小米留守家中。春枝勤快，喂猪种地，里外一把好手。秋后，草木皆枯，春枝漫山遍野寻找猪草，人也明显黑瘦了一圈。九爷从邻村写对联回家，看见春枝在河边洗萝卜。萝卜干瘪瘪的，春枝鼓胀胀的。一缕秀发拂过春枝额前，痒痒地擦拭着九爷的心扉。

九爷一口气挖了一担萝卜向春枝家赶来。

乡村黄昏，灯影如豆。九爷看见有人进了春枝家院子，丢下一捆结实的柴块，堆得像小山。哦嗬，干柴怕是要遇烈火了。春枝这女人，真不是好东西！拿起毛巾给那人擦汗，笑靥如花。也许是煎熬太久吧。看把那人美的，动手动脚。

九爷进屋后，那人的背影已消失在山坳。

九爷说："春枝妹子，看你喂猪不容易，猪菜青黄不接的，大哥的萝卜多得很，反正大哥没喂猪，大哥也不是猪，吃不了那么多，嘿嘿，你看——"

不容九爷放落担子，春枝板起脸："谢谢大哥，你还是请回吧。"生生地拒绝了九爷送的萝卜。九爷窝了一肚子火。别人送柴火你就摸得，凭什么我的萝卜就摸不得？哼，假正经！

几天后，有关春枝的不雅流言传遍了全村。说来说去，似乎全村男人都有份，似乎一粒芝麻或一把萝卜缨子春枝都会跟你上床。村里女人见了自家男人出门，总要千叮咛万嘱咐，早些回家呀，小心狐狸精呀。

传到工地，秋成不信。工友问："你不在家，你家的柴块难道是天上飞来的？"秋成大笑："那是我捡的啊。我来赶夜班，出门前都要给春枝准备好柴火的。"那人嘴巴一咧："这样啊。"摇摇头，走开了。秋成回家后，在村子里转悠，发现人多的地方，见他来了，齐刷刷直笑，怪怪的，笑过就散，各忙各的。

秋成回家次数就少了。最后一次，秋成是被工友抬回来的。工地塌方，秋成被埋，抢救出来已不能说话了。春枝恸哭，悲痛欲绝。哭过之后，平静下来，春枝喂了更多的猪，拉扯大儿子。

收猪老板的东风牌汽车威风地停在公路边。

脚背宽的山路让春枝犯了愁：怎么把猪运出去呢？

九爷说："让我来吧。"

"我们娘俩可以的，这些年，给大哥添的麻烦够多的了。"

“别，别这么说，我……不说了。猪是活的，绑在车上会动弹，搞不好你们母子就会连人带车滚下沟壑。还是我来吧。”九爷粗糙的胡须在颤抖。九爷头发白了，背也驼了。

“那就有劳大哥了。”春枝声音细了，柔了，甜了。“我给大哥泡茶筛酒。”

十五岁的小米在前面拉绳子，他的稚嫩双肩，磨出了两道深深的伤痕。沿崎岖山路，横过一条铁道，再上公路，把猪装上汽车，换来一沓厚厚的钞票，小米就能上县城读高中了。

运猪车“吱扭吱扭”唱着歌，来到了铁道边。

铁道上铺有一块供村里人出行的水泥盖板。小米站在盖板上，弓如虾米向前倾，使劲牵扯绳子；九爷用尽全身的力气推车上道，很快就可以安全横过铁道了。

突然，伴随一声急促长鸣，一列火车风驰电掣般驶来。

“小米快松手！快下来！”

小米松了手。

九爷后退几步把车停稳。被绳索五花大绑的肥猪出奇地安静，停止了哼唱。

火车近了。小米吓蒙了，傻子一样站着不动。

“小米！”九爷惊呼，狂奔着冲上去。

庞然大物呼啸而过。

路边的石碴和野草布满了斑驳鲜血，如田间地头一朵朵叫不上名的野花，盛开着，舒展开去。

七爷

七爷是画岭村信用社主任。

王芗要办筷子厂，少了款子，就来找七爷。

王芗的筷子厂不是雁鸣村的第一家企业。最早办的是毛巾厂，设在村小学隔壁，因周边地区同类厂子太多不得不关了门。又有人要建石灰

厂，烟囱都立起来了，还圈了一块水田砌宿舍。七爷坚决反对，别的不说，废水往哪排，废渣往哪埋，山旮旯里巴掌大的四分半——画岭村人均耕地就那么多呀。石灰厂最后黄了。

王芗说："七爷，我的筷子厂差钱，您看……"

"你的厂址在哪呀，屁眼大的村。"

"这，你就不用管。我的筷子厂，不占耕地，不占农田，一旦上马，造福子孙。听说侄子要毕业了，筷子厂可以作为他的实习基地。"

七爷儿子高不成低不就的，一直没找到工作，昨天在电话里还对父亲发脾气。七爷火了，好小子，你翅膀硬了，跟老子高声大叫唱对台戏，有本事自己养活自己，不要问我要钱。原来儿子还想留校读研，其导师也有这方面意向，便央父亲打钱过去。七爷知道，发了火之后还得去打钱。儿子有选择，有目标，就是对的，就得支持，就像当年举家负债供他上大学，无怨无悔。

"哎呀，实习那倒不用了，小子还要读研哩。"七爷又问："难道你想打学校的主意？那孩子们上学怎么办？"

"这些都与你无关，我与村上商量好了的，乡里批了的，县里盖了红巴巴的，要不要看看？"

王芗倚着车门，边说边掏。七爷按住他的手："得了吧，我没兴趣，但我发贷也有原则，不良贷款一分也不给。"

王芗看着七爷不开窍的脑袋得意扬扬地昂着，心里千万次恶毒地咒骂。要知道，王芗对筷子厂的规划是信心十足的。画岭村的杉木楠竹漫山遍野，生产几双筷子还是绰绰有余的。可是早些年有人来收矿木，八块五一百斤，村道两旁堆得像小山。次年夏季洪水猛涨，险些淹灭村小学，转移途中，有一名小学生被水冲走。惊魂未定的村民站在山顶，看着被洪水洗劫过的村子，光秃秃的没一点生气，几只麻雀悲悲切切地呜咽。痛心之余，七爷在心里骂开了，都是那些当官的，收了矿山的钱，山都砍光了……深夜，满载矿木的车队神不知鬼不觉出村，快到矿山，眼看钞票到手，突然被追来的林业缉查队悉数拦截……此后，山岭慢慢绿起来，七爷也笑了。

“我知道，你在咒我死，是不是？”七爷笑问。

王芗一怔，忙说：“瞎说，我怎么会咒您死呢。祝您长命百岁！”

“我可不要做千年不死的老乌龟，惹人嫌。你不要骗我，你的眼睛告诉我了，你巴不得我早些死，哈哈，是吧。我福大命大，难得死的。国外空难，万米高空坠机，还有小孩生存呢。高铁，地铁，火车，汽车，天天发生事故，谁能料到自己生死？我习惯两条腿走路，直立人生！呵呵，脚踏坚实的土地，谁也奈何不了我！陶渊明讲“托体同山阿”，死生在天，怕什么呀。”

七爷一口气吐完这些连珠炮，反着手上了公路。王芗呆愣半天，气得说不出一句话，那个火啊。

七爷早想好了，除非不要我管钱，要管就管好。他清楚王芗的小九九：拆除学校，把学生赶到村部废弃的砖瓦棚——办石灰厂遗留的烂尾工程。你差钱是吧，就不给，我七爷上街从不坐车的，不怕谁绑架勒索威胁。

走在公路上，六月的阳光直直地照着，汗水蜇得七爷眼睛都睁不开了。过去当村长，七爷去乡里开会都是两脚板丈量；去县里参加劳模报告会，天还黑着时出门，走到县城天才大亮。后来搞换届选举，现任村干部开着车到处撒槟榔烟酒拉选票，七爷则继续当他的信用社主任。

到邮电局时已是晌午时分，人已下班。七爷寻得快餐店，要碗面条“吭哧吭哧”吸了起来。他捏着筷子，怔怔良久。

第二天，一个爆炸性消息传开来，七爷走了。

画岭人说：“如今走路都不安全，你看信用社七爷吧，一生从未坐过车，小车停在屁股边也不上车的，谁知那车偏偏追着他跑，压过去……”

七爷追悼会上，王芗架着墨镜，毕恭毕敬跪拜灵前作揖，然后垂手默立旁边。远处停着他的小车。

村支两委都表了态，筷子厂不符合村子实际情况，取消立项。毛巾厂下半年拆除，原址扩建为村小学操场。

话毕，浩浩荡荡的队伍送七爷上山。他的灵棺上落满了亮黑亮黑的麻雀，它们镇静地陪同人们为七爷送行。它们扑愣着羽翅，“叽喳叽喳”叫得猛烈。有人上前驱赶，才发现山脚下村路口停了一辆警车。

宋爷

根崽窝在堂屋里背《孔乙己》，一副摇头晃脑的样子。宋爷推门而入，满屋立刻弥漫着一股酒气。他的家是一间集体保管室，毗邻队长老财家。

“背什么，上大人，孔乙己，老子是，你爷——”说着说着，宋爷像一截木桩子，倒在地上鼾声雷动。外面大雨倾盆，屋内也下着小雨。根崽怎么也扶不起父亲，老财跑过来帮忙才弄到铺上。

宋爷老婆打摆子（疟疾）死了，女儿出嫁，家里只有读书的根崽。根崽在“叮叮咚咚”的节奏里应付着四处的滴水。大雨一直滂沱到次日下午才停。宋爷睁开醉眼，摸摸淋湿的 被子，大喊根崽死哪去了。无人作声。老财说：“根崽去学校看分数了。下这么大的雨，伞都撑不住，你倒放心，睡得像死猪。”

盼到天黑，不见崽影。宋爷着了急，打起火把去寻。有孩子说：“你家根崽考上了一中，早乐呵着回了啊。”宋爷就沿河堤找。河水浑浊汹涌。宋爷哭喊着：“根崽你在哪啊！”大伙一块喊：“根崽你在哪啊！”最后在下游的沙滩上发现了根崽——他手中还紧攥着录取通知书哩。此后，宋爷更是烂醉如泥，看见小孩就疯追，根崽根崽我的儿啊。

老财怪屋场有邪，怕沾了宋爷的秽气，领着一家子，把家安到了画岭深处的虎冲。

“保管室有煞，不是好地，你看老财都躲起来了。”雁鸣村人都说，规劝宋爷也搬走算了。宋爷摇头不语。

实行责任制后不久的一天，保管室轰然坍塌，宋爷在睡梦中捡了条命。宋爷坐在瓦砾堆上，哭一会儿，笑一会儿。不久，倒塌的老屋场附近立起一座简易石棉瓦棚，那是宋爷的新居。

岁月渐渐矮过宋爷佝偻的身子，老屋场茂盛着青青的野草，变成了孩子们放牛的天堂。宋爷从牛屎堆里平整成垅，栽菜种豆，侍弄如苑。

村道硬化从宋爷家门前经过，一些青壮劳力开始外出找副业，鼓着背包回了村，娶亲建房。虎冲组的人心思就痒了，寻思着在外边搞地基，硬是搞不到的也都花钱上街买。老财的儿女赚了钱，希望父亲在外头弄一块好地，建一幢别墅风光风光。老财就来找宋爷，想要回那块地。

“这里有煞，你不怕？”宋爷冷笑。“这块地，老子的菜园，我的地盘我做主。十万百万也不卖！”谈不拢，老财悻悻欲走。

恰巧，民政所的工作人员来宋爷家了，统计全乡孤寡老人，落实农村养老制度。工作人员说高速公路穿村而过，可能要征用宋爷家的宅基地。老财收住了脚，说我是村长，知道上面发了文件，确实是经过画岭村的。

宋爷白他一眼，不予理睬。

过了半个月，几个身背测量仪器的工人在宋爷菜园及屋前屋后打下一些木桩。

老财又跑来，说：“我出三万，买下老屋场。”

“这可是风水宝地！”宋爷昂起了头。

“多栽一些树木，越多越好，栽的是票子啊！”老财凑近宋爷讨好。

“栽什么栽？要栽你来栽！俺要那么多票子做什么？你不是嫌这地不好吗？”宋爷狠狠剜向老财。

“我从来没说过啊，那都是别人造的谣。我们几十年邻居嘛。”

“你还记得邻居，好，喝酒！”宋爷摸出酒，与老财对饮。

酒过数巡，宋爷说：“如果，谁出得十万八万的，俺也卖了。根崽不在，女儿都当奶奶了，很少回家，俺反正一个人，住敬老院又何妨……就怕你没诚意。”

“我再加两万，要了。不许反悔。”老财醉意朦胧，但心里清楚，老屋场这一溜弯儿，按国家标准，至少可得征地款二十多万。

宋爷又吹一口酒，踉跄着：“你醉了，醉了坏事……当年俺要不烂醉，苦命的根崽就不会……”宋爷像孩子一样呜呜哭泣。

“我没醉，没醉，其实当年，我……”老财舌头大了，内心却透亮。当年在生产队，老财趁宋爷老婆打摆子身体弱，侮辱了她。宋爷以为老婆负他，动手打老婆，老婆就哭着寻了短见。

宋爷找来纸笔，写了合同。

老财请人在老屋场周围荒地栽花种树，等着变成肥沃的钞票。

半年后，高速公路破土动工。那些木桩都是边桩，离公路远着呢。老财举着一纸合同，呼天抢地：“十二万！十二万啊！”

画岭村道上，老财抱着酒，疯疯癫癫，嘟囔着：“这屋场真的不好，到手的都飞了……本来我不想要的……”

翌年，画岭村敬老院落成。宋爷对记者说：“要感谢老财的慷慨解囊。”

父 亲

火车内拥挤不堪，“咣当咣当”过了两小站，满头大汗的父亲才找到座位，拽我去坐，自己却把被褥当凳子，在过道空隙处缩下身子，不时被来往旅客推来搡去。

到校后，父亲顾不得擦汗，跑去食堂买了两份饭菜，五毛的红烧肉，五分的南瓜汤。父亲把三分之二的红烧肉都给了我。

一路颠簸摇晃，我早已饥肠辘辘，赶紧狼吞虎咽起来。

“慢点，别噎着。”父亲看着我，黝黑的脸庞汗水涔涔。

吃完后，我红着脸瞅了一眼父亲没动筷子的碗。

“我知道你不够，长身体嘛。吃，尽管吃，我不饿。”父亲把他的饭菜往我盆里倒，扒得很干净。

“您真不饿？”我大口大口咀嚼。

“不饿。”父亲爽朗一笑。

我抹抹油腻的嘴，看见父亲从蛇皮袋里翻出一个软乎乎的煨红薯，拍拍灰尘，有滋有味啃了起来。

“郭，沫，若，一九六四年题。郭沫若是谁？你们校长？”父亲指着校门上方遒劲有力的几个字问。

“哈哈哈——”一些路过的师生哄笑不止，眼神里饱含着轻蔑。

“不知道就莫乱讲，出洋相。”我低声责怪父亲。

父亲羞愧一笑，送我至宿舍安顿好后，急匆匆地要去赶下午 2 点的火车。我准备去送送他，父亲却拦住我，叮嘱我发奋读书，不要像他一样没文化，连郭沫若是谁都不知道。

我伫立校门口，目送父亲远去。父亲的身影，被午后的太阳拉得很直很直。

秋收放假，我回家帮忙收割晚稻。广袤无垠的田野里稻浪起伏，我和母亲挥镰割稻。父亲哼着花鼓戏小调，肩挑谷子，送往晒谷坪。

“上次老爸到家，时间还早吧。”我问。

“很晚了，八九点的样子。”母亲说。

“也许是火车晚点了。”我猜测。

“什么晚点？走路回的……他说省下坐车的钱，你就可以多吃几餐红烧肉了。”

学校与家相距遥远，那时坐车也要几小时，饿着肚子的父亲竟然步行回家！我手中的镰刀滑落田间，眼泪在眼眶内打转。

“这么远，为什么不坐车？就不累吗？”我追问父亲。

“你是村里唯一进城读书的状元，想想都乐了，有什么累的。想当年修韶山灌渠，一个个拱锄背锹，早上来，夜里回，干劲十足。”父亲“嘿嘿”笑着，弯腰往扮桶里挖谷子，一簸箕一簸箕倒入箩筐。他的头发白多黑少，巴满了金黄的稻子，我强忍泪水，抱住他的头一粒一粒捋下来……

父亲挑起稻谷走上了田埂，金灿灿的秋阳在他肩头晃动。

高铁经过家门口

细毛家光明跳到池塘再没出来了，是修沪昆高铁工程队里一个工人捞上来的。

细毛有光明光辉两个伢崽。

光明眉清目秀，伶牙俐齿，逗人喜爱；光辉眼泪鼻涕，痴痴傻傻，有点像她娘满妹子。

满妹子是雁鸣村李家坨的。

李家坨楠竹杉木多。细毛去李家坨剁楠竹，把满妹子也看了过来。

洞房之夜，细毛才晓得满妹子家为什么答应得那么爽快，许配她到穷山恶水的雁鸣村。

雁鸣村一整天都沉浸在细毛的喜酒里。直到夜深，闹房的人才恋恋不舍而去。

细毛试着解满妹子的衣裳，怎么也得不了手。她嬉笑着与细毛捉迷藏。

眼看良宵将过，半个月亮也羞退了，细毛娘一脚踢开了门。

“崽呀，冇办法了？娘来帮忙，这畜生不懂。”娘说完，就与儿子把满妹子堵在软软的床上。

细毛抱了满妹子，娘气喘吁吁褪得满妹子赤条精光，大呼：“崽呀，为了咱家，为了你土里的爷，搞！”

这些掌故是否可靠，无法得知。但满妹子此后像变了一个人，走路

也爱低眉顺目，左扭右摆。

有了光明光辉后，仅凭种田养活不了家，细毛拱着背包去外面打工。

细毛走后，村里开拔进来一支施工队伍，要修高铁了。大都是清一色的外地汉子，也有带了婆娘的。他们驻扎在细毛家后面的荒地里，刚来就在山顶沏了一个很大的水池，从河里抽水倒灌池中。拧开龙头，水就哗哗哗流到了工地。工地上热闹起来，有人平地，整坪，盖石棉瓦棚棚，还有食堂，小商店……

春天里，一群婆娘在细毛家门前的田埂上东翻西找。满妹子跑过去看，她们在挖鱼腥草。

满妹子挖鱼腥草喂猪，她们洗净后拌鸡肉鸭肉红辣椒炒。她们请了满妹子和两个小家伙去尝口味，又指指坪里的潲水桶："拿去喂猪吧。"

去的次数多，满妹子一家就跟他们熟了。光明放学后跟工人去了池塘钓鱼。池塘蓄了四季的雨水，灌溉着下面的农田；要是到了特别干旱季节，它也成了一张碟子，生长一些水草吸引牛群，施工队进村后，却没干过，一年四季汪着。

光辉在工棚的坪中央啃着白白胖胖的馒头，用劲地啃。脏兮兮的脸，鼻子都遮住了，满妹子就给光辉擤鼻涕。

就有男人看着满妹子笑。满妹子也笑。男人扔了安全帽，掏出一张票子，扬了扬。满妹子脸涨得通红，要走。

另外一个男人说："我出一百，反正你男人不在家。"

满妹子想了想，接过钱跟男人进了棚子。

对面田里看水的左牛皮拱着锄头回去了。

晚上，满妹子服侍孩子们睡下后，贴近婆婆的耳边说："娘，上面有伍拾的，一百的，您去不？"

细毛娘一时懵了，定定看了媳妇一会儿，不由得捶胸顿足："俺的老倌啊，丢下俺在世上受罪……崽呀，咋不回啊。"

次日，左牛皮叫住在水田里扯鸭舌草的满妹子："跟你商量一下，你昨天跟外地佬做啥子了，可不可以让我……”

满妹子扔了左牛皮一脸泥巴，跑了。

过年时，细毛攥着厚厚的钞票回来了。在桥上撞见左牛皮，他不住地摇头道：“你屋里女人不是好东西，你亏大了。”细毛揪了左牛皮要打，娘就在门口喊了。

听着娘的抽泣，细毛呆住了。

满妹子正在河边洗萝卜。红的，白的。红的人吃，白的猪吃。红的白的都洗得一点泥沙也没有。满妹子一双手在冰冷的水中搓动，泡得通红通红。清凌凌的河水叮咚向前，洗下的泥渣看不见影了。

细毛长长地叹气。

今年夏天，细毛家里催他回去。问什么事，只说回去就知道。光明是三好学生优秀班干部，听话得很；光辉字写得歪歪扭扭，却不会闹事的……有什么事，非得我回去呢？走到桥上，看见有人在自家坪里赶制棺木，泪水挂在腮边，摇摇欲坠。

娘在呼号：“我的孙儿光明啊……”

细毛双腿顿时软了下来，心像被掏空了。

细毛哭得没有了眼泪。他后悔，年后不外出，也许能挽回儿子的生命。

村里人帮着忙把光明放进箱内，然后插上木栅。

光辉不知所措地看着这一切。

满妹子目光很漠然，人们看见她眼角也起了泪花。到底是自己的骨肉啊。只见她喃喃自语：“天，你为什么这样对俺？”

人们以为满妹子伤心了，纷纷流下了同情的泪水。

“天，为什么不浸了傻傻的，给俺留下聪明的！”

大家看着正在偷吃供果的光辉，面面相觑。

依雁鸣村风俗，又因光明还未成年，选择在夜晚下葬。地点是后山的一处山坳，可以看见那一方池塘，一钩凄月。

工棚里有人出来放了鞭炮。

钓鱼的工人说光明喜欢看他钓鱼。那天太热，收了鱼竿下水游泳。看见光明来了，躲在草丛里想吓他。光明看见人不在，鞋子摆在岸上，一个猛子就扑进水里……好一阵没出来，那人才急了，赶紧下水捞……

没有星星，月儿惨白。

大家按住细毛，死活不让他去坟地。

细毛恸哭，我要再看看光明……

不久天就亮了。天亮后，桥下的一条田埂垮了，还淹了一片稻子。

后来工棚拆了，那一拨人也走了。人一走，山顶蓄水池就是废物，敲敲打打，拆下来的砖块满满几大车，细毛家建新房还用上了不少。

高铁线上呜呜呜滑过第一列动车。

细毛和满妹子坐在大门口，看南来北往的火车上下穿梭。

他们身后是长高了的光辉，在给奶奶梳理白发。

乡村爱情四章

玉妹子

女人叫玉妹子，二十青春嫁给了老莫。

老莫常年在外揽活做，三十岁才有人相亲，见了玉就粘上了，关上门舍不得让她走。玉长在山里，看见老莫瓦屋顶上伸长的天线，还有老莫娘慈祥的面容，就做了老莫新娘。玉水色好，生小孩后似乎更加标致。老莫出门做不到一个半月，就要回家。工友常戏谑，又想过瘾了。老莫暧昧地笑，人之常情嘛。这样隔三岔五地往家跑，来回盘缠也不少，一年下来，过年都很紧张。孩子大了，学费不容易，老莫咬咬牙，把上学的儿子交给了娘，与玉来到了南方工地。

整个工地，是梅源高速公路两边的配套工程。老莫他们做骨架护坡挡土墙，护卫山体，防止水土流失。为了省料省工，老莫动了一番脑筋——坑基沟底填满松散的泥土，表面铺砌光滑整齐的青石，再浇上水泥砂浆。玉说村子里砌田堪水沟都讲究结实，何况高速公路呢？老莫就骂，你们女人懂个屁！快去担石头呀……出了事有老板罩着。

工地拌灰场人多，工人们轮流进料，玉穿着老臭的大号监色罩衣，胸前沾满了一坨一坨的水泥印痕。水泥很沉，她用尽浑身的劲，弄得气喘吁吁，汗流不止，才扣上搅拌斗。上第二回料时，她直想哭。

有人二话没说，操起了水泥。

玉感激地看着他，邻近工地的汉子，叫强。

“喊我玉妹子吧。你年纪轻轻，怎么也来工程队做苦力？”玉问强。强说他并不喜欢在工地混，打算工程完成后去找表哥。表哥在深圳开工厂。

“你们女人，怎么能做这种事？你男人不怜惜你。”强说。

“没办法，伢崽要上学，老人身体又不好，全靠男人哪能支撑这个家？就是力气不如你们。”玉羞涩一笑，露一口贝齿。

山路崎岖蛇行，玉柔嫩的肩膀承受着扁担的蹂躏，忽然一个踉跄，差点摔倒。强急急丢下担子，上去搀扶。玉感激一笑，红润的脸庞渗出细密的汗珠，阳光下尽显晶莹。

“你这懒婆娘，轻点儿放不行吗？刚砌好，又被你打垮了！新墙如豆腐。你呀，真是帮倒忙。”老莫大声呵斥。玉一屁股坐地喘气，泪花扑簌。

工地女人少，大热天的，洗澡不方便。收拾完厨房，玉掩上门，索性在自来水下爽快。强加班回来，听得厨房水声淅沥，打头一瞧，红着脸默不作声走开。第二天收工后，工棚隔壁搭建了一个简易石棉瓦棚，挂“女浴室”三字。几个女家属拎着塑料桶过来冲凉，都夸玉的男人细心。玉羞赧摇头，心里却暖暖的。

雨天，是工人们的节日。喝酒，打牌，气氛很热闹。晚上，玉一边看湖南卫视，一边看男人们打牌。强手气好，兴致高涨。老莫输了钱，扯着玉早点睡。玉领会老莫的眼神，又要过瘾了。玉有点怕，工棚之间只隔一层薄薄的石棉瓦。

雨水正酣，人们熟睡了，鼾声此起彼伏。

老莫睡不着，伸手去捏玉的奶，玉今天却一点兴趣都没有。老莫火了，用捶石头的劲道狠狠揍向玉，并揪住她的头发往雨水里拖。玉一路哭喊：“打吧，要打就打死，早就不想活了……”

一双红色的塑料凉拖躺在积水里颤抖。

强找到了玉。玉双眼通红，扑进强怀里，泪湿衣襟。强柔柔地说：

“男人怎么能打女人？女人是用来疼的。”

“他不是第一次打人了……”玉嘤嘤抽泣，“你带我走吧，带我去深圳。”

强替玉拭去泪花，玉在强怀里温软如泥。天亮后，雨住了，强的身旁已然没有玉，昨晚他们约好明天去深圳。表哥工厂招人，强想去学点技术，再给玉找份轻松点的工作。

新公路铺了一层保养麻袋，强踩上去，“咯吱咯吱”地闷响。晨光冲淡了雾气，视野开阔，沿线有些地方出现了山体滑坡，到处是一堆堆湿漉漉的泥沙。

强来到工地，玉的身影一下映入眼帘。她肩挑石块，踏上三根圆木铺就的桥板，晃悠着迈向十多米高的护坡。木桥顶端连着坍塌的豁口，老莫蹲在上面紧张地砌石块返工。

“你不是说有老板罩着？儿子要交学费，娘还得吃药。唉，我早说过这样不结实，偏不听我的……”

老莫低头摆弄方方正正的面石，汗湿衣背，哑然无语。

强呆愣良久，掉头走向山外。

纯女人

路上撞见生产队长朱谷，画岭村人会明知故问：“守水库去？”

朱谷含笑，又笑。他骑摩托车，踩几脚，响声大到全村都听见。

纯女人大名袁纯清，住仙塘水库尾。过水库，翻岭脊，便是娘家。女儿四岁那年，男人杨德去海南砍橡胶就没回来，在那边安了家。自此，她家的门就不结实，出入的男人也多了。有人说，雁鸣村男人都有份。这话作不得数。但朱谷去得最多，像倒插门女婿。纯女人的满叔杨卫可不乐意了。

杨卫在外找副业，三十多还没有女人。工友戏说：“你水库边的嫂子空着也是空着，咋不晓得去试探试探深浅？”还给他描绘了一幅兴奋冲动的蓝图，说纯女人正值旺季，欲拒还迎，保准需求。杨卫就睡得不

踏实，坐慢车回家。傍黑，转悠至嫂子屋下，有光束映在水面，还有细细的声音，便蹑手蹑脚爬上窗台，见得朱谷举了酒杯，红酡酡的脸上，蜿蜒着无数条青蛇。那酒呈亮黑，是用枸杞山蛇浸泡的。酒沿朱谷喉咙直下，杨卫清晰地看到一条蛇在滑行，心口莫名地“咕咚”直跳，像蛇在腹内游弋。

朱谷说着水库粮补贴的事，顺当地褪尽了嫂子的衣裳。杨卫掖一下胸前的网袋，那是他给嫂子与侄女映花买的香蕉。他喘着粗气，狠狠地咬着。灯灭了，可屋里的声音，几欲盖过水库的波浪……水库被分割得支离破碎，一格网箱就是一块地盘，蓄养着鱼苗。水库以前是集体的，由朱谷把守，每年腊月，人们都能分几条瘦鱼过年。撒网前，朱谷大口大口喝两碗酒，然后，赤了身子跃入冷冽刺骨的水中，岸边的人啧啧称赞。网起鱼跳，朱谷那紫铜色的肌肤在冬日里格外耀眼，惹得纯女人倚门徘徊，锅里的大头鱼也格外饱满金黄。

清晨，纯女人面水梳头，杨卫摸进来，抱住嫂子，讨要酒喝，朱谷喝的那种。嫂子一愣，打了他一巴掌。

一年后，杨卫花八千娶了一个外来女人。闹完洞房，女人在床脚下才找到醉醺醺的新郎。

村人都说朱谷这一辈子死了也值，连带家中病恹恹的婆娘，霸着三座水库。如果不是，为啥他那破车每晚都停在仙塘水库？又有人听朱谷酒后胡吹，说纯女人那座水库容积大，吞吐量也大，一次可以吞没十几个壮实男人。听的人都嘻嘻直笑，只要看到有单身男人上仙塘，便爱开玩笑，去水库里？别浸死了哟！那人就会骄傲地笑答，浸死也风流快活，要不都被狗日的朱谷霸占了，酒都渴不上一口。纯女人的酒都是给朱谷留的，别人莫要尝得半口。

后来，养网箱的都跑去沿海发财，组长朱谷极力撺掇纯女人承包了水库，又邀杨卫荷锄带月挖地基，挑砖扛预制板，使得纯女人家的楼房倚水矗立起来。映花初中未读完就外出。先到海南，在父亲杨德那儿逗留个多月，后去深圳。期间，带一个四十多岁的男人回家一趟。至水库脚下，杨卫箍着喷雾器从她家责任田上来。她喊阿叔，男人递双喜烟。杨卫抹着汗摇头，自家的还没治，你婶婶要咒死我了。又嘟囔着，还以为是你老爸回了呢。映花在深圳开美容店，催妈妈过去。可村里人背地里说映花的钱来得轻松。

一日，朱谷又上仙塘。他的婆娘病故，精神很萎靡。人们笑他，干脆入赘纯女人家算了，老来有个照应。

朱谷是来跟纯女人道别的，他想去儿子的工地食堂。纯女人忙得汗水涔涔，煮香喷喷的鱼，筛乌亮的酒。他呷酒吃鱼，一双牛眼珠盯住纯女人。他的头发向上竖着，光滑油亮，像抹了一层猪油。问纯女人愿不愿意跟他去，他买菜，她做饭，“夫唱妇随”嘛。纯女人从山那边嫁到雁鸣村，从未出过远门，最远去过乡邮局，取映花汇的钱。于是，她日日盼望朱谷来接她。这种感觉与多年前等待杨德来迎娶相似，只是当初细皮嫩肉，如今明日黄花，不变的是仙塘水库的波光粼粼。

杨卫来问：“真的要跟那狗日的去吗？”

纯女人端坐地坪梳头，默不作声。水面倒映着楼宇，影影绰绰，她的影子隐藏其中。她想，将来女儿做新娘，满池的鱼虾就当作嫁衣。

纯女人看着清蓝的湖水，紫铜色的朱谷似乎向她走来，一把搂紧了她。除了杨德，朱谷是她唯一的男人。

后来，画岭村人注意到，纯女人每天都起得很早，临水梳头，饲鱼喂鸡。她苍白的脸上泊着期盼，怎么还没来呢？

工地回来的人说，朱谷有了相好，是一个拾荒女人。

映花出嫁时，纯女人找出水库承包合同，上面赫然写着“朱谷”的大名。

菲翠儿

“妈妈，气球。”小女孩蹲在沟边，嘟着嘴。

菲翠儿看见女儿的气球落在沟底。水沟有个把人深，一股黑黑的浊流蜿蜒着，上面浮着一些塑料袋、泡沫盒、饮料瓶。

男人听到了女儿焦急的呼唤。平时，他早已下去捞了。就在这条路上，男人认识了菲翠儿。鹅卵石路面，一排排绿化树，枝繁叶茂，错落有致。她的精品摊与他的皮革铺紧紧相邻。几声“喂喂喂”“我去一下帮我看一眼”，就熟了，有说有笑了，就走到了一起，两铺合并为一摊，组建家庭，有了孩子。后来，她继续摆摊，他进修招聘入厂做管理。

妈妈，我要气球，我要嘛。女儿说完，把目光投向了爸爸。女儿有些怕他，怕他凶巴巴的样子。睡觉前，妈妈与爸爸吵架了。她在屋里抛气球玩，客厅传来“砰砰砰”可怕的响声，夹杂着爸爸的大声呵斥。妈妈进来“啪”地揿灭了灯，默默地抱着她。她去摸妈妈的脸，满手板湿湿的。她想说妈妈别难过，可被妈妈搂得太紧，只能感受到妈妈激动的心跳，什么也说不出口。

菲翠儿咬着薄薄的嘴唇，开始卷裤筒。这个姿势，他最熟悉了，每天摆摊收工回来，她就是这样洗衣拖地的。有时候，她撒娇似的伸出手要他挽衣袖，他抱着电脑捣鼓得起劲，头都懒得抬。

菲翠儿左手按住水沟路基，俯下身子，右手使劲伸向污秽的沟底。他答应她最后来一趟这条爱情路的。他答应这一天交给她们母女尽情去挥霍，明天，就去办手续。他厌恶地瞟了一眼她那匍匐的丑态，像佝偻的老太婆，又似超市水族馆里的八爪章鱼，只想快点离开这里。他想，原本陌生的两个世界，怎么会牵手同一屋檐下？难道是因那次雨来得急，他没带任何雨具，钻进了她那堆摆放精品百货的彩篷，开启了他们之间的感情流程？真的滑稽可笑！曼曼断然不会趴成这样子的。曼曼比她优雅丰腴多了！

菲翠儿撅着屁股，可终究够不到那气球。她站起来喘口气，拢拢头发，说，宝贝，别哭，妈妈有办法。一层细密的汗珠，均匀地分布在她的额头，如无数颗秋阳在晃动。

周围一些窃窃私语，在秋风里瑟瑟：五毛钱的气球，值得费那么大劲下臭水沟吗？那男人怎么不下去？他瞪着那些闲得无聊的人。三五片枯黄的落叶，变了线路飘飘忽忽。这女人，为了五毛钱的气球，让他很没面子。他更加坚定决心，对女儿说："走，爸爸给你买一打，五颜六色的。"

远处，彩球飘飘，绚丽多姿，扯天扯地。

女儿执拗不动，说："我就要这一只，就要，爸爸你去帮帮妈妈嘛。"

菲翠儿束紧细瘦可握的腰，双脚分开踩着两边墙面的凹缝，"八"字形状，下得底部，却无法立足打捞那相隔咫尺的气球。汗已透背，她感受到了一种秋日的清凉。她与男人都是做小生意起家的。一瓶下饭的"老干妈"辣酱，几双破烂的袜子，一间拥挤的出租房，对付着最初的艰苦岁月。他们的爱情没啥惊天动地，涓涓细流却也汇成大河。她不是舍不得五毛钱，他们的房子车子就是从最初的五毛钱起步的。他们从无到有，从素不相识到有了女儿，她一直以为他们的爱情坚如磐石，一直以为幸福在手中攥得紧紧的。

他下沟了。

菲翠儿手臂有些酸痛，麻麻的。她想再过会儿只能撤回了，要不，会掉落污水之中。他与她不到一米的距离，她觉得他离她很远，很远了。自从进厂做管理，提拔当了厂长，他回来就不及时了，说话爱拐弯了，身上有胭脂味了。当然，她知道他有应酬有饭局，她都相信这是真的。她预感有什么要发生，心常常莫名"怦怦"直跳，就真的发生了。他向她交底，他早就有了曼曼。

他双脚轻轻托住气球，往上挪。菲翠儿与他脸贴得很近，可以闻到对方那熟稔的气息，可以感知对方身上的味道——曾经的水乳交融和相濡以沫。交汇的一瞬间，他垂下了眼睑，别过头去。

那只坠落沟底的红气球，经过两人的传递，终于到了女儿手中。

他好久没注意菲翠儿的脸庞了。冬阳下，她汗珠晶莹，红润依然。他内心像被什么触动了，刺痛了，以至上得地面，回头伸手给她。她迟疑着，眼睛红红的。他一把抓住她的手，顺势一带，她撞入了他怀里。

她更加绯红似火，挣脱开来，一脸的镇定。

他嘴张了一下，想说什么。

“嘭”的一声，他不小心后退，踩破了那只气球。

女儿看着那点点瘫软的碎片，不舍丢弃，伤心地哭泣。

菲翠儿内心像被什么揉碎了，难受至极。过了明天，他们的爱情、婚姻和家庭，也将像气球一样破碎不复存在。她抱住女儿，说：“不哭。气球没了，咱们去买，红的，绿的，大把大把。”

“要得，咱们去买……”他喃喃自语。

他们牵着破涕为笑的女儿，奔向那一丛丛火红。

蓝莲花

蓝莲花手在男孩左手，腰在男孩右手。他们像一株分蘖的水稻，站在烧饼铺前。

蓝莲花右手捏了黄灿灿的烧饼，男孩两口，她一口；她两口，男孩一口。天上一枚月眉儿，她笑若月牙儿，腮边挂了葱花屑儿。男孩细心地替她擦拭油腻腻的唇。

“卖烧饼，一块钱一个能发财吗？我们要赚大钱，赚了钱给你娘看病，供你弟读书，然后我们买房子，生孩子……再不要你忍饥挨饿跟我啃烧饼！”

她一双湛蓝的眸子，水水地看着男孩，也吸引了系着紫色围裙的烧饼大嫂羡慕的目光。

男孩吻了蓝莲花。月下梧桐，烤炉火旺。她腰被男孩揽着，柔若无骨，沿着河堤走向月亮后面。

蓝莲花手在男人左手，肩上搭了男人右手。男人手箍劳力士表，耀眼刺目。

蓝莲花腆在烧饼店门前。饼上那些星星点点的芝麻，仿佛男孩脸庞的青春痘，镶嵌在她的记忆里，惆怅着她的内心。

两三个红衣少女穿梭忙碌，肩挎坤包的大嫂笑语欢迎。

男人掷一张红红的钞票，罩住了满笼鼓胀的烧饼。风倏起，票舞飞扬，蓝莲花慌乱欲追。男人拉住她，指指艳丽衣裙下她那微微隆起的肚腹。

蓝莲花双手抚胸，上下滑动，像一只梳理翅翎饱含母性的水鸟。

男人打开了锃亮的宝马车门，驰向郊外。迷人的郊外，不是水稻的故乡，到处是撒欢的鸟雀，纷飞的蝴蝶。

那张飞扬的钞票，漫天旋转，如巨大的火球。

老人掏出一枚硬币，要了烧饼，蘸盐，加糖，跑上五楼，一会儿又似烤炉火苗“呼哧呼哧”跑了下来，扑到前台：“这妮子，简直是俺奶奶了！你娘是被你活活气死的，你弟弟在脚手架上流血流汗，你爹不要俺来，说就当白养你一场！俺不明白，前年跟明伢子一块出来，处得好好的，咋就分手了？那个杀千刀的，可以做你父亲，偏要跟他……想不开，也不能做贱自己……给你买早点，说没味道。唉，服务员，请多放点辣椒。”

一身休闲打扮的大嫂与员工站在烧饼总店旗下，听得五楼临街的房内传出“砰砰砰”酒瓶的脆响，伴随着一阵又一阵女人尖厉疯狂的哭声。

老人喃喃自语：“俺老伴死得早，来小区当保安，理发后老板娘问要不要去洗脚按摩，松松筋骨……报应！进来的竟是俺苦苦寻找的孙女。”

老人正说着，五楼窗台有一条细细的腿在外边晃动，富有活力的血管清晰可现，脚趾涂得花花的，一只染得发绿的手向上攀缘，一双暗淡无光的眸子，似笑非笑的表情。

人们惊呼：“有人要跳楼了！”老人歪头细瞧，踉跄着后退，突如其来一声急刹，老人弓一样弹出老远。

鲜血在静寂之中弥漫开来，窗台上晃动的腿迅速退缩，蓝莲花发疯般冲下楼，扑向渐渐冰冷的爷爷……

蓝莲花漠然走向柜台，要了那两个蘸了辣椒的，咬一口，尽是葱花屑，拌泪珠儿。

小女孩坐在门前，看来来往往的车流人流，多得像乡下稻田的蝌蚪。

有人过来买烧饼，一块钱一个。小女孩说：“叔叔你脸上有蝌蚪，真的，嘻嘻。”

来人一愣，随即笑了，摸摸她的脸蛋：“你真会说话，你的眼睛也会说话，蓝眼睛。”

“是呀，人人都夸我有一双湛蓝湛蓝的宝石般的眼睛，像我妈妈。”

来人哆嗦一下，烧饼掉落地面。

小女孩“咯咯”大笑：“妈妈，蝌蚪叔叔被我的眼睛电晕了，快来看哟。”

女人撩起紫色围裙，抹着汗，走出来：“小蓝，哪来的蝌蚪叔叔？看花眼了吧。”

车流，人流……小蓝眨巴着眼睛，不见了那人，烧饼孤零匐地。

女人也有一双湛蓝湛蓝的宝石般的眼睛，比小蓝的成熟，幽远，深邃。

肩　头

他骑在父亲肩头。

父亲抓着他的双手奔跑，他特开心，催促父亲快点喔。下坡时，父亲踉跄一下，脚底打滑，整个身子往后仰。情急之下，父亲一个侧翻，胸脯结实地吻住地面，他却安然无恙。

“爸爸，你没事吧？”他焦急地喊。

父亲缓缓爬起来，揉了揉前胸，搂着他说：“没吓着你就好，我没事，我怎么会有事呢？我还要背你去上学呢。”

上学路上，他说什么也不骑父亲这匹“马”了——小志等伙伴都看着，多不好意思！

父亲赶马运载砖块，做建筑小工。马不能上楼，父亲挑五六十块红砖踏步上架。父亲用宽阔如山的肩膀，担负着他的学费和这个家。炎炎烈日，马的肩部被背篼勒得皮开肉绽，血红如火，引得蚊蝇飞舞。晚上，父亲回来，叹气道：“马太累了，要多喂点谷子。”娘很心疼，说：“你也是匹马！就不晓得早些散工？”父亲“嘿嘿”一笑，搭上毛巾往外走。

天边一弯淡白的月亮。父亲坐在池塘边的青石板上，状如一尊伟岸的青铜雕塑。他轻轻地抚摸着父亲麻绳一样粗糙的双肩。

“您痛吗？以后少挑点。”他哽咽着。

“你摸一摸，就不痛了。傻孩子，爸有的是力气。”

父亲确实有力气，四方形拌桶，搓搓手，撂上肩膀，一口气从家拱至稻田，村里无人能敌。

月亮之下，父亲的皮肤泛出古铜色光泽。

“今天咋回来得这么早？”父亲捞起湿毛巾擦拭身子，一池月亮就碎了，荡满一夏银光翠影。

“周末嘛。”他钻到了水里。

次日清晨，全家被一阵叫嚷声吵醒。有人焦躁地打门，喊着：“快起来，看你怎么管教那兔崽子？还得了，把我家小志打成这样……”

父亲开了门。门外站着小志和小志妈。

小志妈气势汹汹，手指父亲说：“我家小志被你儿子打了，喊爹叫娘痛了一夜，特来讨个公道。”

小志一瘸一拐走给父亲看，“痛死我了”地叫个不停，并挤出来两滴眼泪。

他急了：“谁叫你骂人？”

“骂几句就要打人？我打你几下，看你痛不痛？”小志妈说。

父亲狠狠地剜他一眼，背起小志上乡医院。医院距村子有三十多里，小志是学校最胖的学生。父亲驮着小志渐渐远去……

中午，父亲回来了，淌着汗，不说话。

娘问花了多少钱，父亲伸出五根指头。

娘惊讶得“啊”了一声，揪住他要打：“你看你惹的祸，五百块，你爸要担多少砖？要磨破多少皮啊！”

父亲拦住娘。

“小志骂爸是赶马佬，有出息，只有一身蛮力气。”他满脸委屈。

“小志骂人不对，你打人也不对，做错了就要敢于承担。”父亲的肩头落满了斑斓的阳光。

他偎依过去，泪流满面。

疼

后山，老李攀着树枝，吃力地摘下梨子，抛给仰着头的孙女小薇。

弟下班回家，看见白发的父亲在树上攀爬，一阵风吹过，差点掉下来，便打了女儿一巴掌。小薇放声大哭。

“不要打她，是我自己上去的。”老李抱紧树干往下滑，弯曲的身子像烤熟了的螃蟹。

“你家少爷嚷了几天要吃梨，也不去给摘几个？”屋里，嫂子对哥说。“小强像猴子一样灵活，爬上去就是，还要我摘下来喂他？都是你惯的！”哥从工地回来，满身的疲惫，没好气地说。“每次我上树，爷爷就把我骂了下来，说是要上街卖钱的。”小强埋怨道。“上了树被赶下来，明摆着是偏爱小薇嘛。”嫂子怒不可遏，“你这窝囊货，嫁给你倒了八辈子霉，别个的是宝贝心肝，咱们的是粗糠瘪谷……还给上树摘呢。”

隔壁，弟听得嫂子指桑骂槐，想要回话，却看见老婆玉花在使眼色。玉花腆着肚子，拴上门，摆碗端菜：“又没指名道姓骂你，跟那泼妇一般见识？”玉花说完，一家三口就着热气腾腾的一桌佳肴，大吃起来。

小薇要去叫爷爷奶奶，玉花剜她一眼：“没煮多的饭，下次吧。”小薇嘟起小嘴：“妈你每次都这样。下午，奶奶饿了，爷爷上树摘梨给奶奶尝。我刚好回来，爷爷就抛梨给我。”弟看着玉花，低头无语。

像平常一样，老李又晃着担子上街叫卖梨子了。年轻时，一头梨，一头人，要么弟，要么哥；如今兄弟俩都成家了，一户变三窝，都要过自家的日子，谁还记得梨树下的白发双亲?

贫困年代，到处饿死人，两老左省右俭好歹救了兄弟的命。分家后，俩兄弟每年二百斤稻谷兑现了一年，此后便颗粒不给。怪不得儿子，学费农药化肥种子地膜啥都涨价呢。自己喂了鸡鸭，种一些菜蔬，地里的大蒜仅去年就赚了一个月的口粮哩。人是活的，有手有脚，怎么好意思向儿子伸手讨要食粮。儿子自个儿生的，还好说，媳妇毕竟是外人，可得看她们脸色哟。小强小薇都是长身体的旺季，胃口大，不知他们够不够饱。鸡蛋也积了不少，一个都舍不得吃。小薇小强几天没过来，要考试了吧，他们最爱吃煨鸡蛋呵。当然，果子也没少给，只是他们常爬到脆脆的树尖上去，很不安全呐。

卖完梨后，老李兑得大米猪油回家。梨树只剩顶部晃着几个青青的果子了。小强又上了树。他放落担子，扯破喉咙喊，小强就不下来，一个劲头往上攀，却摘不到青果。他咬咬牙："小强你下来，爷爷帮你摘。"小强下树，他上树。

"爷爷，那儿有大的，我要！"他小心地攀过去，却踩到了枯枝，一声"唉哟"，坠落而下……梨树上的鸟巢掉下来了，三五只灰色的麻雀惊慌失措，绕那小小家园"吱吱"哀鸣，然后四散而逃；片片枯叶飞了起来，划出忧伤的弧线，在空中旋转，飘落。

"爷爷，你怎么啦？"小强抱住爷爷的头，哭喊着。兄弟俩急急围拢过来，抬着老李送医院抢救，又悲痛欲绝地抬回家里。

临终前，老李紧紧拉着兄弟的手："你们有多少年没交稻谷了，你们心里清楚。你们养家糊口不容易，我也从来没向你们开过口。以后，我恐怕吃不上你们的供粮了，但一定要好好服侍你们娘啊！"

娘颤颤巍巍地指着床下一篮子鸡蛋，看着玉花，"媳妇啊，你很快又要当妈了，这是娘攥下的，多补补身子。”又目及嫂子，“怀小强小薇，你们都吃了我攒的鸡蛋，一个一个都营养着呢。”

嫂子和玉花再也阻止不了泪水。

老李葬在后山，梨树陪着。

给客人腾窝儿

吃过晚饭，新年第一场大雪没有一点停的迹象。

我们围着火塘取暖，火焰欢腾，气氛温馨。

“笃笃笃”的敲门声骤然响起，听来格外突兀。

娘开了门。冷风袭面，寒气刺骨，两个陌生女人颤抖着站在门外。年龄偏大的中年女人肩挎脏兮兮的帆布袋，另一个年轻一些的背着背篓，头发蓬松。

中年女人嗫嚅着对娘说：“老姐姐，做做好事吧。好大的雪啊，我们实在没气力了……请帮帮忙，给点吃的吧……家乡遭了冰雹，房子倒塌……”

娘面露难色：“俺家……”

年轻女人声音怯怯的：“我们好饿，行行好吧。”

“外边这么冷，快进来。来了就是客啊。”娘犹豫片刻，抿了抿嘴唇。

我赶紧搬过椅子，说：“快请坐。先烤烤火，暖暖脚。”

“明天，我们姐妹想去长沙，再搭火车到——”

“先喝杯热茶，暖暖身子。”妹妹飞快地端上两杯热腾腾的茶水。

“男人死得早，女儿嫁了人……没想到遇上天灾，哎——中年女人噙着一泡眼泪。”娘陪着唏嘘嗟叹，利索地给客人烧好了饭菜。

她们也许是太饿了，“呼哧”着把头都埋进了碗里，最后连嘴角残留的鸡蛋屑片也不浪费，伸舌撩入口中。

这时，娘悄悄拉我到屋外，说：“你去邻居家玩吧。要是晚了，就在那儿睡算了。”

我很诧异！平时，天刚擦黑，娘就会大呼我回家，从不允许在外逗留，更别说过夜了。

寒风呼啸，雪落有声。我磨蹭着没动。

“你去，你就去嘛。”娘发怒了。

我委屈得掉眼泪，偏不迈腿。

“老姐姐，我们吃饱了，不饿了，走啦。”中年女人抹着嘴，“啦”字拖得老长，又瞟了瞟房内的床铺。

“你们是客，就在俺家歇息吧。”

“太谢谢老姐姐了。”中年女人巴不得娘这句话。两人便靠拢火塘烤火。

夜已深，我想睡了。可我睡了，客人睡哪儿？我家只有两张床啊。我总算明白娘催我去借宿的用意了。是夜，妹妹跟娘睡，另一张床留给两位客人。我和守山的父亲睡猪栏。我家猪栏有两层，楼板上堆放着越冬的稻草和薯藤。被子一铺开，我滚了进去。睡在猪圈上面，感觉好新鲜……就着猪的鼾声，我慢慢进入了梦乡。

不久，两只猪醒了，拱着大嘴巴来亲我的脸。我说，你们要听话啊，多吃猪潲，快点长大。猪不说话，只顾往我怀里钻，舔我的脸，舔得我痒痒的。我急忙去推……唉哟！我掉进了猪栏，睡在两只猪中间，还是娘早上发现的。

娘

村子很安静，家家户户都在做中午饭了。娘挽着换洗衣服，一拐一扭地朝细崽家踱去。娘花白的头发飘荡着，如凋零的芭茅花。

峰峦峭壁下，一碧湖水辉耀着，像村子的眼；旁边有一处小山坡，岭上就是细崽家，也即娘的老屋。村名画岭，山碧水黛，风景瑰丽。娘嫁给画岭侯家，嘟噜嘟噜地生了七胎，成活五胎，除了四个儿子，还有唯一的女儿老四。老四嫁在山外，听村里人说娘过得并不舒坦，曾提议把娘接过去，可哥哥们不同意，说出侯家的丑呢。

今晨，老三急于去赶亲家的生日酒席，把娘往老大家送。老三喊一声“大哥”，无人应答。又打电话，才知大哥两口子进城了，正忙着为小女儿挑选嫁妆。老三说：“这个月不是轮到你家赡养了吗？娘都到你家门口了。昨晚说好今天送过来，怎么就忘了呢？”老大说：“不好意思，今天回家可能会很晚，娘要不就在老三家再住一个月吧。”

“老二家就在对面，这个月俺住老二家。”娘说完，背靠着老大家紧闭的大门歇息。老三点点头，叮嘱几句，就走了。

凛冽的寒风吹乱了娘满头的银发，娘像虫子似的，慢慢蠕动在狭窄的山村小道。咳着，咳着，娘爬上了老二家地坪。一只老母鸡领着一群小鸡崽，围着菜叶萝卜嬉戏啄食。老二去哪了？一骑摩托经过，乃老二邻居。邻居说老二送孙子去学校了。娘累得实在走不动了，推开老二家杂屋，摸上平时睡觉的硬板床，和衣躺下。床正对着破烂的窗户，没有玻璃，几张废报纸“呼呼啦啦”响着。邻居替娘盖上烂得掉絮的旧被，娘噙泪抓住他的手，托他捎信给村尾的细崽。娘忘记了，细崽夫妇外出打工，过年都没回啊。

娘饿了，艰难地下了床，脸如白纸，按住肚子，张嘴吐出一口酸水。

墨绿的水库，颤巍巍地晃动着娘的倒影。娘的头部快挨着膝盖了，跪着爬上小山包，气喘吁吁。

娘不见了，儿子们哭得很伤心。他们对着水库哭，对着群山喊，可始终找不到娘。十天后，有人发现山中一处洞口有个包袱，他们便寻去。果然，娘躺在洞中的草堆上，安然无事，旁边有一些细碎的野果和薯块。忽然又响起了“嘎嘎嘎嘎”声，却是一只黑叶猴和它的四个孩子。母猴全身亮黑，长条形脸面，叉着两撇白胡子，像一位修身养性的长老。五年前，母猴误中村民下的野猪夹，痛得“嗷嗷”直叫。娘起了怜悯之心，求村民放生。母猴前肢受伤，不能动弹，娘便寻来草药悉心照料，直到它痊愈才放归山林。放生时，母猴蹦跳着攀上一块岩石，灰蓝的眸子里储满了泪水，定定地看娘许久，才隐入大山。

儿子们羞愧难当，从此百般孝顺，服侍娘亲。娘享年九十九岁，下葬那天，画岭大小山峦群猴毕集，啼鸣声不绝于耳。

潮　音

哗啦，哗啦，寂黑的涟水河面，一叶小舟悄然划向对面的山岩。

杨排长带人藏身堤岸草丛，屏住了呼吸。

忽然，一束刺眼的灯光罩住了河中的小船。“糟糕，被鬼子发现了。快撤！”杨排长命令。可来不及了，碉堡内吐出一条条火舌，鬼子的火力集中朝灯光处射击，十几分钟后，水面平静，只余小船孤零零地泊着，战士们的鲜血染红了涟水，水上一片殷红……强渡失败后，杨排长找来老乡，得知涟水河绕经雁鸣峰下有一回湾，全是漩涡险滩，临崖怪石嶙峋，非人力所能攀登。

鸡啼数声，太阳漂红了雁鸣峰顶，七八个鬼子下山来搜刮粮食了。鬼子看见了一名蹲在河边洗菜的孕妇。孕妇的头巾是淡黄色的，衣服是橙灰色的。整个早上，漫天浓雾渐渐隐退，稀薄炊烟缓缓升腾，淡黄色头巾一直随风飘荡在涟水河畔，翻滚着打起卷儿。鬼子的刺刀插在她隆起的腹部，反射出冰冷的寒光。

“我跟这帮畜生拼了！”易石匠悲号。他刚从山上偷跑下来，父亲和许多村民还在山上，在鬼子的皮鞭和刺刀的威胁下，没日没夜修筑防御工事。

“不能蛮来！”杨排长一双强劲有力的手按住了易石匠。易石匠像孩子似的放声大哭。

傍晚，易石匠含泪掩埋了妻子，安顿好嗷嗷待哺的儿子，借夜色掩

映摇船载红军战士悄悄靠近回湾潭。

回湾潭水浊浪滔天，像千军万马在呐喊，波涛拍岸。易石匠叮嘱战士们坐稳了，双手握篙，使劲划向回湾潭。呵！顺着波峰浪谷，船儿像贴着白蟒的肚皮，有惊无险地荡到了山崖峭壁附近。原来别有洞天！外人根本无法知道这个秘密。时间紧迫，杨排长指挥一名战士向上抛掷绳索，固定好后，由易石匠带领战士们一个一个地向山上攀去，几乎是贴着山的脊背攀上了顶峰。借着一轮明月，全村风貌一览无余。

月儿又白又圆，亮亮堂堂。易石匠想起了一同被鬼子抓上山的父亲，想起了惨死的妻子，想起了襁褓中的孩子，不由得泪流满面。杨排长轻轻拍着他的肩膀，沉默中传递出无声的力量。待战士们稍做休整，杨排长站起来布置了任务。此刻，明晃晃的月亮在天上悬着，杨排长走在最前头，带领小分队悄然向观音阁摸去。

易石匠跑到杨排长面前，说："山上我比你们熟，你们在这儿等。"

杨排长说："不行，鬼子的炮火不长眼睛。"

原来，鬼子抓人上山后，强迫他们修筑工事，妄想据雁鸣天险阻挡抗日部队的前行。易石匠的父亲知晓庙内观音菩萨的后座底部有一洞口，直通山外一条荆棘丛生的小径，能秘密到达回湾潭。那天清早，山上起了大雾，父亲把易石匠塞进了洞内，嘱其引红军上山。收工时，狡猾的鬼子清点人数，发现不对，便到处搜寻。当鬼子沿着菩萨像敲敲打打，快要找到洞口时，父亲和一帮汉子推倒了几米高的菩萨像……

天快亮时，焦急中的杨排长终于等来了接应部队，战斗立马打响了。杨排长率 20 名士兵组成敢死队，攀崖爬行至山腰距敌约 40 米处，乘敌人重机枪换子弹的瞬间，将手榴弹投进碉堡。碉堡炸毁了，战士们冲锋前进，敌军惨败，鬼哭狼嚎。愤怒的易石匠捡起一把大刀，挥舞着冲向鬼子，要为父亲和妻子报仇。战争结束后，杨排长等 8 名官兵献出了宝贵的生命，英雄们的遗体就埋在他们战斗的地方——观音阁山顶。

中华人民共和国成立后，当地政府修建了抗日阵亡将士纪念碑，重修观音阁，并改名潮音阁。有诗为证：

潮音高阁傲苍穹，曾睹当年战火红，
血肉筑成钢铁堡，丰碑屹立晓风中。

春天里，万山红遍，一群孩子上山采挖野菜，蝴蝶似的满山奔跑，欢歌笑语响彻涟水河两岸。

解　药

来人说，只要到警察署办一张良民证，新生就无事了。新生有一年多不曾回家，前天，天刚黑辗转进屋，下半夜又一声不吭出门了。于是，老杨连夜步行四十多里的崎岖山路，冒雨赶到湘乡县城。

清早，草萝街行人稀少，偶尔传出几声野狗的吠叫，叫人胆战心惊。警察署铁门紧闭，一对高大的石狮子冷漠地鼓着吓人的眼球。它对面是维持会馆，大门敞开，一个 40 岁左右的长脸男人主动跟老杨打招呼。老杨收拾伞具，说明来意。长脸男人姓王，他安慰老杨不要急，只要肯听话，良民证好办。不久，警察署张开黑乎乎的大嘴，把一些赶来办事的乡民吞入肚内。姓王的领着老杨，径直走了进去。

老杨左顾右盼，也没见着儿子，又听来往之人都叫那人“王会长”，忙问：“不是要办良民证吗？俺新生伢子在哪儿？”王会长嘿嘿一笑：“老杨啊，少安毋躁，听我安排。”只见他伸手往空中一拍，就有一个日本军官从后面走出来，麻脸上牵扯出一脸奸笑，叽里咕噜说了一通，可老杨一句也听不懂。老杨意识到上当受骗了，暗暗诅咒那个捎信的汉奸不得好死。

一张良民证横在老杨面前晃动，像香喷喷的诱饵，等待鱼儿上钩。

王会长说：“这位是金井将军。你儿子是读书人，竟敢跟皇军作对，投奔‘葛土匪’！‘葛土匪’唆使那帮刁民，傍涟水河之险伏击皇军，拿鸡蛋碰石头，简直不想活了！实话告诉你，国军节节败退，皇军飞机轰炸，洙津渡大桥炸了，湘乡将夷为齑粉……皇军对付山上那帮乌合之众，像捏死一只蚂蚁那么容易！”王会长又把良民证扬了一下，假惺惺道：“皇军请你来，是看得起你，希望你把杨新生劝下山，金银珠宝自然少不了你们的……他学的枪械专业，对皇军大有用处的嘛。”

“葛土匪”姓葛名威武，曾经的北伐勇士，湘乡沦陷后，他毅然挺身而出，竖起抗日战旗，成立抗日游击队，与鬼子巧妙地周旋于洙津渡、万贯亭至山枣、城江一带。得知儿子加入了游击队，可以痛打小鬼子，老杨心里乐开了花，可听王会长一番“说教”后，又替儿子及游击队员们担忧……他低着头，接过良民证，汗水透背。

回村后，乡亲们都盯着他，个个双眸喷火。罗铁匠去了，就再也没回来，还有易石匠、刘木匠等附近乡邻，都因日本人的阴谋，一个接一个被骗捆缚，推入涟水河，沉入河底，只因他们的亲人参加了抗日游击队。老杨居然活着回来了，而且怀揣良民证，若无其事地出现在村子里。

老杨乃一介厨师，手艺精湛，蒸香芋扣肉和湘乡蛋糕最拿手了，方圆数十里堪称一绝。打县城回来后，他就只能待在家中，抱酒坛喝闷酒了。一个没有骨气的男人，屈服于日本人的淫威，谁会请他当主厨?

葛威武的队伍驻扎在画岭之巅，日本人一直没占到便宜。九月，晴少雨多，日本人的装备供给跟不上，枪械专家也未到位，金井就给王会长下了死命令，全歼游击队，活捉葛威武和杨新生。老杨上山了，是被荷枪实弹的日本人押着。杨妻香莲啼哭不休，骂他丢尽了湘乡人的脸，跳进了清凌凌的水库。老杨双手被反绑着，紧咬嘴唇，心在滴血。他知道，金井并不相信他，只是利用他，何况他是厨师，煮得一手好饭菜，鬼子也要吃饭啊。

山河破碎，秋风呜咽。金井驱赶着被抓的乡亲们没日没夜地修筑工事，稍有迟缓，皮鞭似雨点般落下，一些人伤痕累累，疼痛难忍。老杨攀岩爬石，费尽周折，找来草药，可他们并不领情，一脚踢翻了药罐子。老杨默然退出，轻轻地叹气。

战事吃紧，金井惶恐不安，命人捆上老杨向山头喊话，逼葛威武率部投降，交出杨新生，却遭到葛部的迎头痛击。晚上，老杨把鱼肉端上日本人的桌子，狡猾的金井却要跟乡亲们换着吃——乡亲们吃的像猪溯啊！老杨冷冷地瞪着金井。金井手一挥，一个瘦小汉子点头哈腰过来了。这人好面熟啊。老杨终于想起，他就是送信的人，后来又跟乡亲们混在一起修工事……老杨不由得暗暗叫苦，自己在饭菜中做了手脚，汉奸肯定早已知道。

老杨额角冒汗，看着乡亲们吃那大鱼大肉，吃得满嘴油腻，而日本人惧怕中毒，又要填饱肚皮，艰难地吞咽着粗粮。不久，乡亲们捂着肚子喊痛，日本人也起了反应，“哎哟”连天。老杨急呼：“乡亲们，解药在这里，快来喝酒！”乡亲们趺撞着跑过去，可酒坛却被那汉奸抢走，交给了金井。金井腹胀难受，抱着“救命解药”猛灌几口，剩下的则被手下抢去瓜分，一滴也不留……月光下，日本人七窍流血，一命呜呼——老杨在所有饭菜里都放了泻药，而真正的毒却下在药酒里！

不幸的是，老杨中了汉奸的冷枪，血染草地。乡亲们愤怒至极，冲上去把汉奸摁住，一顿乱揍，最后交游击队就地处决。

红枫似火

那晚没有月亮。墨黑，静寂，油灯如豆。

银芝围着衣裙，洗碗刷筷。奶奶咳得像关不住的风箱，冷不丁冒一句："湘伢子上区公所做么子？咯样晚了还冒回来？"

"他说有很重要的事。"银芝嘟囔着，"又不是他一个人的事，丢了魂似的。"

"吱扭"一声，风推开门，径直挥灭了屋里的油灯光。屋子黑寂寂的，只有火塘烧得正旺，映红了婆媳两人的脸。

隐隐传来了狗吠声。

咬着银芝奶头的晓光被突如其来的黑暗吓哭了。银芝拍她一巴掌，哄她："莫哭，莫哭，小心被'万人恶'的狗叼走。"哭声戛然而止，银芝抱女进里屋睡去。

奶奶的床摆放外屋，也即堂屋一角，毗邻火塘。奶奶靠着床栏，火光映照之下，皱纹似壑，忧心忡忡。是湘伢子让奶奶操心呢。奶奶合上双眼，许多事情浮现脑海，清晰如昨：丈夫早逝，她含辛茹苦把湘伢子拉扯大，举债供他求学，可儿子不争气，追求新思想，辍学在家瞎忙碌，不晓得折腾么子名堂……

木门又旋开了。风像细了一些，窸窸窣窣。

奶奶喊："媳妇啊，忘关门了？"便摸索着下床，趺向门口，喃喃自语："湘伢子太不像话了，也是当了爹的人，田地活儿都不管，全撂给屋里堂客……唉，媳妇忙了一天，累坏了，现在肯定睡死了……”话没说完，奶奶的嘴就被一双粗糙大手封住了。哇，黑屋子里站着七八个蒙面大汉！像老鹰抓鸡一样，他们把奶奶丢在床上轮流棒打，瘦似干柴的奶奶死死地抱住头部……

奶奶凄惨的叫喊声，惊醒了睡梦中的银芝。银芝抱着晓光，顾不上穿鞋，抽开后门栓子，连爬带滚冲上屋后小山头，扯开喉咙急呼：“来人啊，快来人啊，俺家娘遭强盗毒打啦！”

银芝的呼救声，在黑怺怺的画岭激荡开去，乡亲们闻讯后，纷纷举着火把，挥舞锄头，从山旮旯里涌来。打人者见势不妙，飞快地逃向陈家对面的山岭。奶奶忍痛滚下床铺，艰难地爬向门槛，指着那些人的背影，说了句：“你们是‘万人恶’的人！”而后昏死过去。

奶奶后来回忆说，“万人恶”是要来“绝根”的。这“根”当然是陈振湘了。幸得他去区公所开会，天亮才到家，倘是回得早，或在途中碰上万家的人，他的命肯定没了！“万人恶”没搞到他，奶奶代儿遭罪，亏得银芝反应快，她和晓光才逃过一劫。

画岭的田地山水都归“万人恶”管辖，陈家是佃户，一年到头累死累活，依旧肚腹空空，衣衫褴褛，“万人恶”稍有不满，他们还得遭万家狗腿子的打，直打到你唯命是从。陈家独苗陈振湘在县城东山学堂读书，与少年毛泽东是校友，较早接触新思想，视野开阔，见多识广。他辍学回家后，听说毛泽东等人在嘉兴南湖红船上创建了解救劳苦大众的中国共产党，兴奋异常，便暗中联络湘乡党组织负责人，主动申请入党，并成为骨干力量。此后，他受命在谷水潭市一带发展党员，开展地下工作。早些日子，他被组织上正式任命为谷水潭市片的书记，激情澎湃，干劲十足。万家狗腿子晓得了陈振湘的身份，立马报告“万人恶”，“万人恶”连夜派人摸进陈家湾，欲暗中除掉陈振湘，以绝后患。

那天，陈振湘开会回来，步行至野猪坳时，天已擦黑，云团乌寂寂地立着，很沉重的样子。再走半小时，他就到家了，就可见到母亲与妻女了。

有黑影在林中飘着，陈振湘喊了一声“哪个！”却静寂无声。上前细瞅，不得了哇，树上垂着一条绳索，套着一个女人。他赶紧救下，背起往医院送去。也是女人命大，发现又及时，活过来了。她无声地淌泪，目光里包含了软弱、无助和仇恨。

女人的丈夫替“万人恶”做牛做马，不但得不到一文钱，还被打断了腿。孩子们饿得哇哇直叫，她去挖野菜熬汤，每餐吃过精打光。好不容易喂大一头猪，请人宰杀，想让丈夫和孩子们开开油荤，又被万家的人抢去，连带一窝叫鸡子。她哭哑了嗓子，却怎么也想不明白，人欺人，人吃人，恶人当道，公理何在？么子世道啊？她独向野猪坳，想一死了之。

“这个‘万人恶’，真可恶！”陈振湘听后，气得一拳打在桌上，接着说：“是可忍，孰可不忍。我们要改变自己的命运，不再受地主乡绅的剥削压迫，就必须团结起来。共产党就是为了让老百姓脱离苦海的。”他的话掷地有声，其他病人都听得入了迷。

次年，陈振湘积极发动群众，灌输革命理念，领导谷水潭市一带农民，将恶贯满盈的“万人恶”推上了审判席，又带头分田分地，让人们当家作主，过上了安宁的日子。

金秋十月，陈振湘又当爸了，儿子晓明呱呱坠地。他笑着对乡亲们说：“咱这颗革命的种子，硬是后继有人咯。”

陈振湘参加了二万五千里长征，娘老子落气时都没在身边送终。晓明奶奶原本咳得厉害，又挨了打，身体落下残疾，生活不能自理，多亏了银芝细心照料。陈振湘随队伍走后，“万人恶”的残余势力卷土重来，疯狂清算共产党人，家属也难幸免。奶奶不愿连累媳妇和孙儿孙女，命媳妇带着一双儿女逃往双峰娘家躲难。银芝请奶奶一起走，可奶奶坚决不同意，催娘仨快逃，并叮嘱银芝：“一定要保护好湘伢子的根脉啊。”银芝牵着晓光，怀抱晓明，含泪离去。过了数日，噩耗传来，奶奶不惧国民党及旧恶势力的威逼拷打，自缢身亡。

中华人民共和国成立后的一天，有位军人在奶奶坟前肃穆敬礼，双膝跪地，哽咽着说：“娘，我们爬雪山，过草地，胜利会师了……我们赶走了日本侵略者，打败了蒋介石，解放了全中国……我来看您啦。”

“师长，请起。”年轻的警卫扶起了泪流满面的陈振湘。陈师长擦干眼泪，亲手在娘老子坟前栽种下一棵红枫，迎风招展。

后来，陈师长率部跟随彭德怀跨过鸭绿江抗美援朝，保家卫国，儿子晓明就带在身边。

银芝和晓光一家人伫立在奶奶坟前，盼着远方的亲人凯旋。

一年又一年，画岭山头红枫似火，一团团，一簇簇，万山红遍。

画岭细伢子

我的故乡，乃一偏僻小山村，名叫画岭。山碧水黛，风景瑰丽，峰峦峭壁下，一碧湖水辉耀着，像村子的眼；库岸悠长，群峰竞秀，万山红遍。画岭细伢子，裹挟着山风而来，或愚或痴，或蛮或憨，得以记之。

大顺

磊子方头大耳，敦实憨厚，大字不识一箩筐，看见书就抓耳挠腮。

村东的妙香看上了磊子。两人读小学时同桌，妙香离校近，天天等磊子一起上学，一起吃她带来的干鱼虾，鱼虾从河里捕捞，架柴火上熏烤，佐以生姜苏叶，香飘十里。

磊子辍学后跟父亲学木工，妙香捕鱼虾送往集镇街头，兼卖四季瓜果蔬菜。每当磊子肩扛斧头凿子，雄赳赳地从门前经过，妙香心里就涌起一股莫名的激动。磊子感觉到她的眸子在烙他，火辣辣的，熨帖，舒服。

乡村正月，气氛醉人，一条白布捆扎的草龙让整个画岭村沸腾起来。三四个流鼻涕的小孩，一人一面红旗，飘扬在队伍最前面。磊子体格大，年龄却小，只配耍矮矮的龙尾巴了。高举龙头的大哥脸色通红，红过那面擂得正响的战鼓。抬鼓的壮汉使劲儿敲打，咚咚咚，咚咚咚，敲得大

小山峦回声荡漾，震得砖瓦屋顶几只小花猫翻起了筋斗。

龙行画岭，鼓乐喧天，炮仗齐鸣，家家户户等待喜龙到来，放炮迎接。一条“白龙”在坪里旋转飞舞，看得人们眼花缭乱，掌声、吆喝声惊飞了树上鸟雀。

傍黑时分，“白龙”游到了妙香家，家里人捉鸡鸭，筛米酒，取腊肉腌鱼，忙得不亦乐乎。趁着大家吃饭的工夫，磊子偷偷溜出来，举起龙头呼呼起舞，妙香在一旁拍手叫好，兴奋不已。磊子抹着汗水，盯着妙香，俩人手拉着手，潜入黑怵怵的山后。

老木匠六十岁生日那天，妙香生下一个大胖小子，虎头虎脑，取名大顺。大顺出生后，耍龙灯活动渐渐淡出了人们的记忆，青壮劳力大都外出谋生，一年回家一次，村子里空空落落。

电视机天线爬上了屋顶，机耕道上车轮滚滚，一派繁忙景象——高速公路破土动工了。

跨村有一涵洞，需要装模师傅，请了磊子，工资比打零工强得多。磊子不出家门赚大钱，心情特别好，邀请承包涵洞的吴老板喝酒。妙香炒了几个菜，吴老板饮酒，看着妙香，不停地笑。桌上，吴老板一个劲儿神吹：搞完这个工程，就去福建，那儿有十几处工地，广东也有，海南也有，要的人多的是……

妙香低声问：“要煮饭的吗？”

“要。”吴老板大笑，又看磊子，“开什么玩笑？你家磊子有手艺，又能干，你也做一些虾米细鱼桃苹李果生意，煮什么饭咯。”

“山沟里待腻了，去外面看看也好嘛。”妙香眼神闪烁，“再说，大顺上学了，家爷身体不好，要供养，不赚钱不行啊。”

高速公路竣工通车，吴老板的队伍撤走后，妙香也不见了。

大顺蹲在刚建成的新屋门口泪水涟涟，磊子也想哭，但不能在大顺面前流泪。

昨晚还看月亮，数星星，哼着歌，说着话，今天从学校回来就不见妈妈了，大顺心里难受死了。“妈妈你到哪里去了？真的不要大顺和爸爸了吗？不要家了吗？”大顺这样想，上课也想，想着想着就走神，一走神，就迷迷糊糊打起了瞌睡。妈妈笑着朝他走来，给他买了书包衣服，还有许多好吃的东西。他高兴地向妈妈跑去，后边是爸爸高举龙头，兴致高昂地飞舞。爸爸给他讲小时候摸龙尾巴的故事，他对那条巨龙也相当神往，忍不住大声叫好……老师过来揪他耳朵，大顺就醒了，同学们哄堂大笑。挨过几次“批斗”后，大顺恨老师，也恨学校，开始逃学，开始撒谎。

学校找磊子商量，说大顺这学生没法子教了，管不了，磊子也想不出办法，大顺就踏上了打工之路。

一转眼，大顺二十岁了，身材结实，活脱磊子当年模样。他抬石头、搬砖块、架高压线，凭一身力气挣钱，买了手机，染了头发，谈了对象。当有人问他妈妈时，大顺黯然神伤，低头无语。

过年了，村里一帮细伢子要起了龙灯，重拾久违的快乐。龙灯落满了灰尘，遍布蛛丝。大家推大顺当老大，大顺就当老大，走过去举起了龙头。大顺想：父亲过去总摸龙尾巴，我要耍龙头！

经过一番打扫修饰，龙灯又恢复了神韵，红旗上面飞扬着硕大的繁体“龙”字，猎猎作响。

大顺指着“龙”字，问看热闹的小孩：“这是什么字？”

小孩捂嘴大笑。大顺愣了，摇摇头，也跟着笑。

磊子木讷地坐在门口，看着儿子把那龙头舞得风生水起。

汤晨

理想是石，敲出星星之火；
理想是火，点燃熄灭的灯；
理想是灯，照亮夜行的路；
理想是路，引你走向黎明。
……

孩子们背诵《理想》，数汤晨最出色了。

汤晨是画岭少数几个学业优秀的细伢子之一。想起来就好笑，磊子叔叔家的大顺，连“龙”字都不认得，不是文盲，又是什么呀。

走廊上有人晃动。

汤晨飞快地瞥了一眼，很是失望，以为是妈妈呢。妈妈真的走了。

爸爸伏在教室窗台上，脸贴着玻璃，像一坛陈年辣酱。

像科比。李星耀冲他做鬼脸。

下课后，汤晨低着头迈出教室，爸爸绽放出灿烂的笑容，一把抱住汤晨。

汤晨轻唤一声“爸”，默默地向宿舍走去。

爸爸跟在汤晨后面，汤晨踩着爸爸的影子。爸爸抹着汗水，递给汤晨一块五的雪糕，自己捏着一支五毛的，龇牙咧嘴地啃。平时汤晨从不要五毛的，太不够档次了，女孩子笑话呢。李星耀更加豪气，专挑三块或者五块的。

“妈妈走了，去打工了……她会回来的。”爸爸嗫嚅着。

汤晨从爸爸尴尬的笑里，读出了爸爸的无奈。上次放假回家，妈妈说爸爸回来，她就出去打工，考完试，爸爸会来接他，拿被褥，凉席……汤晨没在意，妈妈说过N次了，说完后照旧干活儿，没走啊。这一次，妈妈是真的走了，不要汤晨和爸爸了。汤晨心里很乱，想哭，眼泪在眼眶内打转，却笑了，爸爸跟在汤晨后面，汤晨怎么能掉眼泪呢。

宿舍凌乱得像经历了一场浩劫，比影视剧中的画面更加逼真。李星耀的大包小包，他爷爷帮着搬上了摩托车。李星耀的父母在广州皮鞋厂上班，放了假他就要去广州坐地铁，逛流花公园。

宿舍摊了一地牛仔裤和汗衫，上面满是球鞋凌乱的印痕。汤晨也扔了一条，爸爸蹲下去捡，说邮费都花了一百多，洗干净还可以穿的。

李星耀和军军大笑不止。

李星耀的爷爷在外面催："快点哟。"李星耀冲汤晨吐吐舌头就出去了。

汤晨瞪爸爸一眼："那么破烂，不要了。"爸爸粗糙的双手缩了回去，脸也红了。

军军拧起书包吹着口哨走了。

爸爸把沉重的牛仔袋扛上肩，趁汤晨没注意还是把那条旧裤子塞进了包里。

汤晨看见爸爸手臂上扬时，衣服裂开了一条缝，胳肢窝都露肉了，那是汤晨儿时的乐园。爸爸劳作后午休，汤晨和妈妈爱偷袭，挠痒痒，故意吵醒爸爸的酣梦。爸爸醒后也不发脾气，抱着汤晨用胡子扎。父子俩笑成一团时，妈妈端来了绿豆稀饭，爸爸总是让汤晨先吃上面那一层冰爽的凉皮，然后撮起宽厚的嘴唇给汤晨吹冷下面的滚烫……清贫的日子里，一家人过得多么快活啊。

后来，汤晨到乡中学读初中，学费也贵了，爸爸就背起行囊去深圳建高楼。爸爸是"泥腿子"，没有文化，仅凭一双肩膀来撑起这个家。

汤晨和妈妈都舍不得让爸爸走。

妈妈别过脸，无声地抽泣，而爸爸的背影已消失在山那边。

爸爸走后，妈妈为了生计和汤晨的学费，常常唉声叹气。乡里搞小城镇建设，路面加宽，开发工业小区，妈妈就和村里八古等人去打临工，一个月也能挣几百块钱。学校离工地近，放学后，汤晨看见妈妈他们在挑河沙卵石，妈妈一边与八古说说笑笑，一边叮咛汤晨，莫上网，好好学习！夕阳西沉，晚自习铃声响了，汤晨回教室，妈妈坐八古的摩托车回家。

星期五，李星耀邀汤晨去玩游戏。爸爸曾嘱咐汤晨，放学了就回家陪妈妈，帮助做一些力所能及的事。想起爸爸的话，汤晨就不想去了，但李星耀说有一款新游戏叫"八雄争霸"，描述得天花乱坠，勾得汤晨上了瘾。

第二天早上回家，门开着，妈妈正在梳头发，脸色红扑扑的。八古也在汤晨家。八古莫名地笑笑，走了。以后的周末，汤晨很少回家。不是在李星耀家，就是在军军家。有时妈妈打电话问汤晨在哪儿，回不回来，李星耀的爷爷和军军的爸爸就说在这儿，放心吧。

李星耀要去广州，汤晨心里想着深圳。爸爸曾经说过，希望妈妈带汤晨一起去深圳看看，可惜这个愿望泡汤了。每次爸妈打电话，没说上几句，就吵起来。妈妈的声音很大："你不放心，就回来，在家守着……"爸爸说："我回来，谁挣钱？晨晨的学费会从天上掉下来吗？"最后一次，爸爸像是下定决心要回来了。那晚，军军正在玩手机，李星耀和前面的灵子递纸条，班主任老师把汤晨叫到走廊上，把手机递给他，妈妈的声音传来，像是在哭："晨晨，你知道你爸爸不在家这几年，妈过的什么日子吗？特别是你去了学校，妈妈一个人在家所受的苦……妈妈要去外面打工了，考试后爸爸会来接你。"汤晨无心上课了，觉得教室里特别闷热，头顶风扇旋出的气流也是热浪灼人。他想它会不会掉下来，砸碎他心中的烦恼？

爸爸背着汤晨的衣服书籍，佝偻着身子，慢慢走着。阳光把爸爸的身子投影在路上，像一尾烤熟了的大龙虾。

中巴车来了，爸爸将包裹搬上车，说要去街上见一个老同学，让汤晨先回，然后就下了车，看着汤晨摇手。

车子开动后，透过玻璃，汤晨看见爸爸以坚定的步伐，朝家的方向走去。一刹那，汤晨的鼻子酸酸的难受，背过脸去。他知道，爸爸是舍不得花钱买车票，宁愿步行回家。

路程并不遥远，只有五里，却值得汤晨用一辈子去铭记。

军军

"那时候，家里成分不好，分不到口粮，更别说沾油荤了。有一天，你爸爸捉到了一条拇指大的泥鳅，过年一样高兴。天黑后，奶奶散工回家，早上煮的泥鳅还在碗里。原来你爸爸根本没动一下菜碗，扒几口红薯饭，再瞄一眼泥鳅……”

“泥鳅是留给奶奶的？”军军问。军军生下来仅一斤二两，被唤作“小泥鳅”。

奶奶点头。军军又问：“没给我妈妈留吗？”

“那时没你妈呢。哎，那该死的左拐子！”

“左拐子？”军军很是好奇。

“不说了，看你爸爸回来没有？”奶奶往灶肚里添柴火。

军军就不作声了。

军军站在门前的杉树下“哟嗬”几声，喊爸爸，就把太阳喊下山了。

田野空旷，三五只山雀留恋收割过后的禾蔸，在蘑菇似的稻草垛之间跳跃，展翅穿梭于青翠的树林之间。

长根把脑袋埋在胯间，双眼紧盯泥土，专注于挖泥鳅，听到儿子的呼唤，他发出一声长叹，顶着一肩晚霞上了山坡。

奶奶又添了一把柴火。火光中，奶奶的皱纹多得像油锅里的泥鳅，蜿蜒曲折。

“爸爸，你为什么不吃泥鳅？”军军问。

长根沉着脸出了厨房，走到杉树下掏烟点燃，一闪一闪。

军军妈妈是画岭后山坳冲的，比军军爸爸小十岁。爸爸可疼妈妈了，所有重活儿都一个人扛着。有一次，篾匠左拐子来村里织箩筐谷筛。夜晚，左拐子喜欢串门唠嗑，像条“烂凳脚”，他一聊起来，眉飞色舞，唾沫飞溅，讲“岳飞杀张飞，程咬金吃哑巴亏”，把军军等一帮小孩都逗乐了，妈妈更是笑得眼泪都流出来了。

在军军家做完活儿后，妈妈见左拐子一扭一拐地行走不容易，打手电筒送他，军军也跟了去。回家后，军军告诉爸爸，左叔叔的故事真好听，还说左拐子抱着妈妈在稻草垛后面亲嘴……

长根骂军军：“你——细伢子，懂个屁！”

奶奶接了腔，板着脸：“你要提防点，你捉泥鳅就知道，泥鳅逗不得，下手猛了，急了，反而抓不稳，就会从手心里溜走。”奶奶做出五根指头攥紧的手势。

一个深秋的夜晚，爸爸跟妈妈吵架了。妈妈啼哭一晚，说爸爸没出息，只会守着田土山水，啥名堂也刨不出。爸爸粗声粗气：“难道我还比不上一个拐子？哼，你们……不要以为我是猪！”

过了几天，额头肿着大包的左拐子不见了，妈妈绵绵的哭声也断了。

此后，军军没了妈妈。一个月后，奶奶郁闷而终。

军军常常捧着书本坐在杉树下听山雀歌唱，心思在云端里飞翔。

爸爸告诉军军：“妈妈去了远方，一年半载回不来咯。”

军军很迷惘：“远方在哪啊？远吗？妈妈就不想我吗？不想爸爸吗？”

爸爸说：“远方在山外，你走出去就会知道，我是走不出大山的了。”

军军最喜欢与爸爸挖泥鳅了，最爱吃爸爸做的水煮泥鳅了。爸爸为什么对那些上门的媒婆冷冷冰冰呢？为什么不去找妈妈呢？

军军看着那漫山遍野的杉树，它们披着针状的枝叶，默默地矗立在黄昏里。微风吹拂，青枝鲜活跳跃，就是一树树的泥鳅了。

盼盼

提到盼盼，不得不多说几句。汤晨出生后，汤晨父母做“满周”酒，粗着两把胡子的黄年青抱着他的宝贝儿子盼盼也去了，屁颠屁颠的。黄年青笑嘻嘻道：“盼盼跟汤晨是“同年”哩。”

堂屋亲朋满座，盼盼哭泣不停。黄年青不厌其烦地逗弄，饭也没吃好，衣背尽湿。有亲友瞧他胡子拉碴，皮肤黝黑，便问：“是您孙子吗？”黄年青摇晃着手中的孩子，嗫嚅着：“我婚姻来得迟……这是我崽宝哩……他娘生下来没奶喂……啊啊，不哭啊！”

老黄年轻时有一身蛮力气，只要他帮得上忙的，不说二话。

画岭男人大都在外谋生，村里是女人们的天下，力气大又肯帮忙的老黄自然成了香饽饽。女人们丢一地媚眼，露一堆笑脸，甜甜的嗓音米酒里浸泡，醉得老黄“双抢”时节成了忙碌的陀螺。

女人们也笑他：“咋不去外面赚钱，娶个老婆，成个家啊。听说你堂弟黄胖子找副业存了钱，建了砖瓦房，就等女人上门了。”

说得老黄心动了，就跟着包工头出外打工，修铁路公路，搞建筑桥梁，什么活儿都干。到了年底结账，人人都往邮局跑，他却被打扮妖冶的女人诱惑了，两腿不听使唤，去了偏僻小巷，激动了，钱花了，却不曾抱回半个女人，反而进了派出所，被当地警方遣送回村，羞愧难当，再不外出。

村里女人可喜欢老黄了，农忙时节，他这样的义务劳力求之不得。女人们不喜欢黄胖子，黄胖子爱揩油水，动手动脚，这里摸，那里捏，老不正经。

夏日干活时，有人在田埂上叫卖西瓜，女人们就喊：“老黄，买个西瓜解解渴哟。”老黄擦拭泥巴，洗手上田了。

有时，云朵忽然拉长了脸，天空黑得像灶台的抹布。女人们急得六神无主，大喊：“老黄，要落雨了，谷子没进仓，怎么办？”老黄拖起扁担奔向晒谷坪。

雨住了，金黄的谷子堆在堂屋里，闪烁着喜悦的光芒。女人们一惊一乍：“瞧这记性，没猪油了。”老黄听后，掉头就走。一会儿，一头汗水的他抱来了自家满钵白花花的猪油。

傻傻的盼盼妈一踏上画岭的土地，女人们就已开始酝酿老黄的婚事。黄胖子也想要，拍着胸脯说他有楼房，还有存款，但那女人还是进了老黄的破瓦房。四十出头的老黄，终于成全了念想。

新婚当晚，老黄醉了，自话自说：“想不到我老黄也是有老婆的人了……”黄胖子扶他进洞房，喷着酒气：“要你莫喝醉了，偏不听，得意个屁啊！”

上学后，盼盼跟汤晨结为了同年兄弟。

汤晨问：“你爸爸呢？”盼盼咬着嘴唇，低头垂泪。

老黄走了。一大早，扛锄下田挖泥鳅的长根还撞见了老黄，老黄说去街上给盼盼买书包，兴致很高。盼盼的书包丢了好几个，老黄想给他买一个结实一点的，下午就传来了老黄猝死床上的噩耗。

盼盼小学毕业，门门功课不及格。老师说：“你还小，再读一个六年级吧。”盼盼乐哈哈地笑不停：“要得。”

盼盼背着老黄买的新书包复读，一年又一年，反正学校不收他学费。

过了几年，盼盼家的破瓦房倒了，盼盼跟傻娘搬进了村部一间废料房。

放了暑假，盼盼来到汤晨家，他黑黑瘦瘦，个子却出奇地蹿高了。汤晨的爸爸正在给细伢子削甘蔗。

小伙伴看见盼盼，大声喊道：“校长您好！老校长您好！”说完，很严肃地敬礼，然后，齐崭崭笑得前俯后仰。

他们同一天发蒙，汤晨和军军读初三了，盼盼还在读小学，仅会背“曲项向天歌”。自此，“老校长”的名号传开了。

盼盼并不生气，憨憨地笑，见了甘蔗，喉咙“咕咚咕咚”地咽着唾沫。

汤晨的爸爸把削好的一截递给盼盼，却发现他捡起孩子们嚼过了的甘蔗渣，塞进嘴里咀嚼起来。汤晨的爸爸无奈地摇摇头。

一会儿，客厅里传来了细伢子的吵闹声。只见盼盼偷偷地拧汤晨的耳朵，又趁别人不备挠军军的痒痒，孩子们丢了书本追着他打，他一路笑呵呵地跑开了。

盼盼背着老黄买的那个很结实的书包，读初中了，依旧笑笑呵呵，屁颠屁颠的。即使他那疯娘与老黄到天堂团聚了，他也很少掉眼泪。

有人说，这孩子心硬，冇良心。

黄胖子却不这样认为。

收埋疯婆子之后，酒后的黄胖子爆出一个秘密：盼盼是他亲骨肉！

大家都很惊讶，面面相觑。

有些事情，埋在心底，就不要轻易去碰触，就当随疯婆子一起下葬了。

盼盼已经会背诵《从百草园到三味书屋》了。

盼盼喜欢到处玩，找汤晨、军军和李星耀等同龄伙伴。

李星耀

“奶奶，爷爷回来了，爷爷累了吧。”李星耀飞快地跑向顶着一束晚霞的老李。老李早已丢开甜酒担子，把李星耀举起来，抛上肩头，颠得李星耀“咯咯”大笑。

奶奶摆好饭菜，又给老伴倒一杯米酒，见老李习惯性地去摸烟，便破口大骂：“烟能填饱肚子？吃饭后再抽也不死人。”老李“嘿嘿”一笑，收起烟，“咕嘟”吞酒，又用小指儿伸入酒杯内沾湿，涂到睁大眼睛的李星耀嘴里。李星耀咂巴着小嘴，“哇哇”大哭。

“五十几岁的人了，要你莫喂孙子的酒，偏不听，这不，辣着宝贝了……儿子儿媳回来不怨你才怪呢。”奶奶数落爷爷。

饭后，爷爷迫不及待地叼上烟，火柴也跟着递到了眼前。火柴是李星耀踮起脚跟攀上灶台拿到的，灶台嵌一口铁锅，猪潲煮得稀烂。李星耀抽出火柴，划了好几下，才颤颤巍巍给爷爷点燃。灯影昏黄，老李的眸子与烟火一样闪闪烁烁。

美美地啵了几大口，爷爷一把搂过李星耀，用粗糙的胡子扎他稚嫩的脸。李星耀抢过烟头，过滤嘴儿朝向爷爷，爷爷啵一口，李星耀喂一口，就像小时候爷爷用奶瓶喂他一样。李星耀尚在襁褓中，嗷嗷待哺，爸妈就去广东挣钱了。

在画岭村的一处山坡上，穹顶落日黄昏，竹林杉木掩映，李星耀站在老李两腿中间，食指微弯，轻弹烟灰，嬉笑地喂老李抽烟，老李惬意地享受着。待老李迷糊了，李星耀偷偷地吸一口，呛得四岁的他咳嗽不止。

奶奶抱了一把白菜丢进猪圈里，听得李星耀咳嗽，大喊："死老头，要你莫抽，呛着孙子了不？"

中秋节，儿子儿媳从广东回来，像往年一样，给老李带了一条"红双喜"香烟。

李星耀怯怯地坐在爸妈身上，咬着指头不说话。爸妈是画岭村的过客，一年中没照过几回面，太陌生了呵。

老李拆开烟，左瞅右看，爱不释手。李星耀挣脱爸妈怀抱，跑向爷爷，夹住烟，往爷爷嘴里塞。儿子就笑："咱耀耀跟爷爷亲呢，晓得孝顺爷爷哟。耀耀，把打火机拿去，给爷爷点上。"

李星耀接过打火机，好奇地摆弄着，费了好大劲儿才让爷爷鼻孔冒烟。

老李揽李星耀入怀，说："这烟辣得很，劲道好。"

儿子看着李星耀夹住燃着的香烟喂父亲，乐了，哭了。

儿子说："莫种田了，莫栽菜了，莫喂猪了，搬到街上去做点小生意都比猫在画岭山旮旯强。画岭穷山恶水，山路十八弯，外出坐车不方便，一点也不好。再说了，李星耀读完小学上初中，也要人照顾啊。"

老李点头："要得，反正如今养猪没赚头，白菜价……你们安心在外工作，耀耀就放心吧。"

转眼间，李星耀离开画岭上街读书，看不到奶奶清晨袅起的炊烟了，也不能与邻居小妞捉蚂蚁喂蜻蜓了。天蒙蒙亮，一地雾气，爷爷就挑着甜酒担子吆喝而去，傍黑才归呢。奶奶在租房门前摆一个小摊，卖包子馒头。到了周末，李星耀"咿咿呀呀"读会儿书，余下时间就在奶奶的铺子附近逗留玩耍，无聊而心慌，浑身似有虫子在爬。

奶奶说盯会儿啊，别走开了，转身拐进麻雀馆。奶奶原本不打麻将，上街后闲着没事，看几回就学会了，手一痒，竟玩上瘾了。"哗哗啦啦"

的麻将搓动声，像急促的雨点，落满了李星耀忧郁的日子。李星耀盼望下一场雨，哪怕是零星小雨，支离破碎的那种，他就可以去找汤晨和军军打篮球，或者与新近搬来的灵子玩游戏……但他得替奶奶守摊，哪儿也去不了啊。

奶奶打麻将，赢钱就会赏李星耀五元十元，输钱则脸色阴沉，大发脾气，骂爷爷窝囊，除了卖甜酒，什么也不会；骂儿子儿媳冇得用，以为寄回了钱，了不起了，竟然敢说她打麻将怎么了，怎么了……

待在太阳伞下，李星耀抬头望向湛蓝的天空，漂浮的云朵，像一群跳跳蹦蹦的小羊羔；一行小鸟叽叽喳喳划过天空，时而跌落，时而攀升，你追我赶，叫得欢悦。它们是从画岭飞来的吗？又要飞向哪里？灵子说她家门前有棵大梧桐树，树上总有成群结伴的小鸟，比电视里的“超级女声”还要活泼许多呢。那些越飞越远的精灵，是不是灵子家的梧桐树上飞来的呢？

“小朋友，有心事呗？来两个馒头。”不知从哪里冒出一个架眼镜的陌生男人，突兀地站在李星耀面前，手里举着一张十元钞票。

李星耀翻遍盒子，也找不开“眼镜”手上的钞票，本来是有的，奶奶打麻将需要零钱，全都收走了。

“没零钱就算了，别找了。”“眼镜”摆摆手，绅士派头。

“要不，明天给你。”李星耀把十元钱收起来，看着“眼镜”，顿觉此人温和大方，便与之搭讪：“叔叔，今天星期三吗？”

“才星期二呢。”“眼镜”嘴唇一歪，微笑着：“离周末还早着哩，盼望了是不？当年我读书也一样，星期一就想星期五，哈哈哈……”

李星耀的心思被“眼镜”说中了，一下就拉近了两人的距离，感觉特别亲切。李星耀盼周末，伙伴们都盼啊，周末有许多事可做了，邀汤晨和军军登高望远，对着群峰喊山，然后光着上身打篮球，然后围坐一堆观看“超级女声”们在荧屏上绽放青春；最重要的一件事，就是能和灵子说说话。灵子跟李星耀年纪相仿，画岭山背后野猪村人，笑起来像

极了选手李宇春。她小嘴旁边润着一层细细的绒毛，一双天真无邪的小酒窝快乐地荡漾着。

“眼镜”接过馒头并不急于吞咽下肚，而是斯文地放进手中的公文包里。包是黑色的，油光锃亮，照得见李星耀黑亮的脑袋。“眼镜”从包里取出一包“芙蓉王”香烟，嗅一嗅，满脸陶醉，然后潇洒地丢一支给李星耀。李星耀紧张得不知所措，连连摆手，却又把烟偷偷地藏到了口袋里。

李星耀冒出了青葱的胡须，个子也蹿得老高，一下子初中就要毕业了。李星耀童年曾喊大顺老大，如今把“眼镜”当作老大了。老大坐车售票员不敢问他买票，进录像厅有人主动让座，十字路口扔死鸭子硬说是汽车轧死的。李星耀跟老大在街上混，觉得很有面子。李星耀想带灵子一起玩，吹嘘他跟老大出入时的威风八面，可灵子只顾埋头苦读，不怎么搭理。李星耀很是郁闷，苦恼不甚。老大见李星耀情绪低落，拍拍他肩膀，说：“看开点，女人多的是，好日子在后头呢。”

爷爷每天奔波于街头巷尾，听到和看到李星耀的种种劣迹，脑海里总是浮现出孙儿幼年时喂烟的情景……晚上点了烟，倒上酒，闷在屋里难受。待奶奶从馆子里回来，就骂她没管教好，怎么向儿子交代？奶奶与爷爷争执吵闹，说干脆把儿子儿媳叫回来算了！爷爷说：“儿子儿媳在外打拼，我们带孙子，怎么能拖他们的后腿？在街上，房子也买了，生活也改善了，怪就怪你打麻将上瘾了。你以为我不知道，你还买六合彩。儿子寄回来的钱，都被你输得精光，买码了……以前喂猪操持家务，一分钱都是命，现在呢，你对得起儿孙？！”

“都是我的错，好不好，不要说了。”奶奶“嘭”地关上门，躲进屋内呜呜哭泣，任爷爷在外喋喋不休。

爷爷奶奶吵架，躲在屋外的李星耀都知道了。他重重地叹了口气，头也不回地去找老大。老大计划去云南做大生意，李星耀将随老大一路同行。临行前夕，李星耀落寞的影子徘徊在灵子家附近，透过窗台的白玉兰，一曲“羞答答的玫瑰静悄悄地开”水银般流泻，宛若梧桐枝上洒落的花瓣。

老大此行其实到了缅泰边界了。老大的老大在那儿开设赌场，李星耀帮着看场子。

看场子的全部是清一色的俊男靓女。一年以后，李星耀与他们一样，拥有了自己的女人。李星耀的女人浓眉圆脸，个子高挑，抽烟喝酒样样都行。李星耀早就抽烟上瘾了。豪姐血红的嘴唇抽一口，又翘着兰花指，夹住烟头伸向李星耀的嘴。李星耀搂着豪姐，啵一口烟，啵一下豪姐的脸。豪姐缩在李星耀怀里，夹着烟卷，看着他，喂着他，就像当年他喂爷爷一样……兴奋与刺激，让李星耀体验到一种从未有过的新奇。起始有点害怕，想起了中秋节见过的陌生的父母——他们一年就回一次家，只知道在广东拼命地挣钱；想起了嗜好搓麻将的奶奶——可他不知道，在他跟老大离家出走后，奶奶自缢身亡去了天堂；想起了晃着甜酒担子叼着烟嘴的爷爷——爷爷似乎从没离开过烟，他从小就常喂爷爷抽烟呵。

10 年后，老李去看望孙子李星耀。

爷爷真正老了，头发花白，脸似枯木，沟壑纵横。

爷爷把两条“芙蓉王”塞到狱警手里，才顺畅地与孙子见上一面。李星耀因吸毒贩毒锒铛入狱了。

李星耀黑而瘦，目光呆滞地跟在狱警身后。当他看见爷爷时，双眼闪过一丝光亮，木讷地叫了一声。

爷爷几乎是扑到铁门上的：“李星耀，我的孙子，十多年来，爷爷一直在想你，你父母也一直在找你，他们都辞工了，房子也卖了，举债到处打听你的消息……孙儿啊，你咋不吱一声就不辞而别呢。十多年里，爷爷可没睡过一个安稳觉啊。对了，汤晨参军入伍，留守边疆；军军大学毕业，进了机关；盼盼在大顺的工地干活；灵子在长沙教书，曾打听过你……”

李星耀勾着头，前额不停地撞击铁门，“咚咚”如鼓响。

“孙儿啊，”老李哆嗦着点燃烟，从门缝里伸向李星耀干裂的嘴，“抽一口吧，提提神，一切过眼云烟！一切从头再来！”

李星耀眼角濡湿，溢满了清亮的泪珠，然后坚毅地摇头。

爷爷揿灭烟头，扔在地上一脚踩住，泪流满面。

宝　物

都说易家湾庆初老倌有宝物，藏在那口老式木箱里。无人考证，不知真假。

饥荒时期，易庆初家生活陷入困顿，母亲过世躺在门板上无钱打制“长生”（棺材），两个小妹因饥饿不幸夭折，自己也瘦得只剩皮包骨头，为什么不开箱取宝呢？人们揣测，所谓的宝物，大抵是庆初老倌杜撰的鬼把戏，算不得数的。

良生要到城里发展，苦于囊中羞涩，便向父亲庆初求援，父亲立马变了脸色，头摇得像拨浪鼓。几次下来，良生就有了想法，觉得父亲不可理喻，守着宝物哼穷，却不肯助其渡过难关，比葛朗台还要吝啬千万倍，一气之下，携妻带子进城打拼，逢年过节也不回家。

多年的奋发图强，房子车子都有了，生活变好了，儿子也蹿高了，冒起了胡须，良生却越来越感觉对不起父亲，知道自己错了，决定回家看看。到家后，娘抱着良生痛哭。原来，庆初老倌发了癫，阻挠架线队施工，被派出所的警察“请”回了家。

庆初老倌躺在床上，脸朝墙壁，干瘦的身子蜷缩着，像挂在墙头那把生锈了的犁铧。

良生鼻孔发酸，眼里闪烁着泪花，掩上门，坐到床沿，想单独跟父亲交流。他把手搭上父亲的肩头，眼泪“吧嗒吧嗒”往下淌。片刻，白胖健硕的手上多了一只筋骨纵横的老手……

庆初老倌转身坐起，红肿的双眸注视着良生。良生从父亲的动作和眼神中，看出了父亲的期许和深深的歉意。

庆初老倌领良生进了里屋。屋内光线昏暗，父亲打开木箱，取出那个曾让良生梦寐以求的木盒子，递给他。良生双手颤抖着，小心翼翼地打开，里面端端正正地躺着一个小本子，本子里面夹了一张陈旧泛黄的借条，上面用铅笔写着“今借到画岭村易庆初家大米伍斗茶油贰斤食盐叁斤鸡蛋柒个。”落款为“工农红军突击排，已癸年八月十三日”。

庆初老倌精心收藏的宝物竟是一张 70 多年前的借条!

良生惊讶地看着父亲，众多的疑问盘桓在脑海，可父亲已经泣不成声了。

当年，雁鸣峰战役中，杨排长为救易庆初胸部中枪，肩头还挨了一刀，鲜血汩汩直流……杨排长努力地抬了一下眼，右手从口袋中摸出一张借条，鲜血染红了边边角角……易庆初抱着杨排长大声哭喊着:“杨排长，你不能死！你说赶走日本鬼子就回东北结婚，漂亮的新娘子在家等着你呢。战士们南征北战，昼夜打仗，野菜树皮充饥，俺和乡亲们心疼啊，特意送去茶油鸡蛋……谁要你写借条……杨排长，你醒醒啊！”

战争结束后，英雄们的遗体埋葬在涟水河畔的雁鸣山之阳，当地政府修建了纪念碑，供世人景仰，铭记历史，昭示未来。易庆初同乡亲们一起清理英雄们的青春之躯，眼含热泪，悲痛异常。杨排长是东北人，23 岁，笑起来露一口白玉般的牙齿，两腮荡漾着青涩的酒窝。易庆初庄重地把杨排长等 8 位烈士鲜血浸透的军装埋在潮音阁附近，垒砌石块，盖上柴草做记号，再深深地鞠三个躬，靠石壁而坐……他的耳边仿佛响起了战斗的号角，战士们浴血奋战、杨排长舍己救人等壮烈场景历历在目，顿感热血沸腾，泪雨如注。

次年春天，石子堆上倔强生长着一株鲜嫩的红枫，小小的叶片上露珠儿滚动。此后，每年的清明节，庆初都会到纪念碑前磕头跪拜，再给红枫掊掊土，除除草，看着它茂盛成一片辽阔的红枫林，如一面面火红的旗帜，迎风招展。

一条高压线路过境雁鸣峰，红枫林险些被架线工人砍伐，因了庆初阻工，线路绕过了那片烂漫的云彩。

母亲与崔岑

秋色向晚，夜幕低垂，母亲撂下碗筷，饭还嚼在嘴里，人已下了屋场，蹚过几条田埂，踏上另一个山头，到了崔岑家。

“帮别个做事，去得早，回得晏，费神费力，耽搁睡眠，蠢得死！”父亲望着黑怵怵的远山，摇头叹息。

就着昏暗的煤油灯光，我埋头写作业，写困了就去睡了。半夜上厕所，都不见母亲回来。清早，桌上多了三五片“华乐香”饼干。

“宝生，带去学校吃。”母亲双眼通红，边说边搅动灶台上热腾腾的猪潲。

“崔岑喊你挑茶壳子，忙活半夜，就打发几块饼干？这崔岑，也太抠门了！”父亲往灶膛添柴火，一脸不屑。

“秋闲夜无事，邻里乡亲的，帮着做点手边上的事，我乐意！”母亲瞪父亲一眼，父亲便不吱声了。

在我的印象中，崔岑容貌姣好，轻言细语，逢人便笑，给人亲切感。她是水府庙对岸的渔家姑娘，家庭条件不错，找对象千挑万选，一眨眼成了大龄剩女，遇常宁去相亲，看中他有门木匠手艺，就嫁给了他。

画岭出产茶油，油茶树漫山遍野。常宁在外做工，崔岑请人把茶子采摘下山，晒得十天半月，茶子咧开嘴笑成花，于漫长秋夜，叫上几个妇女帮忙把茶子与壳分拣开来。她家堂屋摆一大竹盘箕，妇女们团团围坐，挑挑拣拣，有说有笑，数母亲去得最多。“常宁不在家，又冇得孩子，崔岑一个人不容易啊。”母亲常这样大发感慨。

这天傍黑，鸡鸭都进埘了，母亲坐在灯下补衣服，没有起身。父亲觉得奇怪，瞟母亲几眼，忍不住问：“唉，今晚怎么不积极了？崔岑的茶壳子都挑完啦？”

母亲低着头一针一线，嗫嗫嚅嚅道：“不去了。”

“她家茶壳子不挑完，茶子不上榨油房，你是不回的。今晚……莫不是常宁回来了？”父亲追问。

“没呢，”母亲的声音细了下去，“常宁寄了1000块钱，前天她从邮局取回来，笑得合不拢嘴，晚上还给了“华乐香”；昨夜讲钱不见了，也没其他人进屋，就我和另两个人……我们一起帮着找，里里外外翻个底朝天，都没找着……”

父亲盯了母亲许久，一字一顿道：“我明白了，崔岑肯定怀疑你们三个有人偷了钱！”

“另两个是常宁的姐姐，她们都怪怪地看着我……我怎么会要她的钱呢？这钱又到哪儿去了？”母亲一急，声音都带哭腔了。

“这下好了，做好事反倒背“黑锅”了。唉——”父亲长叹。

母亲平静下来，说：“我没偷，身正不怕影斜。”

接下来的日子，正如父亲所料，村里关于母亲的流言四起，更有人背地里戳脊梁。母亲背负着“小偷”的罪名为村人所不齿，我也跟着抬不起头。有时候，母亲躲到里屋流眼泪，伤心与委屈如影随形，让她的腰身不再挺拔。我不知怎样安慰母亲，唯有默默地陪着她，替她拭去眼角的泪花。

那个秋天，崔岑再没来我家，母亲也未去她家。偶尔相遇，崔岑的双眸像两把刀子，寒光闪闪，母亲心里发慌，浑身长嘴也说不清楚。

常宁知道这事后，回家揪住崔岑的头发往死里揍，朝着我家方向破口大骂：“哪个偷了我的钱，走路要被汽车轧死，过河要被大水淹死……留着吃药，买棺材……”父亲从别处听到此话，一气之下，抡起锄头，要找常宁拼命。幸得母亲死死地抱住父亲，膝盖磨出血也不松手。

常宁在家没待几天，就把十箩筐乌黑发亮的茶子卖给了肖懒鬼，带上崔岑到长沙工地干活，过年都不曾回村。

端午节到了，崔岑独自回娘家。不期天黑地暗，暴雨肆虐，水府庙水库水位猛涨，浊浪排空，掀翻轮渡，包括崔岑在内共 4 人罹难。

超度崔岑亡灵之前，需梳洗妆抹，换上干净寿服。崔岑在水里浸泡了三天，捞回家时全身浮肿，面目狰狞，无人敢上前，只有瘦瘦的母亲走过去，剪其衣褛，摆正身躯，从头到脚，去沙除垢，洁身净体……弄得大汗淋漓，却一丝不苟。

“崔岑妹子，你那 1000 块钱，也不知你咋地混箩筐里了，肖懒鬼榨油，上机焙茶子才晓得，还没来得及告诉你……崔岑妹子，你安心上天堂吧。”母亲长吁一口气，像卸下了一副重担。

妆殓完毕，崔岑被白布包裹着塞进了棺材，合上棺盖。

母亲洗了手，默然回家。此后，母亲成了一名乡村“殓妆师”，每有女性去世，都是她做最后的清洁。

母亲与瞎婆婆

“你个饿死鬼，带宝生去玩，让婆婆先吃。再嘴馋就收拾你！”

母亲的话不怒自威，掷地有声，由不得饥肠辘辘的我们胡来。细姐却阳奉阴违，暗中搞小动作，趁母亲给婆婆夹菜的大好时机，捡起桌面的菜叶往嘴里塞，不料被母亲逮个正着，一巴掌劈下，拍得细姐哇哇大哭。

“好侄女，莫打孩子，喊他们一块吃咯。你把好吃的都给了俺，对俺这么好，俺过意不去！”婆婆银发如雪，眼含热泪，声音有些颤抖。

“我家老人都不在了，你是我姑妈，我不对你好，谁对你好？”母亲不停地往婆婆碗里堆菜，老人机械地扒着菜，够不着的地方，母亲起身替她拢向嘴边，然后又上满菜。

“好侄女，你比亲的还亲。”婆婆眼角涌出了泪花。

待婆婆吃完饭，母亲倒水给她擦脸洗脚，扶进里屋歇息，然后才喊我们上桌：“你们两个饿牢里放出来的，还不快点儿吃了写作业！哎，宝生，慢点吃，别噎着。饭掉地上了，下巴有眼吗？一粒粮食一滴汗，莫糟蹋了，不然雷公会打人！”

“‘雷公’不是去年浸死了吗？”我狼吞虎咽地说。

我所说的“雷公”，不是天上的“雷神爷”，而是画岭望古仑的雷老倌。他嗜酒成性，常发酒疯，见了小孩，龇牙咧嘴撵着追打，搞得鬼哭狼嚎。若有谁家小孩不听话，大人便拿“雷公打人”吓唬吓唬，效果绝佳。

母亲瞟了一眼里屋，轻轻地叹口气，不吱声了。雷老倌是婆婆的丈夫。

雷老倌每天上山斫柴，挑往潭市棋梓桥，换取针线油盐等生活物资。婆婆是翻江镇人，打小有眼疾，行动不便当，但也没闲着，喂了猪，养了鸡鸭。孰料，天有不测风云。有一次，村民杀猪做酒，雷老倌担柴为礼，喝了一天酒，傍黑时醉醺醺地回家，一个踉跄，跌入水库溺亡。他僵硬的身躯被捞上来摆在晒谷坪中央，衣袋里藏了一块肥腻腻的扣肉坯子——那是他给婆婆顺出来的夜宴。

殓妆完毕，婆婆哭得两眼肿成了红桃，枯藤似的双手不停地摩挲着雷老倌的脸。

雷老倌不在了，婆婆的生活就成了问题。村干部来做工作，动员婆婆去敬老院，最起码衣食无忧啊，婆婆摇头拒绝。村干部三番五次上门，苦口婆心地劝，婆婆总是凝视着巍巍望古仑，喃喃自语：“俺要陪着雷老倌，哪也不去。”

母亲平素接济婆婆，蔬菜瓜果、虾米细鱼都要给婆婆送上山去。母亲说：“我跟你一个姓，论辈分，该喊你姑妈。”婆婆脸上的皱纹便荡漾开去，溢满了金色的菊花：“唉，大侄女，你太好了。”

母亲替婆婆洗被换枕，搀着她晒太阳，说：“姑妈你一个人住山上，黑灯瞎火的，叫人担惊受怕。不如搬我家去住，人多热闹。”

“俺能照顾自己，俺怕麻烦侄女。”婆婆哽咽无语。

母亲到底还是把婆婆缠下了山。

父亲虽说没有反对，但他的目光饱含忧虑与焦灼。他默默地替婆婆收拾好房间，屋角摆了马桶，墙上钉了木钉，方便挂毛巾，出来踢到米缸，响声空落，沉闷刺耳，不由得叹了一口气。

婆婆到我家后，总是闲不住，屁股没坐热就找来拐杖，摸到猪圈前，蹲下来切猪菜。我很诧异，不禁替婆婆担心，万一伤到手咋办？母亲快步上前，劝婆婆去坐着，不要干活。

婆婆脸色一沉，大声道：“大侄女，你就让俺做点儿事吧，在你家白吃白住……”说完，婆婆挥刀切将起来。母亲呆愣片刻，不再阻拦。

婆婆的刀法愈加娴熟，猪草切得越发细碎匀称，我家的肥猪亦被喂得赛大象。在那“叮当叮当”的旋律声里，我走过了饥渴的童年，长大后进城读高中了。

有一天晚自习，母亲辗转托人捎信，说婆婆走了，要我连夜赶回画岭，因为是周三，我不想请假，过了两天才回去。还没进屋，母亲从一地血红的鞭炮碎屑中冲过来，挥手一巴掌：“你个冇用的家伙，不是婆婆，哪有你！婆婆死了，你都没赶回来见最后一面，送她上山！”

我出生那晚，大雪纷纷扬扬，耀白了天地，父亲进山烧木炭，不在家。也许母亲早有预感，天刚擦黑就差细姐接婆婆来做伴。到了下半夜，母亲疼痛难忍，“哎哟”连天。婆婆意识到母亲快要生了，摸索着踏上雪地，深一脚，浅一脚，下山搬救兵。茫茫雪野，寒光刺眼，婆婆一脚踩空，滚落山头。她顾不上腿部受伤，爬起来摸向最近的屋场，喊人到我家，用竹杠绑好靠椅，抬着哼哼唧唧的母亲往乡卫生院飞奔。

“若晚来半小时，你们母子两条命都保不住！”医生告诉母亲。

“要不是婆婆着急喊人，哪有宝生伢子！”母亲常常念叨。

我摸着火辣辣的脸颊，跪向婆婆的坟茔。

一起守岁

除夕，门哐咚一声开了，裹挟着一股寒风，走进来一男一女。

“宝生、弟妹，过年好。”男人搓着双手，呵着热气。女人讪讪地笑着。男人是开修理店的彭勇，女人是他老婆。

我心里咯噔一下，立马猜到了他们的目的。春天里，我开“摩的”载客掉入沟渠，我无大碍，客人却摔得不轻，多亏路过的彭勇帮忙，把客人送到医院。医生催我交钱时，我傻了眼，我没钱啊，彭勇二话不说，替我垫付了医药费，借条都没写。他说：“谁没个难处呢？有钱再还吧。”

彭勇说：“宝生，我和你嫂子到画岭走亲戚，经过你家，看见亮着灯，就进屋坐坐，陪老弟和弟妹守岁啊。”

彭勇老婆声音尖细：“你去哪里发财了？赚了不少吧。”彭勇悄悄地扯她衣角。

我赶紧收拾碗筷，泡茶倒酒。四人围着火塘取暖，互相寒暄。“孩子呢？”彭勇没话找话，“跑邻居家看春晚了。”我呵呵地笑着。

我暗忖，是等彭勇先开口呢，还是主动提及请他再宽限一年半载？为打破尴尬气氛，我抱来了大把木柴，架上火塘，把整个屋子烧得通红透亮。

“我们在一起守岁熬年，一辈子难碰第二回，缘分啊。这火烧得旺，预示着明年红红火火，人兴财旺。”彭勇饶有兴味。

“讲得好，来，碰杯。”我心里十分忐忑，汗水直淌。

彭勇老婆捡起铗钳，轻轻地敲击柴块，火星溅到彭勇的袜子上，他便跺脚瞪眼。她不温不火，自顾自地说：“我家老彭负担重，家爷家娘病病恹恹，药罐子喂着；两个儿子读书，学费水涨船高。”停顿片刻，又侧目射向我：“你那摩托车——”

“就你多嘴！”他打断她的话。我们顺便上门，陪宝生全家守岁，要聊高兴的事。我晓得她话里有话：“来，干杯，提前祝彭师傅全家，新年快乐，家庭幸福！”我没喝醉，话语却哆嗦。

“干杯。明年一定会更好！”他向我投来鼓励的目光。

她又见缝插针了：“宝生，你在外面做事，工价还可以吧。每天能挣多少？

我低头沉默，羞愧难当。他霍地站起：“时间不早了，我们回家接新年去！宝生，你们也要准备迎新年吧，我们就不打扰了。”他迈向门外，她极不情愿地跟上去。

屋外雪花飞舞，大地银白似玉。“彭师傅、嫂子，慢走啊。”我对着山外喊，他们已下地坪，只余两点黑影。

我心里五味杂陈，两腿不听使唤地挪出屋子，踏雪追赶。风雪中，一阵争吵声清晰地传来。“……看到了吧，宝生多不容易。”“就你高风亮节，来这里开店两年多，碰到困难户还优惠打折……宝生那钱就不要了？”

我伫立雪野，良久无语，任热泪溢出眼眶。

过了春节，我继续外出打拼奋斗。离家前，特意去找彭勇，请他一万个放心，挣到钱就还，绝不会烂账。可修理店关门了。一问才知，彭勇夫妇已回温州老家发展，不会再来湘乡了。电话都没留。

我终于想起来，他俩是温州人，在画岭哪来的亲戚哟！

摸 螺

中秋节这天，气温颇高。

清早，肖老倌只穿短衣短裤，磨刀霍霍，宰杀鸡鸭，忙得满头大汗。收拾熨帖后，肖老倌便到地坪前翘首等待儿子肖晨一家回来。

“瞧你那性急的样子，想宝贝孙子了吧。”老伴揶揄道。

“一晃半年没见面，不想是假的。”肖老倌叹了口气。

时针指向 11 点，二老望眼欲穿。这时，村口闪过一道金光，一辆乌黑锃亮的小车驶来，正是肖晨的车。肖老倌喜不自禁，一路小跑至屋后小山丘，使劲地挥手致意，可车内人根本看不见。

车子开上水泥地坪停好，肖晨一家三口走了出来。“乖孙子，长胖了啊！半年没见着，想爷爷不？”肖老倌抱起孙子“啵”了几口，粗糙的胡须扎得孙子咯咯地笑。

老伴端茶摆糖，不停地问这问那，肖晨夫妇勉强应答，手机却不离手——忙着抢红包，刷朋友圈。肖老倌倒了两杯酒，想跟儿子唠唠嗑，可肖晨头都不抬一下，丢了魂似的盯着手机，嘴里念着“涨停”之类他听不懂的话。肖老倌喝了口闷酒，干咳了一声，反拱着手，尴尬地踱出门外。

老伴臂挽竹篮，上菜地摘菜，孙子蹦跳着跟在后面。菜地毗邻池塘，水浅而浑浊，裸露出一层白色的泥痕。有田螺吸附在水边卵石上，孙子感到稀奇，弯腰捡拾，捧在手心把玩。

见孙子那高兴劲儿，肖老倌灵机一动，就说："乖孙子，爷爷捞螺头，咱们煮螺头肉吃，好不好？"

"好啊！"孙子高兴得跳了起来。

虽是阳光朗照，时令已是深秋，肖老倌下到水里，只觉一股凉意直透肌肤，哆嗦得直打冷战。水深及人腰，肖老倌移桶缓行，随微波荡漾，慢慢地移动到了水中央，只露出一颗黑色的头颅。

肖老倌从小掏螺拾蛤，画岭的水库、河流及湖泊，都留有他的足迹。肖晨接到大学录取通知书那天，肖老倌比儿子还高兴，一个猛子扎下塘，捞了半桶螺头上岸，倒入铁锅，柴火煮沸。冷却后，用针挑出螺头肉，佐生姜紫苏叶红辣椒爆炒，香香辣辣一菜碗，让儿子过了把"荤菜"瘾。肖晨后来流着泪说，他一辈子也不会忘记螺头肉的味道，永远感恩父母……

"老倌子，岁月不饶人，莫在水里浸久了啊。你身体又不好，风湿病缠身，以为你还年轻啊。"老伴捶着胸口，心疼得要命。

肖老倌没搭话，机械地在水底摸螺头，放进桶里。他推着水桶缓缓游走，偶有鱼虾跃出水面，便伸手去抓，逗得孙子脆笑连连，他也呵呵直乐。秋阳铺满池塘，他便淹没在一片金黄色涟漪里。

"老倌子，别逞能了，快上来啊。你要是再感冒生病，像上次那样，死狗一样躺床上，茶饭不思，我可懒得服侍你"老伴佯装生气了。

"你不服侍，儿子儿媳又不在身边，那我……不如浸死算了！"肖老倌忽然两眼一闭，一下就沉入水里不见了。

刹那间，风平浪静，池塘只余水桶悠悠地晃荡。

"爷爷不见了！我不要吃螺头肉了，我要爷爷！呜呜。"孙子望着浑浊的水面，伤心得号啕大哭。

"老倌子，你莫吓我，快出来！"老伴愣怔片刻，继而惊呼："肖晨，快来救你爸——"她身子一软，委顿于地。

闻得哭声凄厉，肖晨赶紧丢了手机，飞跑而至，跳入池塘。肖晨离

开画岭外出求学，结婚生子，打拼创业，榨干了父母所有的积蓄，还欠了许多外债。当生意渐有起色，又要拓展市场，购房买车，安排小孩进重点学校，他就很少回家了。即便春节，也只是蜻蜓点水，屁股没坐热就走了。

“爸，你在哪儿？你不会有事的……”肖晨摸索前行，水花激溅，眼泪横飞。

“爸，出来啊，儿子还没好好孝顺您，还没让您享享清福，我对不起您啊！爸——”肖晨发疯般地击打水面。

“老倌子，你不能死啊。咱们说好了的，我先走，你要好好料理我的后事，做七天七夜道场……”老伴的嗓子都哭哑了。

倏地，塘角苇草倒伏，水声叮当，肖老倌钻出了水面。他双手抹去脸上的水珠，狡黠地笑了。

第三辑 城市一瞥

剖　鱼

“买鱼了吗？”丁伯开了门，迎老伴进屋。

“买啦——”老伴拖长了声音，把沉甸甸的蛇皮袋往地上一扔：“喏，6斤的草鱼，也没剖，够你弄的了！”

“快过年了嘛，王欣肯定忙不过来，没空打鳞剖鱼。平常都剖了的，而且弄得很干净。”丁伯笑着提起袋子，进了厨房。

“是咯，王老板忙不过来，就他是你的学生呗？价格又不便宜，一斤7.8元，总共46.8元，一分也没少。亏你那么关照他的生意，熟人朋友都给介绍去买鱼……”也许是忙累了，老伴噘着嘴巴，坐在沙发上生闷气。

“王欣不容易啊。一家四口挤住30平方米的出租屋，全靠一辆旧三轮车进货，女儿住校读高中，儿子念初中，开销大……反正我们要吃鱼啊，照顾他的生意，不是挺好的吗？”丁伯说。

“这么大的鱼，让你去剖吧，累死你！”老伴没好气地说道，顺手抓起电视机遥控器。

丁伯也不生气，对于剖鱼他自认为有一手。每次买鱼，王欣总是有条不紊地把鱼剖好，边操作边讲要领，丁伯站在旁边观摩，悉心领悟，久而久之，功到自然成。他解开蛇皮袋，用力一抖，一沓钞票滚落地面。

捡起来一数，刚好46.8元！

“你看，王欣没收钱，白送咱们一条鱼了。”丁伯举着钞票，在老伴眼前晃动。

老伴盯着电视荧屏，很是纳闷。刚才在菜市场，她与王欣推来搡去，她给钱，他不收，说快过年了，学生送一条鱼给老师，感恩师德，理所应当。离开鱼摊时，明明把钱丢在案板上了，不知何故，钱竟又飞进蛇皮袋了。

王欣是丁伯20年前的学生。那会儿，丁伯在一所偏远的乡村中学执教，只教了一年，就进城了。那一届学生，因年代久远，大约还数得出十来人的名字，且都是成绩特别冒尖的，对于王欣，就没什么印象了。

退休后有一天，丁伯去菜市场买菜，到了一个摊位前，卖鱼的老板矮矮墩墩、黑黑瘦瘦，见了他一个劲儿地嘿嘿笑，连喊三声“丁老师”，委实让他愣了半天，搜肠刮肚，也想不出是谁。

“你是……呵呵。”他尴尬一笑，推了一下眼镜。“我是王欣啊。您不记得了？”

“20年前，画岭中学，您帮我抹紫药水……”王欣一脸憨笑，搓了搓厚实的双手。他系一条宽大的皮围兜，上面粘了几片鱼鳞，熠熠闪光。

“哦，我想起来了，你家在画岭最远的山冲云盘峰，距校40里，读寄学。你趿一双拖鞋，踢踢踏踏，响彻校园。你的脚磨烂了，红肿，化脓，出血……学校没有医务室，我和几个男生轮流背你到乡卫生院上膏药，涂紫药水……”记忆的闸门一打开，丁伯的话就如决堤的江河，滔滔不绝。“你这伢子还不错，有一天深夜，有个女生肚子痛得要命，是你打手电深一脚浅一脚跑出去请来的医生。”

王欣聆听着老师的回忆，手也没闲着，捉鱼塞到丁伯的菜篮子里。后来，丁伯成了王欣的常客，每次买鱼王欣都说不收钱，但丁伯都有给。谈及破落简陋的画岭中学，王欣不免黯然神伤。

“你在干吗？”老伴见丁伯愣着没动，便问。

丁伯缓过神来，用刀背利索地划拉掉鱼鳞，挥刀剖鱼，刀刃从尾部沿鱼骨顺势切入，很快到了鱼头部位。面对硬邦邦的鱼头，丁伯用力几

次，弄得满脸鱼肉碎末，还是无济于事，只能喊老伴帮忙“劈鱼”。

丁伯双手捉刀，对准鱼头中心，老伴拿锤子敲打，当，当，一下，两下……刀锋渐渐嵌入鱼头深处，总算把鱼剖开了。

“感谢老婆相助。”丁伯嘻嘻地笑着。

老伴喘了口气，叹道：“唉，想想王欣确实不容易，卖鱼快20年了，每年要剖多少鱼啊……真的不容易。”

“有一次学生聚会，AA制，每人800元。听说全班就王欣没去，舍不得花钱哈。”丁伯说。

聊着聊着，老伴洗手回客厅看电视，丁伯把鱼剁成条块状，撒上食盐，熬制腌鱼，留待过年春节食用。

“老头子，快来看，王欣上电视了！”老伴惊呼。

丁伯顾不上洗手，来到客厅，只见电视正播新闻：“卖鱼郎”倾尽积蓄，捐资50万改善母校办学条件。

“好小子，真有你的！”丁伯异常兴奋，忍不住抱着老伴亲了一口。

“死老头子，手也没洗，盐都抹我脸上啦！”老伴嗔怪道。

同　学

星期五下午三点，清泉茶楼。

服务员敲开209包厢的门，陈威等人闪了进去。有三人打牌，一人记数，桌面堆着钞票。屋内开着空调，热浪袭人，烟雾弥漫。

“请问，你们是哪个单位的？”陈威问。

“吃错药了吧，你。”背对着陈威的胖子头也不抬，粗声呵斥，“给老子出去！”

“我们是市纪委的。”陈威不愠不火，亮明身份。

四人不约而同地站了起来，包厢霎时静寂，只余空调机旋出的嗡嗡气流声。

胖子忽然打了陈威一拳：“老同学，我是肖楚。打点小牌，消磨时间。嘿，自己人，误会了。”肖楚乃陈威高中同学，交通局局长。其他三人松了口气，相顾而笑。

“肖局长，你作为公职人员，在上班时间参与赌博，可是顶风违反中央八项规定啊。”陈威板着脸。

另外三人均为工程老板，见陈威不像在开玩笑，纷纷替肖楚说好话。肖楚却摆摆手，嘻嘻一笑：“我的陈大书记，你们纪委搞暗访，竟然查到老同学头上了。”

“论私交，你是睡我上铺的兄弟，但工作上，我可不能讲情面，否则，就对不起衣食父母。”陈威双眸透出真诚和坚毅。

二十多年前，陈威走出画岭大山到县城求学，就读于三中高52班。陈威家贫，寒冬腊月买不起鞋，双脚生冻疮，溃烂得走不了路，每天都是肖楚背他上五楼教室。肖楚家境好，每次买鞋都是成双地拿，一双自己穿，另一双送陈威，感动得陈威直哭："你为何对我这么好？"肖楚说："咱俩鞋码一样大，缘分啊。"陈威抱着肖楚说："好兄弟，这辈子，我交定了。"

在周五的"战果名单"出炉曝光之前，陈威伫立窗前，脑子里翻江倒海，心情久久不能平静。高52班同学中，诸如刘同学、曾同学、林同学等等，一个个给陈威打电话，约他喝茶、吃饭、唱歌、洗脚，可陈威都一口回绝。他们请他，无非是轮流替肖楚求情：不要公开曝光啦，搞个内部通报算啦，二十多年的同学感情，何况又是兄弟，给人留条活路嘛。

有同学想到了田铁。读书时，田铁不太用功，跟肖楚和陈威走得最近，关系最铁。田铁高考落榜不落志，扎根农村，但村子偏僻，经济搞不活，十多公里的山路崎岖蜿蜒，严重阻碍了经济发展。田铁当村长时，肖楚只不过是交通局的小小科员，但他很热心，帮助田铁上下疏通，硬是让一条猪肠子似的山路变成了光滑平坦的水泥路；还有过境省道的提质改造，田铁承包了一些附属配套工程，解决了村民就近挣钱的问题，也该记肖楚的大功。眼看肖楚落难，也许连乌纱帽都保不住了，田铁不能不管。

田铁提着两条肥大的鳜鱼来到了陈威家。陈威先是一愣，继而盯着他手上的鱼说："老同学，怎么想起进城了？"田铁把鱼放进厨房，洗了手，说："自家池塘养的，就当土特产吧，算不上贿赂。"陈威说："我们是同学，就不必绕弯子。是不是肖楚的事？"田铁笑了笑，主动提及过去的美好时光，抢烟卷，追校花，翻围墙，吹啤酒……陈威点点头："是啊，真想回到过去，单纯而快乐。"田铁盯着陈威："你就不能替肖楚摆平，放他一马？"

“如果我放过肖楚，就愧对组织的信任，愧对百姓的期盼……我的良心不允许我这么做。”陈威迎着田铁热切的目光。

“肖楚不仅是你我的同学，还是村里的恩人。如果没他帮忙，我们村的路就修不起，更别说脱贫致富了，村上的功德碑都刻了肖楚的名字。想不到你这么绝情！好，从今往后，我没你这个同学！”田铁赌气走了。

晚上，田铁接到陈威的电话，说好到华源宾馆见面说事，田铁立马通知了其他同学齐聚华源宾馆等陈威。大家认为事情出现了转机，肖楚有救了。大家激动不已，皇上驾到般迎接陈威。陈威见同学都在，心中有数，便双手抱拳，朗声道：“各位同学，陈威要让大家失望了。”话毕，从包里取出一个塑料袋，放到桌上就走了——袋子里装有二十万现金，散发出鳜鱼的腥气……

不久，市纪委通报了肖楚等13名工作人员上班时间在公共场所打牌赌博的问题，随之而来的是肖楚等13名公职人员被立案侦查的消息。又过了一段时间，肖楚利用职务上的便利收受巨额贿赂的犯罪事实也浮出水面。看到新闻后，许多同学夜不能寐。通过肖楚打招呼，刘同学中标了城区道路拓宽改造工程，曾同学以白菜价揽到了某路段的维修保养工程，林同学承包了全市的交通标志标牌安装工程……还有某村五个特困户，是肖楚的定点帮扶对象，他们流着泪说，肖局长是好人啊。

后来，高52班同学聚会，再没人通知陈威了。

陈威却主动联系，一个个发信息，没有回音；一个个打电话，匆匆几句就挂了。又拨打田铁的，被其拒接，好不容易通上话，电话那头传来冷冰冰的声音：“你是谁啊？别再骚扰我。”陈威呆若木鸡。

同学之情，说没就没了。“没就没吧。”陈威想。

写 照

清早，养老院内笑语喧哗，一派喜庆景象。

一位银发飘飘的老人盯着马良手中的数码相机，觉得特别新奇，抓住他的手问个不停。马良故做拍照状，老人急忙摆手拒绝，眼角眉梢尽显羞涩："俺一辈子冇照过，不化妆，丑死人了。"她对镜梳头，修眉，扑粉……马良连按快门，咔嚓，咔嚓，定格了老人瞬间的各种表情。

美化，修饰，打印，裁剪，直至深夜，马良才把全部相片弄妥。当他的目光再次与老人相撞时，感觉她的笑似春风，更像河流，滋润了他的灵魂，那无数次梦萦脑海的记忆，刹那间化作决堤的泪水，倾泻而出……

大约是五六岁时吧，病恹恹的马良歪在异乡的一座破庙屋檐下，两腮糊满了糖葫芦的印痕。天未全亮，马良趴在娘弯驼的背上离开了画岭，乘中巴车颠簸几小时到达县城，又转乘一下午的火车，日落时在一小站下了车。马良肚子早饿得叽里咕噜叫，缠着娘磨叽了半天，才获得一根儿糖葫芦。马良捧着糖葫芦，啃鸡腿似的，竹签儿舔得溜光溜滑。

马良望娘："我渴死了。"

娘说："你等着，娘去找水，千万莫走动啊。"

马良睃了一眼渐次暗沉的天，低声道："嗯。"

拐了几道弯，扭头回瞅，看不到马良的影儿了，娘的泪水再也忍不住，哗哗直淌："良儿啊，原谅爹娘狠心吧。你生下来就有病，时好时坏，爹娘带你四处求医，湘潭长沙跑，车票都有一抽屉……能借的都想到了，还欠一屁股债，爹娘实在想不出法子救你啊……希望你碰上好心人。”娘甩开步子，疯子般地快跑，风儿呼呼直叫。

泪花汪汪地注视着娘离去，直至背影消失，夜幕围拢，马良再也没盼回娘亲。他越来越怕，哭哑了嗓子，却不能把娘哭回身边。秋风习习，星光未现，夜色浸人。马良又冷又饿又怕，畏缩着躲进了破庙……困意袭人，马良一下子睡着了。

悄悄地，娘神情冷漠，走进破庙，在马良身边放下一壶水，转身就走。马良不顾一切地扑过去，扯住娘的衣角：“娘，莫抛下我好不好，我会听话，我长大了，要孝顺爹娘……”娘僵硬如铁，任马良哭泣，始终不曾回眸转身，她打掉马良的手，风一样飘出了破庙。

“娘，不要不管我，娘……”马良呼号着欲追，一下就醒了。

“小朋友，你睡了一天一夜，肯定饿坏了，快起来吃东西。”是一个陌生女人的声音。她穿着黄色环卫工衣，齐耳短发，笑容满面。她救了马良。她是珍姨。

马良擦干眼泪打量着，狭窄的屋子里挤挨着几样简单的家具，矮桌子上摆了一碗热腾腾的面条，面条上趴着两枚金黄的荷包蛋。马良顿感肚腹空空，咽了几口唾沫。珍姨喂他，马良的泪水又在眼眶内打转。此后，珍姨带马良去医院看病，院领导立即联系省儿童医院，查心脏彩超，确诊为先天性心脏病。院方决定免费为马良治病，通过远程会诊系统和北京的专家进行交流，反复论证，为马良做手术，获得了成功。经过一些后续治疗，马良的病完全治好了，倾尽所有的珍姨眉头舒展了开来。

之后，社区安排马良进了孤儿院，接受教育。马良不负期望，发奋读书，考上了医科大学，毕业后当了一名医生。他没有忘记珍姨，如今，天遂人愿，马良终于找到了恩人——那位银发老人，尽管她已认不出他了。

第二天，珍姨颤抖着双手接过马良送上的几张彩照，仔细瞅着，眼角泪湿，连声道谢。又用蓝色手帕包好相片，小心翼翼地藏进抽屉里。

马良一愣："咋的要收起来？拍得不好？"

珍姨笑了："俺一直想去外面照相馆照相，又不想麻烦别人，你来得太好了，终于满足了俺的心愿——留下在世的纪念。谢谢你，小伙子，以后俺可安心地走咯。"

马良鼻子一酸，几欲坠泪。珍姨给了他第二次生命，该说谢谢的是他啊。

不久，马良取得有关部门的支持，在省城举办了一场名为"爱的写照"的摄影作品展，所有图片都是马良利用节假日免费替孤寡老人拍的：金黄色院落，片片枫叶飘，喜上眉梢的珍姨，还有一群鹤发童颜的老人……

据说，展览相当成功，众多媒体争相报道，社会反响强烈，慕名前往的观展者络绎不绝。

辞　职

年初招聘难。有华南兄弟面试，华南人在深圳名声不好，但最后还是被收录了。

兄弟干活卖力，不久，兄被提拔为班长。

弟回家相亲，带村里人入厂。人事经理面露难色。

兄求之，说都是老乡，便于管理。果然，车间秩序井然，生产节节攀升，产量屡破纪录。

不久，兄坐上了主管位置。

过了一段时间，订单锐减，人满为患。人事经理逐一谈心，将散漫惰怠者一一辞退。

兄愠，怒吼。人事经理委婉而言：待危机过后，欢迎再回。

兄酩酊大醉，工友扶之。

半年后，订单剧增，兄却辞职走人。

人事经理连声哼哼：没得你们，就不开厂了？急招广告铺天盖地。

月底，弟率村里人集体辞职，投奔回乡创业的兄长。

工厂几近停产，老板大发雷霆。人事经理惊惧，亲赴车站招人。

横幅如下：高薪诚聘 18–50 岁员工，华南人免谈……

糖葫芦

车过某厂门口，我看到下了班的工人们一窝蜂地挤满了大街小巷。老人举着糖葫芦迎向人群，渴盼的眸子熠熠生辉。他双手紧抱木柄，满脸疲惫，木柄很沉重，果实饱满却无人采摘。

出公司前我接了两个电话，一是富源公司催原料款，催得很急，说如果再不想办法偿还，就将诉诸法律了；二是手下人告诉我精密工厂老总逃往澳大利亚，所欠货款随之杳无音信。在这双重打击的关键时候，结发妻子居然背叛了我。于是我决定重温一遍每天走过的路，然后听一曲悲壮的音乐，加大油门飞向那一片蔚蓝。

我从小区冲出来，差点撞上老人，还有那一把高耸的糖葫芦。

老人向我报以歉意的一笑。他虽然往前踉跄，但肩头的糖葫芦鲜艳欲滴，一个不少。他继续行走在寒冷的暗夜里。

我在老人身边停了下来。我要了一串糖葫芦，掂量着它，掂量着自己。

但愿我那五元钱，让老人今晚有个好开张。

又有客户打电话过来，说另一系列产品可以上线了。我咬了一口糖葫芦，感觉味道酸酸的，甜甜的。

蝴蝶翩翩飞

碧洲公园绿荫深处的老年活动中心热闹非凡。

一盘下得正酣的棋，勾住了几张全神贯注的脸。

“将军！没棋了吧。”

“慢，我要这样飞象，这样拱卒……”

“悔棋不算。又不是三岁小孩，出尔反尔。”

“你说不悔就不悔？以为你还当市长，都得听你的！”

“哈哈哈。”冠盖如伞的樟树下爆发出一阵哄堂大笑，惊飞了枝叶间几只午休的麻雀，慌得岸边的白鹅灰鸭“扑通扑通”下了池塘，跌起一湖碧绿的涟漪。

不远处一角凉亭兀立如画，三位婆婆和一位老人玩扑克，从3开始，一级一级往A爬。亭榭外面一排懒洋洋的垂柳，鸣蝉架起钢琴，演奏着粗犷而高昂的盛夏交响曲。

老人摇一把蒲扇，扇面依稀可辨“海纳百川”四字草书。

“我这里，将海哥好有一比呀。胡大姐……唉，你们快点出牌呀。”老人忍不住要喊一嗓子。

“哪个是你的胡大姐？该不会是——？”两婆婆趁说笑的机会偷换手中的王牌，笑闹声荡漾在林子上空。

老人输了牌，悻悻地说：“不跟你们这班妇人见识。想当年，我的牌技打遍机关大院无敌手，哼！”

“你啊，只能赢不能输，没境界。退休后习书法，高尚情操一点也没陶冶出来？告诉你吧，以前你手下那些科员，都是故意输给你局长大人的。”

“这样啊……在社区娱乐室打乒乓球，我输给你们，其实也是故意的……”老人喃喃自语，背着手绕下棋处转悠。悔棋老人与气咻咻的市长吹胡子瞪眼，依然争得脸红颈粗，观棋者笑语喧哗。

老人踱到健身区，脊梁顶住轮盘摩擦，痒痒的舒服极了。正闭目尽情享受，突然感觉肩膀上搭了一双柔软的手。回头瞅见一个粉嫩的小女孩，扎一束白色蝴蝶结，黑葡萄似的眼睛水汪汪地扑闪着。

“你想攀上去？”老人刮了一下小女孩的鼻子。

“嗯。”小女孩很俏皮，也用力捏了捏老人的鼻子。

老人举起小女孩踩上栏杆，小女孩欢喜得“咯咯咯”直笑，一双稚嫩的双手不停地向上攀登。

下来后，老人忙于喘气，小女孩则蹦跳着跑进了健身的人群中。

“今天是个好日子”乐曲响起，老人们随着节拍跳起了欢快的舞蹈。清丽响亮的音符，在修竹茂林之间流淌如溪。

下棋的开始了新一轮鏖战，紧挨的脑袋更加亲密无间了。

婆婆们丢下牌，先是怯怯地观望，渐渐地，双脚也跟着节拍慢慢蠕动，融汇成一道别致的风景。

老人打了一会儿太极拳，又按住双杠撑了几把，看见大家都在跳舞，便摸摸鼻子，情不自禁扭将起来。

乐曲戛然而止。谁把录音机关了。

活动中心静谧无声，所有人都停止了舞步。

游道上有人哑然失笑。一位白发老人坐在轮椅上，脸色红润，目光灼灼。

“你傻笑什么？又看见了初恋情人？”老伴推着轮椅缓缓前行。

“我看见了蝴蝶。”白发老人说。

“你真是越老越糊涂了，八月哪来的蝴蝶？”老伴佯怒，嗔道。

“我看见了蝴蝶，在翩翩起舞。”白发老人指着前面说。

浓荫深处，小女孩“嘻嘻”地笑着，洁白的蝴蝶结起伏跳动，飞快地躲进了林子里。

送爸妈一支玫瑰

情人节的晚上，芬站在阳台眺望好几回了，还不见女儿的影子。

女儿大学毕业后在附近一家企业上班，与公司业务经理志晨相恋。大年三十那晚，一家人挤在出租屋内团圆。出租屋被隔开，摆两张床，中间挂一条彩篷布，里间就是女儿的“香闺”。看完春晚后，志晨和男人睡外间，在另外一个城市工作的儿子则去了女友家过年。

“到望春路口了？那十多分钟可以到家了。快点，在等你们吃饭。老家的腊肉，拌了笋片，你最喜欢的。”芬放下手机，把早已凉了的菜又拿去加热。

男人打开了电视。主持人说今天是情人节，祝福大家爱情美满，家庭幸福……说得他心儿暖暖的，目光便往厨房逡巡，却不曾发现芬的背影。桌上摆好了热腾腾的菜，芬不知何时贴在了他座位的椅背上，偎依着，很近……

男人把头埋进芬的怀里，嗅着那熟稔的芳香，柔柔地摩挲着芬的手。

楼道响起了女儿银铃般的笑声。男人打开门，一束耀眼夺目的玫瑰盈胸满怀。

“爸，送给您！”女儿俏皮地说。

“妈，送给您！”志晨也捧着一束玫瑰，走近芬。

然后，两人齐声说：“爸爸妈妈节日快乐！”

芬笑了，脸上倏地飞起一朵红云。

开餐了，男人斟酒，也给芬倒满一杯。窗台上，玫瑰花摆放得端正，芬笑意轻漾。

饭后，女儿说：“妈，我们要去公园。”女儿轻描淡写的口吻，对镜描红化妆。

芬一时没吱声，呆呆地看着正在侍弄玫瑰的男人。男人已找来玻璃缸，精心擦拭干净，把花插了上去。满缸的花，有了怒放的姿态。

志晨说有同学在公园搞情人节大派对，可能要晚点回，不要等他们了。俩人牵着手下了楼梯。

“你们——”

芬还想说什么，却被男人拉回了溢满玫瑰芳香的屋子。

老公把女儿藏在花蕊中的字条打开：爸，妈，你们为了我和弟弟上大学，为了家，老大一把年纪还在外面打工，住最廉价的出租屋……我们一家人挤在一起固然热闹，可今晚，我和志晨希望您俩拥有一个完全自由的空间，过一个安静温馨的情人节。

芬眼眶湿润，用手去拭，却被老公抓得紧紧的。

“你呀，老夫老妻了，还浪漫得起来？”

“你是我的玫瑰，你是我的花，你是我的爱人，是我的牵挂！”老公情不自禁哼起了小调。

夜已深，芬躺在老公怀里，不舍入眠。窗前的玫瑰轻轻摇曳，余香袅袅。

闹　春

到山脚下时，春生买了一瓶水，磨蹭着踱上台阶。

有中年男人推着轮椅停在入口，面对群山指指点点，兴致勃勃。轮椅上的女人，闭目享受着男人对群山和天空的描绘，神态安详。

春生随人流慢慢上山。他想她不会来了。

三月底，春生无意中读到她一封邮件：原谅我这么冒失给你发这封邮件，一切只是因为生活太无聊了，真想找个陪我说说话的人给我温暖，哪怕只是短暂的一刻。不为钱，只为那身心的寂寞。希望你是那种放得下的人，大家互不干涉彼此的生活，只在需要的时候给对方一些慰藉。枕边泪共阶前雨，隔个窗儿滴到明……还真是情意绵绵呐。他伤心得半天说不出话来。

他俩是去年公司组织登山活动时相识相爱的。春生拉着她躲在青石下面，仰望绸缎般的蓝天，看朵朵白云飘浮，互诉衷肠。不久，老天变了脸，黑云压城，遮天蔽日，转瞬大雨倾盆。他毫不犹豫地抱紧了吓得瑟瑟发抖的她……此后，只要有空，俩人便手牵手去爬东台山，山沟岭背到处都洒下了他们的汗水和欢笑。他俩的甜蜜爱情，羡煞了她的闺密阿明，春生可是公司里的大帅哥，追求者无数呀。

昨晚，春生拐弯抹角提到了那封邮件，她脸上倏地飞起一朵红云。看她一脸的羞羞答答，他无比愤怒，第一次狠狠打了她一巴掌，还骂她“无耻至极”。他想我累死忙活的，你却欺骗我背叛我，与别的男人诗

情画意玩暧昧！城市万家灯火，大街小巷温馨流淌，他却觉得自己的天空阴霾重重。如果不是那次暴风骤雨中的紧紧相依，开启了他们的爱情之旅，也许他不至于爱得这么深沉。

春生返回卧房，地面满是凌乱不堪的衣服鞋袜，唯独不见了她的影踪。他急忙拨打她的电话，可已经关机了。他有些后悔了，一丝愧疚袭上心头：就算是她犯错，可自己竟然那么在乎她牵挂她！真不该骂她打她。于是便发了一条信息：亲爱的，明天我在山脚下等你，我们一起看山去。永远爱你。他希望她开机能看到。

春生大汗淋漓地跑上山顶。她一个人赌气会去哪呢？不会做傻事吧？近来由于工作太忙，是不是少了对她的关爱？他熟悉她的善良，如同熟悉她的每一寸肌肤。他知道她是爱他的。去年秋天，俩人在老家捡拾板栗，毛刺刺的球儿击中了他的眼睛，疼痛让他觉得这辈子完了，再也看不到光明了。急疯了的她抱住他的头泪花闪闪，又连搀带背送他至医务室。他曾开玩笑："要是我真的瞎了，你还爱我吗？"她马上用火辣的唇封住他的嘴："我就是你的眼！"

大小山峦在云雾深处若隐若现，湖水似玉带缭绕而缠绵。春生贴着清凉的巨石，想着自己有没有错怪她呢？会不会是别人的恶作剧？想着想着，他一骨碌坐起来，拼命打电话，可惜山顶无信号，就疯子般往山下跑。他气喘吁吁地在树林里奔跑穿梭，灿烂的阳光在他身上摇晃着，跳跃着。

山脚入口处，中年男人和轮椅上的女人还在看巍峨的山、出岫的云，看得如痴如醉。

一拨拨人上山，一拨拨人下山。

"老婆，咱们回吧，明天再来。"男人替女人捋上宽敞的裤筒，轻轻地拽下她的"腿"——原来是假肢！男人柔柔地抚摸女人断肢处圆圆的肉墩，喃喃低语似和风细雨。暖暖春阳里，女人在男人的摩挲下，两颊洋溢着满足的红润。

春生眼睛湿润，看着男人推着女人慢慢远去，余下一帧光芒万丈的背影。

附近卖水的老板说这对夫妻每天都来看山,尽管女人什么都看不见。

这时，春生的电话响了，是阿明的。阿明说邮件是她的杰作。“隔个窗儿滴到明的“明”字，就是我阿明啊，聪明的你不至于猜不出来吧。愚人节快到了……你懂的。放心，你的心上人在这里。”

春生长长地松了口气，摸摸脸，滴下了羞愧的眼泪。

青　笛

他勾头埋在一堆电路板里，保安说外面有人找他。出来后，他意外地看到樟树下面停着一辆车，乌黑锃亮。妈妈打扮得让他差点认不出来了，妈妈简单地问了他的情况，塞给了他几张红红的钞票，哽咽着钻进了车里。

“你跟爸爸吗？”晚上，她发来一个抖动的表情。

“是的。我爸喝酒打牌买彩票，醉了输了都是我的错。”

“我们要坚强。”她加了一个竖着大拇指的符号。

她喜欢音乐，她的头像炫着一杆青青的竹笛。她空间那首《最幸福的人》，也是他的最爱。她长什么样子呢？他觉得自己真奇怪，素未谋面，关心她干什么？即便同城同区，相距并不遥远。

她在一家衣架厂上班。麻雀大的厂，待遇虽差，却自由，能够提早下班，去做自己喜欢的事。问她喜欢做什么，她说去表演。

表演？他的脑海中立刻闪过一个画面：高雅的舞台中央，一位少女横吹玉笛，舒缓地倾诉她的忧伤与欢乐。台下观众掌声雷动，他满脸泪水地迎着她娇美的脸庞……

“你们一般在哪演出？”

“呵呵。”

“我能见你吗？”

“不见面好。你妈还来看你吗？”

他默然下线了。有一次去南郊公园，他无意中看见了那辆乌黑锃亮的车。妈妈下了车，疼爱有加地牵着不相识的小男孩过马路。那一瞬间，他特嫉妒那个抢走了他母爱的孩子，牙根咬得脆响。

“四岁那年，我患了小儿麻痹症，妈妈不辞而别，是爸爸给了我希望。我家门前有棵樟树，树上的广播喇叭每天都会传出曼妙的音乐，有时像潺潺的小溪，有时像婉转的鸟鸣。我问爸爸，樟树怎么会唱歌？爸爸手把手教我吹笛，说，樟树快乐啊，花草虫鸟，猪牛羊鸡，都被它感染得笑呵呵的……”

他摸摸脸，湿湿的。

岁末的一天，冷风扑面，华灯初上，他加入了喝同事喜酒的人群。

觥筹交错中，进来一个中年男人，问：“各位老板，点歌助助兴吧。”有人接过歌单，剔着牙，点了《春天里》。男人后边跟一女孩，发往后梳，戴一朵洁白的小花，胸前斜挂一杆青笛。男人嗓音粗犷，女孩吹笛伴奏。但还没唱完，就遭邻桌呵斥：“人家千百年的好事，埋在春天里怎么行？这一首没钱。”男人拉着女孩，走向下一桌讨要献歌，女孩泪光点点。

他冲男人招招手，男人牵着女孩趔趄而至。女孩发上小花翩翩，白得耀眼。众人这才注意到，女孩走路是一瘸一拐的！一双湛蓝的眸子，蓄满了太多的梦幻与向往。他点了一首《最幸福的人》，女孩眉儿微蹙，轻启薄唇，婉转深邃的旋律，如泣如诉的歌声，一下把大家带进了音乐的殿堂。

他噙泪盯着深情演唱的女孩——她全身的重量都集中在左腿上，右腿仅是一个象征；她沐浴在柔和而橘黄的光辉里，额角沁出了一层晶莹的汗珠。

难道是她？他按捺住差点要跳出来的心，看着男人拖着自制的音响设备，搀扶女儿走上街头。

月影，人影。冠盖如伞的樟树下面传来了阵阵悠扬的笛声。

馈 赠

中午的太阳正毒。

教授蹲在校园铁栏杆边拔草，墙外，是一条通往近郊农村的小道。小道上人来人往，骑车的，步行的，看到像教授这样的拔草者，都要停下来，高声地讽刺，神情夸张。面对这种侮辱，教授的心在淌血。

一会儿，铁栏杆外站了一群小学生。他们刚刚参加一次“批斗反革命分子”大会归来。他们指手画脚，有的小男孩还用土块、小石头砸向教授。

教授不能违反“纪律”离开铁栏杆，默默地忍受着。他觉得整个世界都已塌了，四周一片黑暗。他想，纯洁的小学生都如此疯狂，生活还有什么希望。

“叔叔！”一声细细的、甜甜的声音在教授耳边响起。教授抬起头，一个十二三岁的小女孩站在铁栏杆外面看着他。她一头乌黑短发，眼睛清澈明亮，秀气的脸颊上淌着汗水，手里捏着两根冰棍。

“叔叔，给！”她把一根冰棍从铁栏外伸进来，满眼真诚。其他孩子哄地发出一片嘲笑和指责。小女孩连头也不回，只是伸着那只拿冰棍的手，期待地望着教授。当他从睡梦中被人拖到学校用草绳捆住，头上罩着厕所里的便纸篓的时候，他没掉一滴泪，可此刻，他的泪水汩汩直冒。

教授不敢也不愿吃那根冰棍，那是会给小女孩带来灾祸的。他抬起泪眼凝望着她，她却固执地伸着那只拿冰棍的手。那些哄笑的孩子也噤了声，四周一片寂静，所有的人都在看着她。

小女孩也凝视着教授，给他以鼓励和安慰。教授终于忍不住，伸过头去，咬了一口那冰凉而甘甜的冰棍，然后捏住它，递给了一位历史学老教授。老教授泪眼模糊，颤抖着手接过小女孩最珍贵的赠予。当教授再回头时，那小女孩已经走远，只有她洗得褪色的蓝布上衣在小路上飘摆，发上绽放着一朵洁白的山茶……

喊 人

日影西坠，正值下班高峰，铁柱的三轮车驶入了胡人街。他暗喜，这半车荔枝不愁没人要了。

“老爸，妈妈工厂赶货，要加班。”大女儿打来了电话，铁柱“哦”了一声，就挂了。经过一家网吧门前，闪出一个上身赤裸的汉子，腆着肥肚，用脚猛踹车门：“你要撞死老子！”此话煞是突兀，一会儿，三轮车附近围满了人。

“兄弟，我没碰你好不好。”铁柱赔着笑，抓了把荔枝伸向汉子。

汉子歪着头，绕车一圈，拍拍腿：“老子本来心情好好的，被你吓坏了，你看着办吧。”

铁柱手机又响了：“老爸，煮什么菜啊，又吃酸菜拌萝卜？胃都发腻了。”

汉子听不懂湖南方言，以为铁柱在找帮手。“喊人是吗？你想喊人是不是？好，咱们就喊人！”汉子举着书本厚的手机：“喂，黑哥吗，这小子喊人了。”

人越聚越多，纷乱中，从人群后面挤进来一位老人，径直去抢汉子的手机：“干什么，又没招你惹你，凭啥为难卖荔枝的？没事了，走吧。”

“到底是勇哥娘老子来了，不听娘的不行。”沿街窗口探出来一些租客的脑袋，低低地议论。

铁柱感激地冲老人一笑，欲发动车子，勇哥抢着拦到前面，瞪着老人："他喊人了，我就等他喊人，谁怕谁呀！人在江湖，谁没几个兄弟，我也喊人了，老黑马上就到。"

"我没喊人，是和女儿打电话。"驾驶室内，铁柱满脸无辜，"骗你是乌龟王八蛋，我真没喊人！"

"你每天买彩票泡网吧搓麻将，好端端的不上班，也不是长远打算啊。老黑是什么货色？十字路口扔死鸭子，一口咬定是被小车轧死的，要赔钱，你叫这号人来，还想把事情闹大？做人不能这样。"老人脸庞清瘦，沟壑纵横，在夕阳的映射下，尤显沧桑。

胡人街才沉寂片刻，人群倏地让出一条路来。一骑摩托飞驰而至，又矮又胖的老黑下得车来，往铁柱面前一站，全身的肌肉似乎都在汹涌抖动。他那穿校服的儿子小白也从后座跳了下来。

"你！下来。"老黑一手撑腰，一手指着铁柱，"你给老子下来！"小白有些害怕，悄悄地拉扯老黑的衣角。人们屏住了呼吸。有人说："报警吧，要出事的，上月在工业园打架的就是他。"

"你下不下来？你给我下来！"老黑眼珠一鼓，厉声道："你喊人，我也喊人，我只要一个电话，几百人都有！你信不信？"小白躲在老黑身后，眼睛睁得圆圆的，不知所措。

铁柱赶紧下车，频频点头："老大，我真没叫人，是我女儿打的电话。"

老黑气势汹汹，伸手去锁铁柱喉咙。说时迟，那时快，老人横到了两人中间："黑哥，我求你不要闹事好不好，卖荔枝的不容易，让他走吧，他家里还有老婆和三个孩子呢。"勇哥上前想要拉开老人，老人固执地护着铁柱，踉跄着，屹立着。

勇哥附老黑耳边嘀咕几句，老黑便向铁柱伸出一根指头。铁柱好心疼呀，知道是要破财消灾了。今天虽没挣够一百，却不得不把口袋翻过底朝天，数了数，递过去。

老黑不接，剜铁柱一眼："你当打发叫花子啊，一千！少一分钱，别想走人！”

“一千？你们这是抢劫杀人啦！”铁柱急得要吐血了。

“你们要是讹诈了他一千，我这把老骨头就死在这里！”老人双膝跪向老黑和勇哥，泪光涌动。

“勇哥娘太伟大了！”人们啧啧称赞道。

天空低沉灰暗，夜色围拢如锅，胡人街陷入一片静寂之中。

铁柱搀扶老人站起来，脸上尽是汗水和泪水。倘若不是老人下跪阻挠，他就只能忍痛挨宰了。

警察来时，人群已散，老黑与勇哥早已溜到了街尾。昏黄路灯下，两人一脸不服：要不是看在居委会大妈的面子，哼！

错别字

小容在大学城外面炒板栗，店名叫“开口笑”，人也笑靥如花。

男友亮子在附近一家酒店当保安，他给小容制作了精美招牌，介绍板栗产自神农架原始森林，是纯天然的“干果之王”……留学生吉米有事没事总要光顾小店，与小容搭讪。这晚，吉米又来了，小容迎向吉米，脸上绽放出甜美的花朵。柜台后面帮忙的亮子盯着吉米那双湛蓝的眸子，咬紧嘴唇，锅铲翻得飞快，扬起一阵灰雾。小容递给吉米包好了的板栗，妩媚流泻。亮子的妒忌像烤炉的火焰，熊熊直冒：该死的老外！竟然心怀鬼胎，仰起脑袋，目光放肆，直勾勾地不顾他的存在了。

亮子攥紧了手中的锅铲。

吉米突然抓住小容那双白嫩的手，在她掌心比画，口中“西米西米”“西木西木”地大声嚷嚷。亮子看见小容脸色羞红，在橘黄色的路灯的映衬下显得分外娇俏，不由得暗骂起来：明明是俄罗斯人，偏要在小容面前冒充日本人，要的什么花花手段？哼！简直是色胆包天！

亮子欲上前揪住吉米，问他干吗调戏小容，却见一金发碧眼的女郎来到了吉米身旁，俩人拥抱着，亲吻着，然后牵手走了。

“老外真浪漫。哎，这么早就收工？”亮子见小容把招牌摘了下来，不解地问。

“老外准备带女友去神农架观光旅游，经常向我讨教家乡的风土人情……看你把这招牌写成什么了？野生板‘粟’！”

锅中的板栗发出“噼噼啪啪”的脆响。亮子羞愧难当，半天说不出话。

“连老外都欺我没文化，挑出了错别字，传出去就成国际笑话了……我去一下……”亮子冲出门外。

“你去干吗？咱们有错就改啊。”

“老外的包落店里了。”亮子挥挥手，急急追去。

礼　物

“我们去哪儿？”我问爸爸。

“姑姑家。”爸爸瓮声瓮气，抱我骑上他的肩头。

“姑姑家在大山深处，我眼含泪水，目送爸爸的身影渐渐走远。那天是我四岁生日，我多想拥有一份她送我的生日礼物，多想让我的双手攥在她和爸爸的手中！”

掌声响起，现场观众眼里泛起了泪花。

“二十年了，她从没送你一件礼物？”主持人问。

爸妈婚变，奶奶猝然病逝，捉苍蝇、喂蚂蚁、驱赶乌鸦和麻雀便成了我童年生活的主旋律。我想，假如她在电视机前看到我在舞台上的从容与淡定，我想告诉她：没有她的日子里，我活得很好。”

“这些年，你是如何过来的？”

“读高中时，为了不给姑姑家增添负担，我选择读通学，每天往返学校要花三个多小时，鞋子磨得破烂不堪，袜子也没一双像样的。那时，我好想有一双舒适柔软的袜子。于是，每天放学后，我就留意路边的纸屑废品，兑了钱买袜子。班上有个叫青蛙的男孩，长着一脸青春痘，经常弄来一些破烂瓶罐，陪我去收购站。有时回家太晚，姑姑以为我变坏了，骂我，骂得我受不了……”

“我高中没读完就独自前往北京闯荡。我要自己养活自己。我住最廉价的房子，吃烂菜叶，摆摊卖衣服，一月仅赚八百元。后来我打两份

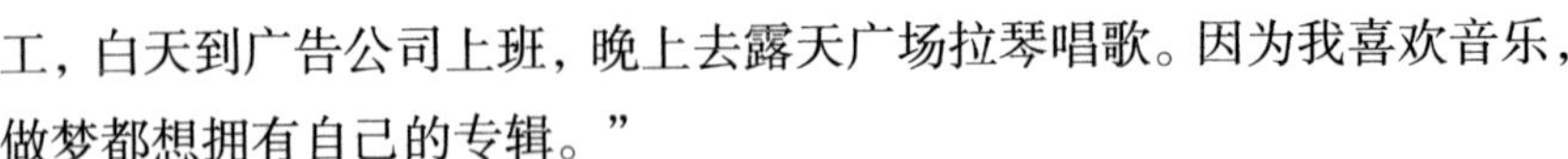

工，白天到广告公司上班，晚上去露天广场拉琴唱歌。因为我喜欢音乐，做梦都想拥有自己的专辑。”

“后来，你在广场的演出被人拍成视频火爆了网络，你的故事也感动了许多人，你被网友们称为‘广场女孩’。”

“是的。”

“你会原谅她吗？”

“我不知道……在我记忆深处，是否还有她的模样？她是谁还重要吗？她给了我生命，可给了我母爱的延续吗？”

“现在我给你三分钟时间，你面对镜头，最想对她说什么。”

我想笑，可我笑不出来。我紧抿嘴唇，背过身去。二十年的风雨都熬过来了，我不想再奢望这三分钟的亲情。

“要是她想见你，你愿意吗？”

“我，我想想。”二十年了，她还好吗？她心里有我吗？像有一把锯齿在我内心执拗地撕裂，我灵魂深处的锈蚀慢慢脱落，剥离。我脑海里突然想起了一脸疙瘩的青蛙。在那个橘黄色的秋天，他对我说的“笑傲人生，一切都是过程”等温暖而铿锵的话语，如同他印在我脸上百合花瓣似的初吻，芬芳如初，至今令我怦然心动。

“不是说栏目组一直没联系上她吗？怎么……”

“你愿意见她吗？”

我想，偌大的世界恰如这舞台一样狭窄吧。二十年来所有的酸甜苦辣，在拼命挤压和撞击我起伏的心房，即便我早已不再放纵泪水。

“我愿意。”我扬起头，盯着幕后。

她从我的四岁走出来了。她又黑又瘦……我极力酝酿情绪，可“妈妈”两字重如千钧，堵在我喉咙里喊不出声。

“有一个问题，我替女儿问您：既然生了她，为什么不养她？”主持人说。

“这是我心头一道抹不去的伤疤。我对不起女儿，希望女儿原谅。”

她眼里泛泪，声音有些哽咽。

“离婚后，您从没给女儿送过礼物？”

“女儿每年生日，我都有寄礼物的，可每次都退回来了。这二十年退回来的礼物，我全部保存得好好的，今天，我都带来了。”

“这个黑头发塑胶娃娃，是女儿四岁的生日礼物；六岁，是印有米老鼠图案的书包；七岁的五彩笔盒；十四岁的袖珍收音机；十八岁的吉他……”

我呆愣许久，眼内涌起热热的泪水。我张开嘴：“妈——妈”，两只带伤的乳燕飞翔在天，驱散了流云、乌鸦和麻雀。

“‘妈妈’这两个字，是你给我最好的礼物。”她紧紧抱住我，我感到她的身体在瑟瑟发抖。

“您能否告诉我，为什么要离开我和爸爸？”

“我和你爸感情很好，但有一次我发现你爸有了别的女人。起初我并不相信，后来被我逮个正着，我一气之下要求离婚，他没有过多解释就答应了。一年后，我从朋友处得知你爸得了肝癌病逝的消息，我终于明白，你爸是怕拖累我，故意逼我离婚的。我误会了你爸，以为你爸背叛了我……”

“妈妈，我想为您唱首歌：‘世上只有妈妈好……’”我脸上淌满了泪珠。

节目播出后，我接到一个陌生男人的电话，声音极富磁性。

“你猜我是谁？”

“你，你是青蛙！”

“老同学，看到节目后，我想送你一份惊喜，请你来我的唱片公司。”

回　家

娘费力攀上车，坐稳后，解开袋子，吆喝大家吃红枣。有人说：“您还是留着卖个好价钱吧。”娘急了：“不卖钱的，不卖钱呢。”边说边掏出来分给旁人。

秋雨缠绵，雾霭茫茫，车子慢慢驶入了市区。下了车，娘撑开雨伞，扛起袋子，四处张望，确定方向后，抬腿就走。娘每年都要来几回，几乎每次都要走错路线。城市日新月异，道路千变万化，好端端的路面，时不时被拦腰挖断，每次娘都脑壳发晕……雨越下越大，娘的鞋子进水了，裤脚打湿了，转来拐去，总算找到了女儿的理发店。

秀梅忙于理发，娘放落袋子，外孙女筱佳早已抢过去抓了一把。

秀梅跟顾客说了声“对不起，稍等一下”，转身从柜子里找出一些饼干糕点，鼓鼓囊囊塞满一袋，交给娘。

娘手往后缩，摇着头：“莫浪费了，还是留给筱佳吧。”

秀梅脸一沉，执拗地把袋子挽上老人的臂弯：“你拿着吧！以后，下这么大的雨，就别来。那边客人还等着呢。筱佳，送外婆坐车。”

雨水暂歇，天光亮了许多。筱佳牵着外婆横过斑马线，踏上人行道。

“筱佳，你要听妈妈的话，别淘气啊。”娘爱怜地摸摸筱佳的额头。她的两个儿子在深圳打工，不让人操心，只是秀梅婚姻坎坷，独自带着筱佳，让她揪心牵挂。三十多岁的女人，长路漫漫，总不能单身一辈子吧。

“知道，知道。”筱佳翘着粉嘴，像极了秀梅小时候。

到了站台，筱佳抬头问外婆："路线记住了吗？您下次来就不会走错了。"

"记住了，记住了。"娘刮了一下筱佳的鼻子，笑若金菊。

秋雨又纷飞，密密麻麻，穿针走线。

到家后，娘换上干净的衣服鞋袜，赶紧把鸡鸭放出来。饭后，娘一刻也闲不住，朝村部大院迈去，那儿人多，也都是一些老人孩子。娘是要去告诉他们，她进城了，坐 8 路车去的，看秀梅母女。他们都夸秀梅相貌娇美，长得像演员孙俪，理发手艺也不错，邻里乡亲还享受优惠哩。

"怎么搞的嘛？"顾客摸着划伤的下巴，满手是血。

"对不起！对不起！"秀梅连连道歉，急忙用纸巾替顾客擦拭。

娘走后，秀梅的心一直悬着，空空落落。哥哥在电话中说过多次了："秀梅啊，咱妈没事就进城来，出了事咋办？"秀梅心想，你们在深圳一年就回一次，为何不常回家看看……她反复叮嘱娘在家好好待着，吃好，穿好，睡好，娘每次都认真听着，使劲点头，像是记住了，可每隔一段时间，总是要大包小包弄一些蔬菜瓜果什么的，坐车进城。娘乐意啊，秀梅无法阻挡。

趁着中午顾客少，秀梅掩上门，靠着椅子小憩。

"哐当"一声，门开了，娘走进来，说："秀梅，甜甜的秋橘，妈采摘的，尝尝鲜吧。"

"你自己留着吃啊。"秀梅很是诧异，娘怎么又来了？

"俺一个人吃不了多少，你这儿客人多，都尝尝吧。"

…………

"妈妈，妈妈，我的作文得表扬了！"兴高采烈的筱佳，惊醒了秀梅的午梦。

筱佳在《我的外婆》中写道：外婆顶风冒雨给我送红枣，我送外婆坐车，给外婆买车票。外婆爱我。我爱外婆。秀梅读后，眼睛红了。

中秋节这天，秀梅早早关了门，带着筱佳逛超市买礼物，11 点多才挤上8路车。筱佳兴奋得像个小精灵："嗷，嗷，回家摘橘子咯。"

秀梅望着窗外飘过的风景，回想打拼这么多年，在家陪娘的时间又有几日呢？今天，无论如何得在家住一晚，帮娘捶捶腿，陪娘唠唠嗑。

十二点，秋阳朗照，暖意盈盈。市内8路车停靠点，售票员嘟嘟囔囔："你这一担橘子，少说也有七八十斤，货票都没买……"

"师傅，俺不是做生意的呢……"

一根竹扁担，晃荡着两袋橘子，行走在城市的街头。

刽子手

年前，惜时社区举办关爱老人活动，特邀心理咨询师谢欣担任嘉宾。在热烈的掌声中，谢欣清了清嗓子，讲了一个真实的故事。

老李退休后，从不打牌，除了散步锻炼，就是练习书法。几年下来，笔下功力倍增，还加入了市书法家协会，并有作品入选省展。老李晚年生活如此出彩，自然离不开老伴江凤无微不至的照顾。可是有一天，江凤高血压中风，经医院抢救，命是保住了，却成了植物人，生活不能自理，全靠李老悉心侍候。邻居同情老李，劝他把女儿找回来帮忙，别一个人扛着，说不定哪一天眼睛一闭，就扛不住了。老李苦笑着摇头："女儿已经五年没回家了，大概没我这个父亲咯。"

一场车祸夺去了老李发妻的生命，也让老李在那半年里夜不能寐，时常深陷痛失爱妻的凄凉。原本高大壮实的老李变得发白如雪，脸似刀削，精神极度萎靡。是江凤焕发了老李的蓬勃生机，也让他重新振作了起来。可唯一的女儿不允许父亲再娶江凤，女儿固执地认为，江凤是眼红父亲那份可观的退休工资而来的，所谓的"黄昏恋"，只不过是她接近父亲、感动父亲的幌子。老李也没跟谁商量，不声不响地把位于城里黄金地段的房子贱卖了，所得二十万悉数借给江凤替其母亲治病。这可把女儿气坏了！女儿下岗多年，一直搞服装批发，眼下网购热火朝天，店铺生意却相当惨淡；女婿所在的工厂不景气，两个小孩读书费用也不少，一家四口生计艰难，挤住在三间老旧窄小的房子里……女儿越想越

不是滋味，在父亲再婚那天，流着泪发誓，决不再踏入家门半步，就当世上没有父亲了。

婚后，老李和江凤形影相随，晴则携手游公园，雨则研墨挥毫，别有情趣。孰料天有不测风云，一日，老李笔走龙蛇，江凤端茶进来，静立观望，忽然眼前一黑，昏倒在地。此后，江凤痴痴呆呆，无只言片语，多亏了老李不离不弃，细心照料。老李为照顾好江凤，公园不逛了，爱好也丢了。省书院招生，每个地区限两个名额，培训四十天，结业后就是省书协会员，还有望推荐加入中国书协。市书协首选老李，可他想都没想就拒绝了。邻人都说老李生得贱，不晓得享福，七十多了还找老婆，不料找个"病坨子"活受罪，不把几根老骨头磨碎才怪呢。

"五年不回家，老李女儿还是不是人！""嘭"的一声，有人怒击桌面，愤愤不平。接下来，大骂的，同情的，还有抹眼泪的……社区活动室内气氛高涨。

"老李五年如一日照顾江凤，有责任，又有担当，是我们学习的楷模啊。"谢欣话音刚落，又响起了一阵掌声。

散场后，后排角落还有人没走。谢欣以为那人睡着了，走过去轻唤一声，那人抬起一双泪眼，早已泣不成声了。"谢老师，我就是老李的女儿李菦。"她红肿着双眼，满脸愧疚，"我，我对不起我爸，他受苦了。谢老师，我，我该怎么办？"

"既然你知道错了，我愿意帮你，送你回家。"

李菦使劲点头，眼泪像断线的珠子。

谢欣回到办公室后，吩咐助手找来老李的地址，又联系当地电视台，一切安排妥当，时间已是深夜了。推开窗户，寒风呼啸，他不由得打了个冷战。城市已经沉沉入梦，谢欣却毫无睡意，眼前总是浮现出李菦悔恨的愁容，老李满头的银发，还有……

早上，谢欣开车送李菦回家。约两小时后下高速，抵达老李所在的小县城，与电视台记者见面会合，一起往老李家赶。离家愈近，李菦心情愈紧张，似乎还能听到自己“怦怦”的心跳。这些年，父亲是怎么熬过来的？会原谅我吗？李荭低头沉思，不住地唉声叹气。

然而，谢欣一行人却扑了个空。只见老李家门窗紧闭，鸦雀无声。一打听，李荭如同掉进了冰窟窿，心都快凉透了——老李和江凤都不在了！他们是什么时候离开了这冰冷的尘世呢？无人知道。听说是邻人闻到了异味才报的警呵。警察破门而入后，发现江凤平躺在床上，老李侧坐在床头，二老像是安静地睡着了。

“无论自杀，还是别的什么原因，我都难辞其咎，我是刽子手！”李荭摸着锈迹斑斑的铁门，悲痛欲绝。

谢欣唏嘘一番，嗟叹着扭过头去。此时，助手打来电话：有人找他，说话啰里啰唆，含糊不清。谢欣问助手：“他想咨询哪方面内容？”

“他怕睡觉。”

“失眠是吧。睡前用热水洗脚，让老伴按摩按摩，放一点舒缓的音乐。”

“他老伴不在了。”

“那，他还有儿女吗？”

“三男二女，可一个比一个忙，过年都不回家。”

“建议他找个老伴啊。”

“儿女都不同意。特别是小儿子放了硬话，如果父亲找老伴，他就不回家了。”

“那小儿子是谁？要害死老人啊。”

风吹稻花

侯敏大我三岁，爬树掏鸟窝最拿手，羡煞我了。

有小子欺负我，偷偷往我书包里塞青蛙，吓得我躲到一旁抹眼泪。侯敏看不惯，把那小子骑在胯下，边打边喊："看你再骚扰她……"又扭头瞅我，说："我要保护你！"我破涕为笑，定定地看着他，心儿暖暖的。

小学至高中，我和侯敏同校同班，可谓青梅竹马，心心相印。也有一些青春痘饱满的男生，邀我游园爬山，送我席慕蓉的诗，里面夹着羞答答的情书，我都付之一笑，委婉地拗断了他们多情的目光。

一条大河波浪宽，
风吹稻花香两岸……

毕业前夕，学校组织文艺汇演，他以一曲高亢嘹亮的《我的祖国》，获得了全体师生经久不息的掌声。我抚摸着滚烫火辣的脸颊，陶醉其中而不能自拔，似有暖风拂过心田，幻化成一帧唯美景象：天蓝水丽，稻香馥郁，有位少年，策马扬鞭……演出结束后，他牵我上了河堤，白色的、红色的、粉色的花瓣，在空中诗意地飘洒，落在我们身上、肩上、发上，鸟雀扑簌而起，越飞越高……

此后，我顺利入读长沙一所大学，侯敏没参加高考，我与他失去了联系。次年暑假，我在砖厂找到了侯敏。他头发蓬松似鸡窝，脸面黝黑，我差点没认出来。他垂着头，也不理我，挥锄挖泥。我抢他手中的锄，他干脆背对着我。我瞪着那犟牛似的背影，咬着咸咸的泪花，转身就走。

破罐破摔，前途叵测，简直不可理喻……万千感想，齐涌心头，让我好生心疼，止不住泪湿双眸。忽有人拉我一下，是砖厂老板，追上来告诉我侯敏的情况。侯敏还有个弟弟叫侯捷，小学就能背圆周率到一百多位，成绩相当好。侯敏家庭困难，父母身体又不好，全靠种田为生，无力供两个孩子读书。父亲希望兄弟俩早些出门打工，挣钱娶亲过日子。高考前，侯敏噙泪辍学回家，向父亲下跪保证，只要同意弟弟读书，由他来承担学费。

“‘猴王’怎么啦？一动也不动了！”

“什么状况？是不是扭伤了脚？”

“江湖杂耍都能登台，这节目门槛也太低了。别侮辱我们的智商啊。”

旁边的观众议论纷纷，还有人站起来喝倒彩，一下把我拉回到《超越梦想》综艺节目的现场。我在观众席上如坐针毡，看见扮演“猴王”的侯敏僵硬地站在台上，众“小猴”围着他问他要不要紧。

音乐已止，着旗袍的美女主持人快步上前给观众赔笑脸：“对不起，侯敏第一关没发挥好，出了点小问题。”

侯敏低头致歉，脸白如纸，汗雨成溪。

观众一片哗然，夹杂着刺耳的口哨声。

“大家静一静。排练时，侯敏跟节目组特别强调了，无论如何，不要提他个人的事——”美女主持人瞥了侯敏一眼，他很痛苦地盯着她，示意别说了，但她还是说了，“侯敏有一条腿是假腿。”她哽咽着，弯腰撩起他的裤腿，只见他大腿膝盖以下，全靠黑亮的假肢支撑，踢腿时动作幅度偏大，或稍微不连贯，就会演不下去。

台下静寂片刻，瞬间响起了雷鸣般的掌声。

我泣不成声，思绪早已飞回到十年之前。大学毕业后，我留在长沙。有一天上街，我碰巧遇见了侯敏，他在建筑工地上班。他兴奋地告诉我，他的辛劳没有白费，弟弟侯捷不仅考上了名牌大学，还读了博士学位呢。

“牺牲自己，成全弟弟，你真伟大。”我由衷佩服。

他淡然一笑，随口问我住哪，我说房子搞装修，暂住婆家。他飞快地瞟了我一眼，慌慌地低下了头，不再言语。我忆起那逝去的青春岁月，高歌“一条大河波浪宽，风吹稻花香两岸”的翩翩少年，曾无数次打湿我甜美而忧伤的梦境……我们默默地走了一段路，气氛尴尬。为打破愁绪，他“嘿嘿”一笑，说没女人喜欢他，怕要打一辈子光棍咯，云云。我“嗯嗯”应答，不知说什么好，就什么也不说了。

过了数月，再见到侯敏时，他交了女友，爱情之花灿烂了他的容颜。不久，传来一声晴天霹雳——侯敏受伤了，而且伤势严重。我一下懵了，顿有天塌地陷之感。我冲进病房，紧紧地抓住他的手，一任泪雨滂沱。那晚，他和女友游玩至江边，返时夜深，遭遇歹徒抢劫，女友吓得花容失色，躲在他身后瑟瑟发抖。歹徒人多，手中有刀，为保护女友，他被砍二十多刀，鲜血染地。他以左腿截肢为代价，顽强地活了过来，女友却没踏入医院半步，人间蒸发。

“侯敏与死神擦肩而过，也有你的功劳，感谢你的不离不弃，细心照顾啊。”医生对我说。这段时间，我也经历了一场感情风暴，当我忙碌奔波于各大装修市场，为地板墙漆门窗讨价还价时，我丈夫却携女秘书去了云南丽江，美其名曰“调研考察”……痛定思痛，除了离婚，我别无选择。

术后，侯敏康复极快，积极锻炼，坚持练舞，摔倒了，爬起来，又摔倒了，再爬起来。我含泪在旁替他鼓劲，给他信心，让他振作起来，扼住命运的咽喉。一年后，他找到了一份保安工作。他站起来了，他旋转起来了，他骄傲地登上了《超越梦想》的舞台……

来一个！来一个！台下观众狂热地呐喊，以示对侯敏的支持。

在主持人的安排下，侯敏又演了一个节目。他看我一眼，定住神，开始清唱：“一条大河波浪宽，风吹稻花香两岸……”他的歌声萦绕在演播大厅，时而若清澈小溪，欢快地流淌；时而如激流飞泻，大珠小珠落玉盘……所有人都站起来鼓掌，掌声持续而热烈。

众目睽睽之下，我跑上去扑进他的怀抱，呜呜咽咽，哭得一塌糊涂，可什么也说不出来。

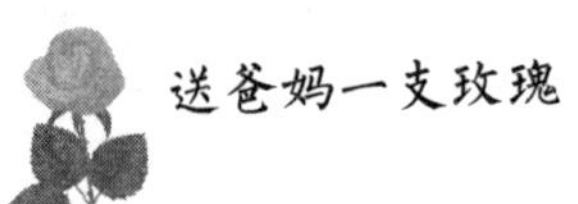

涟水河畔

一双红烛，跳动着欢喜的火焰。

永庚与美珂夫妻对拜，步入新房。

新房布置简单，但干净整洁。谷柜上铺陈几块木板，四周扯起蚊帐，就是新婚的喜床。

美珂低着头，羞羞答答。

永庚盯着美珂，痴痴恋恋。

外婆给晟儿讲“野人”的故事。外婆说：“你妈就是中了‘野人’的毒，好不容易从民办教师转为公办教师，却偏要嫁个乡巴佬，跟着活受罪。”

晟儿一脸迷惘：“‘野人’是哪个？”

外婆笑道：“你爸爸！”

美珂听着祖孙俩的对话，泪花闪烁。家里当初极力反对她嫁给永庚，可当她在涟水河畔游玩时失足落水的那一瞬间，是永庚救了她，然后，相识，相知，相爱，缘定终生。

仅靠美珂的那点工资根本维持不了生活，无奈之下，永庚随工程队到外地修高速公路，就把故乡和家丢给了美珂。

五个班的数学课，四位老人的照料，儿子上学，人情往来……生活压弯了美珂的腰，也苍老了她的容颜。

冬去春又来，美珂终于盼回了丈夫。

她抓过永庚的手按在绯红的脸上，问：“我还漂亮不？”

“漂亮。呵呵，即便是老太婆了，在我心中，你永远是最美的！”

美珂特感动，拧了一把永庚的腰。

“痛死我了！”永庚大叫，额角沁出了密密的汗珠。

“怎么啦？”美珂急了，撩起永庚的衬衫，看到有一坨巴掌大的黑印。“痛吗？”美珂一边问一边轻轻地揉着。

“推斗车时闪了一下腰，没事的，莫多想……睡吧。”

当家家户户住上小洋楼时，才五十多岁的美珂，头发全都白了。永庚本来有腰伤，在一次劳动中摔成半身不遂，屎尿都得接。

“永庚可害惨了美珂……”

“人这一世，拥有美珂这样的老婆，知足咯。”

“是啊。是啊。”

人们坐在河堤上议论，美珂从宽阔的桥上走了过来。

“呵呵，我家永庚要侍候，没空聊。”美珂边走边打招呼，皱纹似菊。她到学校办了内退，专门侍候永庚。

看着步履匆匆的她渐渐远去，人皆摇头叹息。

“内退？那他们的生活怎么办？”

稻子成熟时，晟儿在湘乡宾馆举行新婚庆典，美珂没有参加。她很想去见证儿子儿媳最幸福的时刻，但永庚离不开她啊；她想过请人照料一天，却怕别人照顾不周全，惹永庚发怒；她知道，只有她懂永庚，旁人无法替代。

服侍永庚躺下后，美珂伫立床前，默默地看着手中发黄的小纸条：涟水河畔，永结同心。她的眼眶湿润了。

后来，永庚可以下地了，美珂扶着。他红着脸与她耳语：“对不起，我骗了你，那腰伤不是闪的，而是跟别的女人鬼混，被她男人打伤……”

美珂凝望着涟水河清清凌凌的水面，微笑无语。

“我能想到最浪漫的事，就是和你一起慢慢变老。”有一首歌，在她灵魂深处流淌着。

刚好遇见她

烈日当空，鸣蝉聒噪，出租车里热得像蒸笼，简直要把赵仪烤熟了。

车到泉井坳，客人刚下车，赵仪立马调头，同时电话联系接车的李师傅。时钟指向十二点，路旁不时有人招手，赵仪却理都不理，任其诅咒抱怨，把空车开得飞快。他没吃早点，空腹转了半天，肚子饿得快贴脊梁骨了——自从女友与他分道扬镳后，他已忘记早餐的味道。

忽然，路边绿化树下，有一袭白衣裙裾吸引了赵仪的眼球，她伸出纤细的柔指，宛如杨柳拂面。赵仪不由自主刹住车，稳稳地停在她身边，潇洒一笑：“美女，到哪里？”

她神色慌张，语带焦急地问：“师傅去虎跳冲吗？”

“虎跳冲？离城十多公里，路也不好走，我不——”他话音未落，她已双手按住窗门，近乎哀求道：“师傅，到虎跳冲多少钱？我多给！”

“不是钱的问题。天热得要命，路途又远，我也要交班了，你还是等别人的车吧。”赵仪连连摇头。

她带着哭腔说：“师傅，行行好吧，我爸被蛇咬了，再不退肿就没命了！”

赵仪心里暗暗叫苦，肠子都悔青了：老子真不该停车，这下躲都躲不开了。他便大声道：“你爸在哪里？快上车！”

她坐上车，赵仪按其所指，沿小路开了约 200 米，到一处低矮民房前，有一男子正在张望。停好车后，男子小心地扶老人上车——老人脸色难看，左腿肿大，脚踝处露出乌紫的伤口。她挨着老人坐下，吩咐车窗外的男子："哥，你在家照顾妈吃药，我带爸去虎跳冲找葛神仙。"

葛神仙以治蛇伤闻名湘乡，赵仪早有所知，曾经载客去过两趟。虽然他肚子里"空城计"唱得正欢，估计李师傅也等得焦灼，电话都打好几回了，但他能见死不救吗？

车子像一颗绿色的子弹，嗖嗖地沿河飞驰。大桥横跨南北，李师傅就在桥北公寓的家中等着接班，赵仪却顾不得那么多了，只想快点开到虎跳冲——老人那张因痛苦扭曲的脸，还有她伤心落泪的模样，不时在后视镜里晃动。

急行约二十分钟，告别光滑平坦的水泥路，进入虎跳冲。山路坑坑洼洼，坎坷不平，赵仪不得不减速缓行。又颠簸了十多分钟，前面已没路了，只余一条土路，蛇一样扭上山头。毒日火辣，热情不减，晒得人脱皮。赵仪费了许多周折调了头，接过她递来的钱，摸着隐隐作痛的胃，只想快点离开。可是当他瞥见老人瘫坐地上，她扶也不是，背又背不动，无助地望着山顶，发愁而流泪……他就突然决定不走了。他知道，眼前这条500多米长的山路，全是上坡陡坎，直抵葛神仙家。常人步行都不易，作为女人，她焉能背父上山？

赵仪钻出驾驶室，二话不说，背起老人就往山上爬，感动得束手无策的她泪水涟涟。他平素缺少锻炼，负重上山，自然累得气喘吁吁，两腿打战，全身汗湿。进了屋，放下老人，他几欲虚脱，靠着墙根看葛神仙麻利地清洗伤口，碾药丸……

敷药后，老人脸色渐缓，赵仪松了口气。老人性命无忧，万幸啊万幸，我也该走了，他这样想着，刚迈出门槛，葛神仙就在后面叫住了他："帅傅，草药只能镇痛，要防止毒液扩散，还得去医院。虎跳冲离城远，哪有车来这旮旯？请你赶快载他去吧。"

都是自己见色起意惹的祸，幻想艳遇结奇缘，结果呢，饿得体无完肤不说，还搭上苦力活，当牛做马，赵仪真想自抽几个大耳光。他低着头，把老人背到车上，向城里开去。

快上大桥时，交警正在执勤，告诉他桥面封锁，实施交通管制。原因是十二时二十分许，桥北公寓门前有一长60米的巨幅广告牌整体坠落，砸中5辆车，造成交通受阻，所幸无人员伤亡。赵仪愣怔片刻，默然改道二大桥，送老人至医院。她千恩万谢，激动得语无伦次，他面无表情，冲她讪然一笑，说了声“谢谢你”，便发动车子，倒把她弄糊涂了。

赵仪回忆了一下，如果他拒载她，马不停蹄，径直过大桥与李师傅会合，那个时间点，他正好开到公寓门口，两人都在车上。

第四辑　尘世漂泊

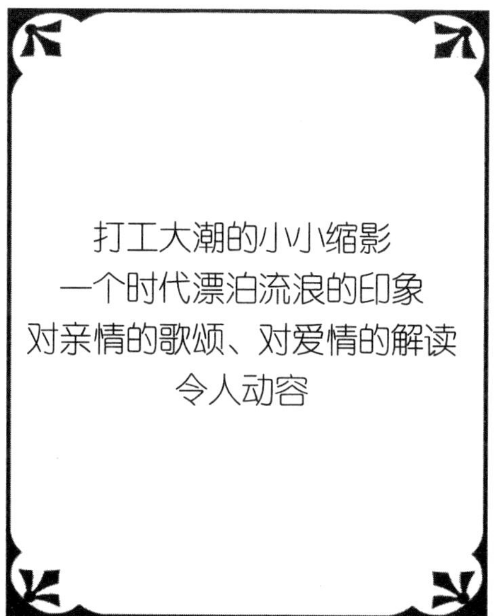

打工大潮的小小缩影
一个时代漂泊流浪的印象
对亲情的歌颂、对爱情的解读
令人动容

羞答答的玫瑰

年前，福根落寞地目送工友下山。大伙春风满面，人人脸上洋溢着即将回家的兴奋与喜悦。

“福根，你莫趁我们不在，偷偷下山找女人啊。”有人调侃。

福根脸一红：“枪都生了锈，哪还有那心思？”

工友渐行渐远，直至看不见影了，福根才怏怏地返回工棚。他摸摸胡子拉碴的脸，不由得眼眶一热，涌出了酸酸的泪花。若不是老板给三倍的工资，一举粉碎了他回家的念头，他也不会留守工地，守着那些毫无生气的搅拌机、铁锹、扁担……

除夕，细雨飘飞，山犹冷凄。福根拢着手，在那条奋斗了一年多的高速公路上踱来踱去。路面铺有一层粗麻袋，踏上去“咯吱咯吱”地响，像踩在心尖上。

郝灿在电话里说：“我想跟大伙儿一块儿过来，在深圳当保姆也能挣个几千几百的。”

福根一听就火了，声似炸雷：“你出来了，咱妈谁服侍？崽女读书呢？还有——”

哪知郝灿火气更大，马上打断他的话：“够了，我受够了，我又不是你家的保姆。我偏要来，偏来！”她歇斯底里一阵呐喊，继而抽起鼻子，嘤嘤哭泣。

福根晓得她是故意气他的，便好言安慰了几句。在内心，他特别希望老婆在身边，最起码能洗衣暖脚唠嗑啊。想着想着，就有一团火焰在体内奔突——福根已有一年多没碰女人了。有一次，与工友上街理发，福根坐在沙发上看电视，看了一会儿，工友皆不知去向，有卷发女孩笑眯眯地走向他，凸凹的身子巴得他紧紧的。福根稀里糊涂被女孩带进了包厢，一双嫩手在他身上如蛇般游弋。福根呼吸有些不匀称了，一股久违的热浪席卷全身。女孩说："大叔，你先去洗个澡吧。"福根一听"大叔"二字，羞愧难当，汗如雨下，赶紧推开女孩，溜回工棚，大口大口吞酒……

像往年一样，春节过后，工友们辞妻别子再出发，踏上打拼之路。众人下了火车，租一辆大巴直抵工地，大包小包地下了车。福根早已做好饭菜，上前迎接，一时竟惊得说不出话，眼睛瞪得比铜铃还大。

郝灿来了！

这是真的吗？福根揉揉眼睛，掐掐胳膊，感觉到疼痛，才知不是做梦。

郝灿羞怯一笑，红云满面。福根也想笑，却脸一沉："蠢堂客，你来做么子？家都不要了？"

满腔的喜悦突遭粗暴的呵斥，郝灿几欲坠泪："你一年没回了，心里还有家吗？"

"我，我不都是为了这个家……咱妈治病，崽女的学费，还有化肥农药……"

工友赶紧岔开话题："福根，你老婆专门来看你，你要请客啊，今天是个好日子。"

"对，今天是情人节，福根要过幸福生活咯。"他们故意把"幸"暗示成"性"，声音拖得老长。

郝灿低下了头，脸色绯红。福根拿眼偷偷地瞅她。

傍黑时分，福根带郝灿去逛街。小镇繁荣，不亚于大城市，华灯初上，流光溢彩。

福根抱怨郝灿太任性了，别的不说，盘缠都不易。郝灿没好气地说道："你呀，要不是咱妈和崽女催我来一趟，打死我也不来看你……"

"真的？"福根故作惊讶，心里却窃喜，崽女懂得疼老子咯。又扯她衣角："我们租房子住一夜，要得不？"

郝灿拧他胳膊："你是大老板？有钱租房啊。"

福根捉住郝灿的手："那，那，我……今天还是情人节呢。"

郝灿"扑哧"笑了："这洋玩意儿你都学会了。你不是不要我来吗？"

春雨淅淅沥沥，玫瑰花芳香缕缕。瑟瑟寒风中，传来了少女清脆的叫卖声。福根问花怎么卖？少女答十元一束。福根掏钱。郝灿按住福根的手："你傻呀，十块钱买一朵花，能吃还是能喝？福根执拗地买了两束，双手捧着，面朝郝灿，郑重其事道："结婚这么多年，这是我第一次献花给你。"郝灿一时无语，泪光点点。

夜色深沉，缠绵春雨没有一丝停的迹象，福根牵着郝灿大街小巷找房子。所有的宾馆旅社，全都挂起了"客满"的牌子。看到福根一脸的沮丧，郝灿偷偷乐了。

此时，福根电话响了，一接听，是女儿甜美的声音："爸，你为了替奶奶治病，为了我和弟弟读书，为了家，一年到头在外面打工，辛苦了……希望你和妈妈过一个温馨快乐的情人节。"

福根的眼眶湿润了，用手去拭，却被郝灿抓得紧紧的。

两人越挨越近，手中的玫瑰轻轻摇曳着，余香袅袅。

蟑　螂

福根在工地摸泥刀。

打正月十五离家后，也有半年多没挨女人了。一个阴雨天，福根去魅力宝贝发廊理发，认识了豪姐。

豪姐长相平平，但和福根的女人相比要嫩俏，温驯。豪姐问他想不想女人，还出了一道题考福根：女人一生要经历哪三道关口？猜三个城市。福根就笑起来。他在街头那些硬塞到手上的书中看过。就答道："海口，宁波，深圳。"答完后，发现豪姐正柔柔地看着他，娇声地贴着福根耳畔问："想不想去那三个城市旅游，嗯哼……"

福根脸就红了，要走，豪姐手中的梳子就掉地上了。豪姐弯腰去捡，福根就看见了豪姐露出的一大片白花花的肉，带子都是粉红色的……福根稀里糊涂进了豪姐的房间。

豪姐点了烟，兰花指儿涂得绿绿的，冲福根吐圈圈。

福根想这娃儿不过二十多吧，好好的头发弄成了狐狸精样子，好好的手指脚趾染得花花绿绿，好好的青春咋就不找一份正当工作……

豪姐又串起长长的雾儿，直呛得福根连连打喷嚏……但她抽烟的姿势很有情调，像电视里演员明星的派头。

豪姐丢了烟头，在柜子里乱翻一气，然后叹道："套套都用完了，没了。"就眯了眼看着福根，"你运气不好……"

福根有些扫兴，想要说什么，但还是怕了。他胡乱捡了衣服出了门，

扑到夜摊上要了两瓶金威，吹了起来。

福根有些恼火。关键时候，就总是这样。去年在福建做了半年回到破砖瓦房，待孩子们睡了，满怀喜悦去抱女人，女人说厨房没收拾好呢，福根却不管……刚躺下不久，女人就大喊大叫，痒死了，痒死了……一脚踢开了被子。两人满房间找呀，罪魁祸首是一只蟑螂！后来女人掐着他的脸说，一定要攒劲建好房子！福根狠狠踩死了那只坏事的家伙。此后，两口子牛郎织女一样，只在过年相聚一次，齐心把一幢两层的小楼骄傲地立在村子中央。

账是欠了几万，但两人认为值，特别看到一双儿女那灿烂的笑容，看到小巧别致的楼房在阳光下熠熠闪光，觉得心里说不出的舒坦。春节后，福根拱起背包赶紧出来了，带着思念，带着希冀，带着未来……有时候，面对异乡的灯红酒绿，也想自家的女人。本来要她一起过来，可是她说家里走不开，如今的孩子，都是珍宝，都是太阳、星星和月亮，不能有闪失。再说孩子大了，也不太听话，弄不好就变坏。所以女人坚持在家照料孩子。

刚出来那会儿，一个星期一个电话，福根问家里情况，问地里咋样了？儿子的功课进步了吧？然后就对女人说想你了。女人听得懂男人的话，就咯咯咯笑："想就回来呗！我也想你！睡觉都不安稳……"

旁边酒店放出了柔和舒缓的音乐，花枝招展的女人进进出出，她们大多成双配对被男人搂抱着……两瓶酒下肚，福根有了一丝醉意，想起应该打个电话回家了。一摸手机，糟了，丢在豪姐床头了！

想起豪姐，福根就起了一点心思：说不定这个风尘女子，真跟他有点缘分。知道有些对不住自己的女人，可手机不能不去拿吧。几百块钱事小，重要的是里面有几十个号码，还有一家人的照片呢。说不定家里正打电话来了，说不定别人正想利用家人的照片呢……这样想着，福根又向魅力宝贝踱去。

经过超市旁边，看见有两个安全套自动售卖机，福根心里一动，摸了硬币塞了进去……酒喝得有点多了，弄了半天才塞进硬币……这东西，福根不太喜欢，可在外面，又不是自己的女人，谁能保证安全卫生？没办法，借酒兴将就一回吧……

豪姐见了福根并不诧异，笑道："大哥，来啦？"

"我来拿手机。"福根嗫嚅道，眼睛盯着豪姐，然后径直往里走去。

"呵，什么拿手机，是不是爱上妹子了？"豪姐甩着一头波浪，跟了福根进房，"大哥，还想着与妹子旅游是不？喝了不少啊……"

福根早就按捺不住了，把套套丢给豪姐。

豪姐看后，哈哈大笑："大哥，蟑螂药干吗来了？"

福根整个人就软了下来。

这时，电话响了。福根一看来电显示，赶紧跑出屋子。

"桂花吗？刚才信号不好……女儿有话要说？说吧……唉，今天是父亲节，祝爸爸节日快乐！谢谢好女儿，爸爸谢谢好女儿了！儿子你别抢，爸爸听到你的祝福了……在家听妈妈的话，爸爸过年回来看你们！"

打完电话，福根眼泪也来了。

抬头望天，雨下得大了，如丝如网。

福根转向超市避雨，经过那自动售卖机时，特意看了一眼——哇，原来卖蟑螂药的紧挨着卖安全套的！而且还有几行大字：远离蟑螂，给您幸福！

幸运草

福根刚来工地，像丢了魂似的，浑身不自在。有空就把竹子锯成竹筒，筷子那么长，刨光表面而不刮手，像做道场一样集合成排，煞是可爱。

“你应该回去当你的篾匠，来深圳修铁路，卖苦力，太可惜了。”工友戏谑。

福根也不答话，径直把竹筒挂到每张床前，倒入少量水，当烟灰缸使，既方便，又卫生。烟雾缭绕中，工友朝他竖大拇指。

农民工出门在外，其实都一样魂不守舍。有人借酒浇愁，有人赌钱打牌，还有人泡录像厅，寻求刺激，回窝后再深加工，唾沫直飞地重播，惹得大伙心儿都痒了，硌得床铺“咯吱咯吱”地响。

把你的心我的心串一串
串一株幸运草
串一个同心圆
…………

福根被吵醒了，干脆跑到路基上唱歌，唱得泪水哗哗，郝灿的面容似乎就出现在眼前……

福根打小有腿疾，双腿一长一短，走路像鸭子，常被人嘲笑。他很自卑，却不甘平庸，拜师学篾匠，手艺出众，颇受乡邻喜爱。箩筐靠椅晒垫，结实耐用；凉席花篮团筛，精致美观。有一次在野猪冲，他双手翻飞，篾条灵动，嘴巴却一刻也没闲着，讲“岳飞杀张飞，程咬金吃哑巴亏”，逗得围观者大笑，数郝灿笑容最迷人。他偷偷地睃郝灿，她大眼睛亮闪闪，两颊堆红晕，心里一颤：要是能娶回家当老婆就美死了。当他的目光落到自己腿上，再想想仅有的三间破瓦房，心就凉了半截，况且郝灿已订婚了，算是名花有主，怎么会看上他呢。也许是他乐天由命的潇洒派头和幽默风趣的言语感染了郝灿，也许是他那双巧手编织了一张情网，竟然俘获了郝灿的芳心，让她心甘情愿做他的新娘。

画岭多楠竹，漫山遍野。郝灿砍竹背竹，福根削竹剖篾，织卖各种农用竹具维持生计，日子虽苦，倒也其乐融融。后来，有货车开进山，大量收购楠竹，送至镇上的竹器加工厂。孩子上学了，赚钱的门路没了，福根不得不为学费犯愁。是夜，福根敲开了包工头家的门，丢下一条赊来的烟。几天后，他来到了深圳工地，头顶烈日，挥洒汗水。

刚来时特别想家，想郝灿和孩子，时间一长，福根也就慢慢习惯了，而且……近了，细瞅，是电子厂女工阿丽。阿丽下了晚班，反正睡不着，福根便邀她吃夜宵。那天，阿丽去邮局汇钱，途经铁路桥，两旁杂草丛生，深及人腰，有毛贼突然窜出来，刀对准她胸口，吓得她瑟瑟发抖，多亏福根出手相救，才免遭抢劫。

夜市喧嚣悄然退去，月儿悠悠淡入云层。他们默然步入狭长的小巷，像往常一样心照不宣。

线路封锁施工，是农民工最忙的时候。扒道砟，卸枕木，抬铁轨，连续三个通宵班。最后一晚，大雨倾盆，但指令不能改，全身淋透了也必须坚持到通车方可撤退。次日，福根病了，起始还能出工，以为是感冒，吃点药打几个喷嚏就会熬过去，哪知越来越严重，食欲不振，四肢乏力，工棚外炎热高温，他盖三床被却喊冷。

阿丽特地请假来陪福根，照顾得无微不至。看着她忙碌的身影，福根想到了妻子，心生愧疚，赶紧别过脸去。

病不见好转，福根日渐消瘦，决计回家治病。

“忘记我吧，就当我们素不相识……”福根低头削一根酒杯大的竹棍，哽咽无语。阿丽盯着福根憔悴的脸，眼泪汪汪。

回家时，工头递给福根一沓钞票，叮嘱他路上要小心，并安排民工送他去火车站。他一口谢绝：“工地人手紧，莫耽误赶工期。”

工头笑了：“哦，你有情人相送。”可阿丽没去成，她老公过来了。

拖着孱弱的身子，福根一步一顿地挪向火车站。过铁路桥时，草丛中闪过几条人影，毛贼操棍扑出。福根以竹棍当扁担，两端挑着蛇皮袋，像极了讨米要饭的叫花子，但毛贼毫无怜悯之心，揪住福根衣领，如扯一蓬野草：“要钱，还是要命，老实点！”

一脸蜡黄的福根摇摇头：“好汉，饶了我吧。我病了，没钱。”

毛贼不信，拽扯着蛇皮袋翻过底朝天，又把福根从头到脚全身摸一遍，一无所获。

“穷光蛋，滚！”毛贼扇了福根一巴掌。

福根紧攥清亮的竹棍，双眼冒火，踉跄着迈向火车站。

到了售票厅，福根摩挲着竹节口，轻轻地敲一敲，狡黠地笑了。

橘黄色外套

捡拾衣物时，疙瘩知道短袖衫该搁进箱柜了。欲取出那件穿了几回的外套，橘黄色的。

疙瘩不讲究穿着打扮，一年四季裹着厂服，这也省了许多事：不用逛商场左挑右拣，不会因为忘记穿厂服上班挨罚。厂服料子差，抹布似的，出点汗就黏黏糊糊，难受极了，可疙瘩爱穿。

也有不穿的时候，譬如现在。冬天来了，深圳的夜晚，气温突然下降，如果换上那件橘黄色外套，真的好保暖，就像箍着女人暖暖的身子恋在热热的被窝里。女人在老家，孩子要上学呢。两口子原来在一起上班，房子建好后，女人就不来了，女人再不想遭这份罪。背井离乡的谁也不想啊。为了偿还建房所欠债务，疙瘩还得坚守，还得面对铃声骤响之后的按部就班。

那年临行前，女人挽着疙瘩转了几家超市，最后选中了这件橘黄色外套。半个月的工资哦，女人真舍得出手。疙瘩送女人去火车站，女人偎依着疙瘩，柔情无限。疙瘩张开外套，裹紧了女人，眼眶泛着泪花。夕阳包裹着不舍的人儿，天边已是万丈橘黄，覆盖了车站附近的房舍。

女人是有脾气的。疙瘩觉得外套太贵，消费不起，买回后锁在箱底不舍得穿，女人发火了，顺手抓起小板凳砸过来："特意替你买的，干吗不穿？"当时有些疼痛，可现在想要再挨一小板凳都难得，远隔千山万水呢。

箱子见了底也没找到那件外套。疙瘩仔细一想，那天送女人上车后，衣服给了女人，还叮嘱，车过韶关，气温冰火两重天，可以把外套穿上防寒。于是疙瘩打女人的电话。女人问他什么时候回来，一阵沉默后，传来了女人轻轻的啜泣声。

疙瘩说公司现在工作吃紧，还不确定放假时间，总之一定回家过年的。

电话那边便漾出一串笑，说夜里被窝睡不热，快点回来暖脚。

疙瘩心潮澎湃，低声说我也想——电话那头却换了清脆的童音：“爸爸，我也睡不热，我要你暖脚。”

疙瘩嘴唇翕动，一摸眼眶，满手板湿湿的。

女人又在那头唠叨，说猪出栏了，还了信用社的借款，给伢崽添了新衣。要是实在不空，就……莫回了，习惯了，明年争取全部还清……天冷要加衣呀！

疙瘩才想起问那件旧外套是不是扔了。女人说你等着，我发照片给你看。

一会儿，疙瘩的手机收到了女人发来的照片：自家崭新阳台上，醒目地挂着那件橘黄色外套。女人告诉疙瘩，回家后衣服一直挂着，想你就看看……

疙瘩揉揉眼睛看到，那件橘黄色外套上面，围了一条白色丝巾，宛若女人柔软的臂膀。

老　郝

办公桌上堆满了收缴来的“战利品”。

“公司三令五申，不允许携带任何成品或半成品出车间！可你们都把公司的规定当耳边风，依然我行我素。这次就不罚款了，希望没有下一次！”主管双手叉腰，大声训斥。

“我塞枕头里的那个小巧精致的美人鱼娃娃都翻出来了！”阿丽噘着嘴巴生闷气。想到保安在她床上东翻西找，特别是那个邋里邋遢的老郝，顿感恶心死了。

“资本家，没人性！”钟妹真想大骂一通。“好不容易藏了一套‘公主’像，也被搜到了，气死人啦。臭保安，死老郝，捏着我那粉红色内衣……咱还有没有尊严？”

主管走后，一名胖女工宽慰道：“公司为防备我们私拿玩具，每月都要突击检查，生气没用的。”

当然，类此偷袭式的检查收效不错，可铤而走险者时而有之。有一天下班后，钟妹第一个冲出车间，跑回五楼宿舍洗澡。透过窗户缝隙，窥见公司大门口聚了一群人，吵吵嚷嚷，喧哗不休。踮起脚尖望去，只见胖女工低垂着头，羞羞地撩起工衣下摆，从胸前掏出一包精美的发夹，保安队长在旁边指手画脚。主管飞跑而至，老郝紧随其后，气喘吁吁。

又是老郝告的密！

老郝是公司唯一穿解放鞋的保安，身材矮小，形容枯槁。整修花草，

疏通下水道，走廊照明，清洁卫生，安全巡检，都属他的职责范围。他还有一个癖好，爱到女宿舍楼下转悠，一双眼珠子直往楼上飞。

“六十好几的老头子了，真猥琐！”钟妹穿好衣服，朝窗外啐道。不经意就撞上了老郝的目光，它正努力向上攀缘，像要落进浴室里。

钟妹好不气恼，猛推窗户，扫落一个沐浴露空瓶，只听得“哐咚”一声脆响，不偏不倚地打中了老郝的额头……

阿丽也挺讨厌老郝。她从别处转厂刚来那会儿，拉长领她到宿舍，介绍了公司的规章制度，特别叮嘱她不能私拉乱接电线。可手机要充电呢？饿了怎么煮方便面呢？整栋楼的每间宿舍，电灯和风扇都是定时开关，没留一个电源插孔，什么鸟厂呀。好在走廊总开关有接口，可位置太高，挨着天花板，够不着啊。

转厂之事，她还没来得及告诉老公。碰巧手机死了机，又不愿去借别人的，故急着充电联系，怕老公担心。焦急之下，买来电线插板，请男员工帮忙，偷偷地接进宿舍，总算解决了充电问题。

两口子一年多没见面了，接通电话，聊得相当甜蜜。老公要阿丽过去玩，深圳到东莞也不远嘛。阿丽说：“也得洗洗吧，汗水黏黏的。”她边洗边唱歌，真的好想你，啦啦啦……浴毕，到阳台吹头发，镜子里突兀地长出一张酱紫脸，怪吓人的。是老郝！惊得她倒吸一口凉气，这老家伙在屋顶，刚才在偷看我洗澡吗？……呸，无耻，下流！

梳洗妥帖，阿丽开门，差点与人撞个满怀。老郝杵在门口，嘿嘿地笑着，铁塔似的。

老郝循着“嘀嗒嗒”的响声，径直闯进浴室，关了水龙头。他的解放鞋都湿了，地面留下一行清晰的脚印。阿丽的脸倏地红了，她只顾急着去见老公，忘记关水了，赶紧赔笑脸，迎来的却是老郝刀子般的双眸，直勾勾地，盯得她心发慌。他一把扯掉私拉的电线，厉声怒吼：“万一烧死了你，咋办？”

“烧死了也不要你管，又没用你的电！”话到嘴边，阿丽扮个鬼脸，又咽了回去。

尽管老郝是如此惹人生厌，但他忙完活计，闲不住，常去车间逡巡，看他们围着玩具挑挑拣拣，喷油调色，用天拿水洗模具……

“瞧那老鳏夫，色眯眯的，眼珠子都快爆出来了。”

应聘时，主管嫌他老了，他倒好，给主管下跪磕头，痛哭流涕：“俺不想待在家里吃救助，要自己养活自己！”

“他无儿无女，也造孽呢。”

…………

女工们谩骂着，嬉笑着，指指点点，一脸鄙夷。

老郝只当没听见，走过去，指着她们说：“天拿水用后要盖好，离移印机远点啊。”无人搭理。他又反拱着手，讪讪地离开。

一会儿，有人尖叫：“起火了，快救火啊！”

火势很猛。一些人拼命往外逃，还有人被困屋内，哭声凄厉。老郝飞速冲进火海救人，他穿解放鞋，跑起来似闪电。消防队也赶来了……大火被扑灭，2 名被困女工安然无恙。多亏老郝急中生智，摸到休息间，把被子弄湿，抛给她俩——阿丽和钟妹。

老郝因烧伤严重，最终没能活过来。

萝卜酸菜

华灯初上，城市的夜色，薄如蝉翼。人流，车流，音乐，思念。啤酒鼓起泡沫，最容易酝酿伤感，春生有了些微醉意。

朦胧中，妻酡红的脸庞似嗔非嗔，儿子甜甜的笑靥清晰可观。上次和家里联系已是半月之前了吧。那段时间可紧张了，每天下了班倒头便睡。

春生摸了把脸，胡子有些扎手了，不由得眼眶一热，心底泛起阵阵涟漪。离家前的清早，妻轻轻地摩挲他的下巴说："胡子也不刮干净，急着离开这个家是不是。"春生说剃须刀钝了。儿子听到后，飞快地从厨房拿来菜刀："爸爸，这个锋利。"两人抱着儿子，笑得眼泪都出来了。

服务员端上一盘"外婆菜"，湘乡风味，春生最喜欢吃了。看着那菜，思绪飘回了故乡。

收割过后的村落田野，晒着白白胖胖的萝卜条儿，屋檐柴垛挂满了青翠的萝卜缨子。夜晚，就着橘黄的灯火，春生辅导儿子功课，妻系着围裙腌制萝卜酸菜。往往才入瓷坛，春生父子嘴就馋了，叫喊着要吃"外婆菜"，妻说要坛子打屁才会又香又脆的。等到坛子打屁了，妻取出腌菜，剁得细碎，佐以大蒜豆豉红辣椒，炒得满屋满村香香辣辣，吸一口空气都会知足。一家人正欲动筷时，妻又被村长叫去长坨组看小玲了。小玲跟奶奶生活，爸妈皆在外面务工，"去吧。"春生低低地说，"反正每次回来都这样……"

“真的好想你……”铃声骤响，春生赶紧掏出手机接听。

“老公，今天是你四十岁生日。祝你生日快乐，永远健康。

“我以为你连老公的生日都不记得了。这么忙啊，妇女主任大人。”春生心里有气，埋怨道，“你的电话怎么打不通？”

“去长坨了，那里信号不好。”

“去长坨要翻过好几座大山，路也不好走，你——？”

“今天也是小玲生日，我带她到镇上找了一家网吧，与她爸妈聊视频了。小玲看见电脑那头的爸妈，激动得直哭……后来送她回长坨，回家就晚了。”

听妻说完后，春生自然想到了儿子，双眸顿时湿润了。品尝着“外婆菜”，春生“啧啧”称好：“不错不错，有我老婆做的风味。”

“什么？”

“嘿嘿，没什么，想你呗。”

“想我什么？”女人声音柔柔的。

“想你做的萝卜酸菜。”

“是吗，就不想我？”女人娇笑道。

“嘿嘿嘿。”春生傻傻地笑了。他塞满一口酸菜，大口大口咀嚼。

代　理

她支好摊位，把衣服挂上自来水管拗弯做的三脚架。

水管是工业园当保安的老公赵林弄回来的。保安队长请假回了老家，由赵林代理队长。代理又没加工资，无非不要上夜班，但可以陪她守摊聊天。她这样想着，赵林提着饭盒站在她面前了。“你爱吃的油炸鸡蛋饼，热腾腾的。”赵林说。

她扒着饭菜，突然问道：“早两天回家看孩子，家里捎的鸡蛋还有吧。”

“有的。”赵林迷惑地看着她。

“不是说你们队长家里有事缠着，脱不了身，可能不来了吗？要不，把那些鸡蛋给老板娘送去。”

“要送你去送啊！你听谁说的？”

“小张说的。”“那小鬼乱喊。”赵林嘴上这么说，内心却难掩一丝喜悦。

其实，饭堂大厨老远就喊赵队赵队了。赵林要他别这样喊，仅仅是代理而已，大厨就说什么代理啊，你没看见代理局长代理市长，最后都修成正果了，当然，代理得付出代价。赵林觉得大厨说的不无道理，次日下班后，满满一篮鸡蛋摆到了老板娘桌上。

小巧而尖瘦，还有些许鸡粪，一看就是正宗土鸡蛋！老板娘笑容满面。“多少钱？给钱你——”

“您喜欢，就放这儿了。”赵林撂下筐跑了。

盛夏，公司发放防暑降温物资。

“赵队，赵哥，赵哥哥，美女是不是要多发一点呀！”办公室几个女孩胶水一样缠着赵林，嗲声嗲气。赵林眉开眼笑，多抓了几袋放在那几双白嫩的手上。

“赵队，赵大队长，饭堂人员是不是该多发一点啊。”大厨拱着手，堵在门口。赵林立马扔过去一大把，并附在大厨耳旁私语：“我的晚餐应该丰富一些了吧。”

星期天，大厨蹬了满满一三轮车“垃圾”到了公司门口。赵林手一挥，拦住了他。

大厨敬烟，说：“赵队你知道，我从来不乱来的。再说，小张看过了。”

“赵队，没事的，我看过了，三楼车间维修丢弃的废料！”话毕，小张走到赵林背后，扯他衣角：“大厨买了蓝芙蓉……”

大厨搔搔头发，暧昧地笑。一台电动机当垃圾混出了大门。

大厨走后，小张把烟拿出来，赵林全部要了，并往外边走，他惦记着要帮老婆摆摊呢。不知不觉，下起雨来。这鬼天气！赵林骂着，心想，还是代理呢，咋就比正式的更精神！抬头望天，一把伞在头顶。小张来了。

某夜，路灯齐放。她肚子早饿了，还没盼到赵林的身影。远远地来了一个人，是小张。

小张塞给她一条蓝芙蓉，说是老板娘送给小赵的。走时，小张又说：“队长回来了，安排小赵上晚班，嫂子的夜宵要你自己想办法了。”

她怔怔地看着摊位上那些衣服鞋袜。

回　家

“快点发货啊！时间来不及了。”每天中午，火急火燎的倩姐都要这样大声地催促，可她今天却不急不躁了，甚至有些木讷地待在出货仓门口。

“十二点了，再不打好包，等到你男人来拿货又会搞不赢的。”我说。

倩姐“哦”了一声，心不在焉地包装着。超过十二点半，包裹不发走，就得自己花钱送网管中心，这是快递公司的规定。上月就有这样的情况，业务广，货物多，时间紧迫，十二点四十了还没打好包，急得男人叫苦不迭，只好自掏腰包把货送走！

倩姐两口子在快递公司做了近 6 年。男人开车，倩姐收件打包，一年下来也能挣个几万块钱。四川老家的房屋拆除改建了，山旮旯里屹立起了一幢漂亮楼房；两个孩子的学费不用发愁了，尤其是儿子盼盼穿上了新棉袄，啃着麻辣鸡腿鸭翅膀，一副狼吞虎咽的劲头；老爸患风湿病所欠的医疗债务也还清了，他时常坐在阳台上笑眯眯地晒太阳，看远山近水的风景……这些，倩姐都用手机拍下来保存，签单打包之后若是有空，就要掏出来浏览品味，满脸幸福与知足。

倩姐家四朵金花，她老大，男人是上门女婿。男人也挺争气的，不仅给她家接上了香火，还会赚钱。在村里，老爸是最骄傲的人了，反着双手，行走于沟沟岭岭，见人就夸，滔滔不绝。村人邀他喝酒也不推辞，去年十月屁颠屁颠地，摔伤了腿……那会儿，倩姐请假回去看老爸，来时满脸倦容，疲惫极了。“我真怕家里出什么事！还好，我爸的腿问题不大，不过伤了骨头，田间地头全靠我娘了。”

“真怕回家！”倩姐像在回味，又似在憧憬。她家离长沙远，在川陕交界的一个小山村。家乡风景迷人，山俏水碧，青壮年大都在外为生计奔波，留守在家的都是老人和小孩。我能理解她“真怕回家”所包含的意义，仅去年回家一趟，来回车费，医疗开支，亲友红包……再加上公司误工，就花了两口子半年的积蓄呢。

“明天又要回家咯。”倩姐低头盯着手机。

“怎么？”

“儿子病了。”倩姐声音细了下去，眼眶湿润了。

“有爷爷奶奶嘛，送医院不得了。”

“他爷爷腿脚不利索，奶奶又要忙农活，小麦，谷子……忙不过来。盼盼那猪脑壳，每次要他莫吃那些咸咸辣辣的零食，偏不听，这不，弄坏了肠胃。”

“不严重吧？”我问。

“不知道。我娘说已花四五千了。”倩姐一直看着手机，喃喃自语，“有啥子办法啰。盼盼在医院喊娘亲，喊得我心尖儿痛。钱是赚不尽的……回家也好，又可以与家人团聚嘛。”

“可我……”

倩姐忙完后，骑着单车急忙出了大门，准备去赶今晚的火车。

但第二天倩姐又来收件了。

“怎么，没赶上车？”

“我娘不要我回去。我不放心，她就把电话给了我儿子，儿子说妈妈你安心上班吧，我真的没事的，我是男子汉！听得出我娘和儿子都在哭……儿子的语气很坚定，妈妈不要回啊！明年我和姐姐来长沙看你们……唉，就不回了，过年再回吧。”

电话中秋

“姗姗，吃了月饼吗？”

“爸爸，吃了，好好吃呀。前天爷爷上邮局接的。爷爷把桌子搬到了屋顶，西瓜、花生、柑橘摆得满满的。爷爷还端着酒杯在看月亮呢。皎洁的月亮就在我头顶，里面有树，还有美女，是不是嫦娥仙女在摘柑橘啊？”

“那是桂花树，八月桂花香嘛。那美女，名叫姗姗，就是宝贝你呀！月亮走，你也走，月亮是姗姗的小苹果。”

“爸爸，我们这是第几个电话中秋节了？妈妈呢？”

“爸爸也不记得了。妈妈刚才就在爸爸旁边，工厂来了电话催她回去加班赶货。妈妈没哭，真的，妈妈没哭，笑着跑去的……过年给你买玩具。”

“我不要玩具，只盼你们早点回家。我想你们，做梦都想。去年中秋节，我们一家人躺在凉席上面，看夜空中的月亮和星星，多么的美好。”

“是啊，去年咱家才建新房，我们在屋顶纳凉，你睡在爸妈中间，硬是不想回房睡觉，后来你睡着了，爸爸把你抱下去的。早上起来，你揉着眼睛说昨晚坐在月亮上荡秋千……姗姗，爸妈也想你，想爷爷奶奶。爷爷的腰还痛吗？”

“爷爷说不痛，反正老毛病啦。”

“奶奶呢？”

“奶奶说听到你的声音，比吃月饼有味，下楼看电视了。奶奶骂你呢。”

“什么！”

“奶奶骂你是败家子，大老远的，花去邮费五六十，够全家一个月的电费开支呀。”

“姗姗，我的亲亲宝贝，妈妈来了。谢天谢地，今晚妈妈不要加班了。工厂领导还给妈妈拜节了，还问候你呢。真的，不骗你，摆了好多好多的月饼，开了香槟啤酒，大家一起把酒赏月，可热闹是他们的，妈妈什么也没有，妈妈只有宝贝你啊。”

“啵、啵、啵，妈妈，收到了吗？”

“收到了，甜甜的，啵啵啵，宝贝，你收到了吗？老家的月亮圆又圆是不是？照耀着咱们村子是不是？”

“妈妈，我要抱，妈妈。”

“好的，抱一抱，抱一抱，抱着那月亮笑弯了腰……”

年终奖

傍晚，张放带着儿子小森喜滋滋地出了门。员工们陆续到达华泰大酒店，只有金老板姗姗来迟。

掌声过后，男主持人宣布公司年会正式开始，然后请金总致辞。金总擦了一把汗，说：“对不起，让大家久等了，路上出了点意外。”原来快至酒店时，同行的李经理发现自己中途上厕所时把包丢了！那包里可是装着今天要发给员工的年终奖啊。掉头一找，亏得有人拾着了，站在寒风中等候，一脸的焦灼。金总抽出五张红票子要感谢对方，可那位拾金不昧的人一下就不见了人影……

接下来，分别是各部门经理主管拜年祝福表决心等等，一时觥筹交错，“干杯”声不绝于耳，热闹非凡。

小森挤在爸爸旁边，一双好奇的眼睛左顾右盼。小森从没见过这么宽大明亮的厅堂。头顶那些球形灯泡，像爷爷种的葡萄，一簇簇的，嘟嘟噜噜。寒假一到，小森就进了城，还赶上了爸爸公司的年终聚会，别提有多高兴啦。

小森吵着问张放要手机。别的小孩在玩游戏，手机不是苹果就是小米等名牌，一部比一部新潮。张放的手机用了快两年了，除了声音打雷般炸人，其他功能良好，倘若不小心摔坏了，咋办？遭到拒绝后，小森哭了，哭得很响亮。张放便哄小森：“别哭了，你看那箱子，里面有红包，等下你摸个一等奖。”小森瞄一眼红箱子，哭声戛然而止。

年终摸奖正式开始，员工们依次走上红地毯，走向那份期待和惊喜。张放一直在暗暗祈祷，今晚能满足儿子，撞上那唯一的5000元头奖。掌声呐喊声退潮后，所有奖项悉数浮出水面。真扫兴，张放连安慰奖都没捞着。

下来后，张放抱住小森，默然无语。小森嘴巴翘得老高，闪着泪花挣脱了他的怀抱，一双小手伸进红箱子，鼓捣着，久久不出来。女主持人把箱底朝天，两手一摊，说对不起，摸完了。小森哇哇大哭。

“谁家的孩子？”男主持人问。没人作声。大厅顿时静寂。众人看着伤心哭泣的小森，窃窃私语。

张放脸色通红，走上前台，大声说：“对不起，对不起了。”然后，迅急把手塞进箱内，掏了半天，大呼：“摸到了，摸到了，小森你再试试，再试试一定有意想不到的惊喜。”小森就把手伸进去，果然就摸到了一个塞了两元硬币的红包。

“儿子，你运气真好。”张放说。小森捧着红包，心花怒放，破涕为笑。

散场后，张放回到出租房，安顿好小森睡下，老婆桂枝才刚刚下班。桂枝脱下工作服，打着哈欠说：“今天运气不错，捡了个皮包……扫了一晚，困得要命。”张放问：“包呢？桂枝睡下了，含糊应答，还人家了……你抽到奖没？”

张放摇头，想问那失主是谁，却见桂枝已香香地睡着了。她的额头还有几滴未干的水珠，在橘黄的灯光下闪烁着晶莹的光泽。

第五辑　成长视角

从少年儿童的视角
切入成长、成才等重大主题
彰显出极强的人文关怀

春天的味道

周末下午，安瑕坐爸爸的车穿过大街小巷来到城中村，车停在一大片低矮的瓦房前面。村口有一棵苍老遒劲的槐树，破败不堪的房子蔫头般挨挤排列着，墙壁上涂上了巨大的“拆”字。爸爸和他的同事站在那儿指指点点，惊飞了槐树上三五只麻雀。

一只玩具红蜻蜓飘过安瑕的视线。

“倪秋雨。”安瑕下车后，看见了班上新来的同学，高兴地招手。

“安瑕。”秋雨跑了过去，两人结伴来到郊外。暖暖的春天，油油的田野，秋雨兴奋地采摘着水灵的野菜，蝴蝶似的飞舞着。

“这是什么草啊？”安瑕好奇地蹲下来，凑近秋雨。

“这都不知道？野茼蒿，藜蒿，芹菜，蕨菜，薇菜……蒿叶炒腊肉，地菜炖鸡蛋，最好吃了。”秋雨额头沁出了一层细密的汗珠。不久，他们采摘了一大袋青青的野菜。

“你会做饭煮菜？”安瑕踢倒了一个矿泉水瓶。

“会啊，我妈教的。”秋雨擦了把汗，看见瓶子，笑着去捡。两人像在收割过后的田间捡拾稻子，看见路边的废品都要拾起来。天黑时，他们抬着辉煌的“战果”，回到了城中村。

秋雨家里湿漉漉的，散发出一股难闻的霉味。屋内闪着一束昏暗的灯光，各式废料堆积如山。她的爸妈埋在废品的海洋中拾掇清理，几乎看不清人影。里间用彩条布隔开，摆了一张木板床……安瑕真不敢想象

这就是秋雨的家，不由得缩回了脚。

“安瑕，走啦——”安瑕爸在喊。

安瑕呆愣片刻，转身要走。

“等一下，”秋雨飞快跑进去，附在妈妈耳边嘀咕几句后，攥着皱巴巴的两元钱塞到安瑕手里，“我们两个人捡的，一人一半。”她汗涔涔的脸上绽放着烂漫的花。

安瑕推开钱，逃也似的上了车。当爸爸发动车子打开前灯时，秋雨堵在车前那片光影里。爸爸纳闷地看着安瑕，安瑕摇下窗玻璃，秋雨趁机把一大包野菜丢进车内，粲然一笑，转瞬没了影踪。

晚上，安瑕把那些野茼蒿、藜蒿、芹菜、蕨菜和薇菜晾在阳台，满屋都是春天的味道。

井

“卖鱼喽，又大又鲜的草鱼，来一条吧……你是宝生！”

“郭老师！您卖鱼啊？！”

“是的。呵呵。”

愣怔间，郭老师那双捏惯了粉笔的手伸向盆里抓鱼，溅起一片白白的水花。他托起鱼给我看，眼里晃过一丝尴尬。他的脸似乎更加瘦长，宽大的皮裤外搭一件旧罩衣，衣服边角凌乱，还粘了鱼鳞，显得不伦不类。鱼弹落地面，他急忙弯腰去捡，差点摔倒，模样滑稽可笑。过了秤，收钱时，他擦净手，连说三声“谢谢”。问及我的生活经历，他始终面带微笑。我喜欢他的笑容。

画岭学校最风光时设有初中部，有 7 个村的孩子在此读书。我上学时，学校只有一个班，13 个小学生。郭老师是本地人，民办教师，兼任校长。别人千方百计找关系转正，离开画岭，他却始终守着学校。

学校饮水困难，要从山脚下挑水喝。郭老师在后山寻得水源，一锤一钎凿石头，下山背水泥、扛管子，终于打出一口井，泉水汩汩直冒，同学们见了都拍手叫好。这本来是好事，传到学区领导那里却成了坏事，领导觉得有损颜面，故意漏报他的转正资料……郭老师无可奈何，喟然长叹。

小学毕业时聚会，郭老师吩咐我们合拢几张课桌，摆上糖果、花生。郭老师在会上讲话时慷慨激昂，语无伦次。讲到最后，他眼睛红了。

迈出校门，我们做了一个决定：凑钱买一张奖状，请人书写“敬爱的郭老师留念”8 个字，下边签上各人的名字，恭恭敬敬地送给郭老师。可我们到他家时，他砍柴去了。他的妻子躺在床上，咳嗽着起身，要给

我们倒水，她身体有病，他们没有孩子。放下奖状，我们飞快地跑出了那间潮湿阴暗的土砖屋。

我们 13 个人，一个不少地走出大山读初中，后来有 10 人升高中，又有 5 人念了大学。这期间撤点并校，学校成了一间空屋，再无读书声和欢笑声。编制外的郭老师孤零零地徘徊在校门口，茫然不知所措。

没有学校接收，他便干起卖鱼的营生。每天凌晨 3 点起床，先给妻子准备好一天的饭菜，再步行至几里路以外的小站乘火车，下车后又一阵急行军，赶到水产市场时，天刚蒙蒙亮。讨价还价，捞鱼过磅，用蛇皮袋装好，马不停蹄地担到汽车站，赶早班车回乡零售。这来回折腾，人受罪不打紧，活鱼变死鱼，易臭又赔本。但好在郭老师慢慢积累了一些经验，做得也来劲，嘴角就常浮出笑来。

只要上街，我就去郭老师的鱼摊前问个好，还帮着介绍生意，他总是一脸感激。有一天，我没见到他，一打听，才知他的秤被城管收缴了。政府统一规划管理，打造农贸市场，不允许街面设点摆摊了。

没多久，我承包了一段工程。修挡土墙时，有个身影吸引了我，他背部微驼，头发半白，挑两筐水泥砂浆，颤颤巍巍地踏上木头搭成的桥板。是郭老师！修铁路、担红砖、架高压线，他样样都干。

我给郭老师安排了一份比较轻松的活，他很满足，逢人就夸：“宝生伢子当了老板，了不起呀！是我教的学生呢。”

有人笑说：“老师，你教了几十年书，怎么到工地上来了？”

郭老师摇摇头，无言以对。

工程结束，郭老师又去了长沙某工厂当保安。工厂老板是我小学同桌，一个调皮捣蛋的家伙，当然也是郭老师的学生。

有一天，我突然接到郭老师去世的噩耗，一时无语凝噎，倍感伤悲。我们 13 人自小学毕业后第一次全体集合，赶去参加郭老师的葬礼，恸哭长跪。

郭老师的坟茔朝向画岭学校。我点燃 13 支香烟，放于碑前，烟雾袅袅，飘向后山。那井还在，井水清澈照人。

梦中的白玉兰

羊脂白玉、粉瓷般精致的彭彭，站在白玉兰下，啜着饮料。

“你要百事，还是雪碧？”

小女孩摇头：“我要你手中的罐子。”

“我家垃圾桶里多的是。”彭彭说，“你要吗？”便跑上楼提了一大篓下来，足足二十五个。

小女孩兴奋地数着，汗珠儿晶莹剔透。

“你每天都倒垃圾吗？”

“不，那是保姆干的！”彭彭竖着一根指头说。

“那你每天都做些什么？”

“听音乐，上培训，阅读……多着呢，头都晕了。”

“我每天也有工作。爸爸去城东，妈妈去城西，我年龄小，就蹲垃圾场附近，一家人晚上才回家碰头的。”

“你们一家子都捡破烂？”

小女孩“嗯”了一下，羞怯地点头：“我还有一个任务，带哈巴。”

“你家的狗吗？”

“我二妹子。爸叫她‘哈巴狗’，妈喊她‘布该来’。”

彭彭才瞧见角落里有一个灰不溜秋的女孩子。

彭彭丢了两瓶水给小女孩。

小女孩拍了妹子一下，给她拧开盖子，然后自己也灌了几口，继续说道："我家最威风的是'保卫祖国'了，他跟妈妈在一起。"

"怎么四个字？"

"爸爸高兴呐。老三是男的，爸爸叫他'保卫祖国'，村里人也这么叫。"

彭彭乐得捧腹大笑。

"你也挣钱不？"

彭彭摇头："我爸爸是老板。"彭彭用手指着前面横着的一些建筑，"都是我家的。我家有好多车，宝马，丰田，奔驰，大众……"

"你知道不，大众是那些经理级以下坐的。"

"我家有两部车。一部三轮车，一辆单车。'保卫祖国'坐三轮，我也坐过几回呢。"

"你挣钱都是自己花吗？"彭彭问。

"老爸说给我存起来，并答应送我上大学。你想上大学吗？"

"大学算什么？爸爸告诉我，明年干脆去美国读书！"

小女孩睁大了眼睛听着，说不出话。

"其实我也不想去美国，我好想——唉，我好想做的事太多了，跟你说两三天都说不完。"

彭彭突然凑近小女孩耳朵，说："你做我情人吧。"

小女孩涨红了脸，极其恼怒地骂他，转过身去。

"逗你乐的，不要当真。我爸经常说，男人不能没情人……你不做就算了，我们做朋友。"

小女孩拭去眼角的泪花，勾着头。

"星期天来我家参加派对吧，许多朋友会来。"彭彭小心地拉了一下小女孩的衣角。

小女孩点点头，又摇头。

"怎么啦，还生气吗？我要把倒垃圾的任务争取到手，把你需要的废品装起来给你，好吗？……一定要来参加哟！"

想了会儿，小女孩使劲地点头："我得去买条裙子，白玉兰的，看了好儿回了,做梦都想……脏兮兮的,怎么来你家,你也没面子,是不?"

彭彭就笑了，向小女孩挥挥手，告别。

老远了，彭彭看见小女孩站在那儿没动，盯着他的方向。微风拂过，恰似夏季的一朵白玉兰。

星期天的聚会，小女孩终究没去成。她们一家搬去了另外的山头，继续她们的生活。

彭彭站在白玉兰下等待，有花儿掉落，随风远逝。

他手中捧着一条碎花裙子，白玉兰的。

哦！梦中的白玉兰！

尴 尬

司机把老肖和少爷送到度假村就走了。

老肖抱着少爷的包裹坐在遮阳伞下。少爷已换上泳衣，站在水边跃跃欲试，邀他的几个同学，拍着水喊："下来呀，快下来呀！"他们便小心而下。

老肖从包里取出晨光牛奶和汉堡包，又准备好宽大的浴巾。出门前，少爷的妈妈嘱咐，上岸后先披上毛巾，擦干净身子再穿衣服，再吃牛奶与面包。

冬阳很暖和。

冬泳很舒服吧。老肖从解放鞋里扯出一只脚拽拽袜子，眯缝着眼瞌睡。

"爷爷，下来洗吧。爷爷，下来吧。"水中传来同学们清脆的声音。

老肖踱过去，看着孩子们晶莹的脸。在他们这个年龄，老肖可是浪里白条，洞庭湖都能游过去。

少爷白瓷般精致的身子有些臃肿，他在浅水区域学着"狗刨"。

"要你下你就下吧。"少爷说。

老肖"哎"了一声，乐滋滋脱去上衣，走下台阶。

"你不要下来了。"少爷又说。

少爷看见老肖穿的袜子，前半部分破了洞，大脚趾头像两只踉跄的鸭子。

老肖蹲在水边，状如龙虾，迷惑不解。

“下来呀，爷爷。”同学们鼓起浪花，欢呼着。

老肖准备入水。他想少爷肯定逗他的，他习惯了少爷在保安室学他爸爸的口吻：“老肖，为什么不给我敬礼呀！”如同习惯了少爷爸妈喊他扛煤气罐到六楼。

“叫你不要下来，听见没有？你下来，我就炒掉你，给我马上打包走人！”

同学们停止了嬉闹，惊讶地看着气咻咻的少爷。

泳池静极了。

老肖保持着入水的姿势，一脸尴尬。

那是少爷的爸爸——某公司老总，训斥员工时常挂嘴边的两句话。

裸着上身的老肖，抱紧了双臂。他感到了一丝寒气。

为 学

那时，社会上流行“收礼只收脑白金”。

我在为民小学上四年级的公开课。

我叫插班生李想背诵李贺的《马诗》。他刚从乡下来到进城务工的父母身边，怕羞，我想锻炼他。

李想搔着脑袋：“大……漠……沙……如……雪，燕……山……月……似……钩。何……当——”

“吱扭”一声，校长推门进来。

“何当……何当……何当脑白金……”

学生们哄堂大笑，后排观摩的老师也在窃窃私语。

晕！我恨铁不成钢，忍住笑，示意他坐下。

他头低垂，脸色通红，赛过胸前的红领巾。

我赶紧叫一名尖子生流利地完成了任务。

下课后，我找李想谈话。

我说：“‘何当金络脑’这一句，老师反复讲解，金子做的辔头呀，怎么想到脑白金呢？是不是紧张？”

“我看见校长就、就……”

“校长叫何柏金，与你有什么关系呢？”

“开学前，爸爸听说校长睡眠不好，提了几盒脑白金去看望，妈妈还往里塞信封，鼓鼓的。妈妈说舍不得啥，就别想报名……后来，就带我去办了入学手续。爸爸还看到狗娃和田崽的爸爸都提了脑白金……”

我喟然长叹：“你是异地入学，有些事……哎！”

李想哀哀怨怨：“为了我上学，爸妈这个月的早餐都省了。”又说：“狗娃和田崽邀我晚上去发传单……”说完，他看着窗外。

窗外，“为了一切学生”的巨型条幅在空中飘扬，鲜艳夺目。

兰　香

我的初中时光是在一所农村中学度过的。

在初二上学期，班上转来一位外地女生，名叫兰香。她并不十分美丽，眼中却透出光彩，身段苗条。

那时，我的作文一直颇受老师青睐。有一回我代表学校去参加市作文竞赛，结果不负众望，抱回了市作文竞赛的奖状，还喜获一支“英雄”牌钢笔。回来之后，我将钢笔借给兰香。兰香手抚钢笔，艳羡地抬头看我，双颊绽放出春天般明媚的笑容。我的脸瞬间灿若红云，心中也微波荡漾。

兰香文笔不错，读过好多课外书，还常常借书给我阅读。我喜欢读书，总是一吃过晚饭就津津有味地“啃”起书来。姐姐见我在昏暗的煤油灯下入迷的样子，伸手将书抢了过去，看到书的扉页上写有娟秀的“兰香”二字，朝我一笑。在姐姐的笑容里，在我年少的梦中，我仿佛看到兰香从冠盖如云的核桃树下款款走来，“巧笑倩兮，美目盼兮”大概描绘的就是这种情境。

布谷催春，桃红柳翠，绿绸缎似的田野上到处都是播种栽秧的人。正值春插时节，学校放了假。有同学邀请班上其他同学去他家帮忙插田，于是几个男同学蹬着单车，每人后座载一个女同学，向目的地进发。兰香轻盈地跳上我的单车，“咯咯”直笑，姿态活泼，宛若路边盛开的油菜花。

兰香是北方女孩儿，也许这是她第一次亲密接触南国芳香的泥土。她站在田边，挽起裤筒，露出一截白嫩的小腿，忸怩着不敢下田。

大多数同学都是农家子弟，栽秧这类农活儿是家常便饭。一波笑声、一阵水响过后，一丘田就青了一半。我把兰香喊到田旮旯儿，教她并排栽秧。兰香捏紧秧苗插进浑浊的泥里，生怕栽不稳，插得端端正正，让人想起她工整的学习笔记。

“你不要那么用力，粘上了就行！俗话说‘早稻水上漂’，秧苗很容易生长的。”

“你懂得蛮多嘛！”

“我是农民的儿子，天天在田间地头摸爬打滚。你是城中的‘大小姐’，哪跟泥巴打过交道呀！”

“一个‘漂’字，意境全出。农谚真是充满诗意啊！”

“你要是在这里待下去，学之不尽呢！你看那青山，是哪位画家泼的墨哟；看那小河，玉带一样环绕着村子，多么美……”

…………

我俩有说有笑。上边田里传来小孩子油腔滑调的声音——：“伢崽妹崽耍泥坨，耍耍就是两公婆”——逗得劳动中的村民们哈哈大笑，纷纷直起腰来瞄我和兰香。我红着脸吓唬那些调皮的小孩子，又悄悄去瞥兰香，不料她也在窥我。她双眸似水，闪动着清丽俏皮的光芒。我感觉像在六月天里喝了冰水，舒服至极。

我们第二天返家时，天公不作美，下起了雨。

其他同学骑得飞快，我和兰香掉了队，钻进路旁一座废弃的砖瓦窑避雨，兰香躲在里面，我站在风口。绵绵春雨淅淅沥沥，田埂地垄雾霭茫茫，间或能看到披蓑戴笠的身影在忙碌奔波。我抹掉额上的雨水和汗水，兴致高昂地指点雨中景致，随口吟出：“好雨知时节，当春乃发生。”兰香被我的兴致感染，脱口而出：“斜风细雨不须归！”

春雨不紧不慢地洒落，天色越来越灰沉，仿佛黑夜将要提前降临。

“看样子这雨一时半会儿是不会停的。咱们走吧，豁出去了！”我征询地望望兰香，准备冒雨回家。

兰香捂嘴蹙眉，开始咳嗽。我心一颤，脱下外衣递给她——兰香选择坐我的车是对我的信任，如果她因淋雨而生病，我会惭愧不安的。她羞怯地避开我关切的目光。为了缓和气氛，我故意大声说：“护花使者愿效犬马之劳！”

兰香“扑哧”一笑，愁云尽抛。

我们最后还是决定冒雨回家。蜿蜒如蛇的乡村小道在雨天更加难行，泥泞满布，春雨也在考验我们的意志，丝毫没有停歇的迹象。遇到上坡，我蹬得两腿酸痛。当我实在踩不动了，兰香便跳下后座，帮忙推车……后来，我们终于上了宽敞的公路，可全身已经湿透。兰香缩在我身后，头发湿漉漉的，几乎拧得出水来。

中午时分，我终于载着兰香回到我家。兰香不停地打喷嚏，姐姐赶紧找出自己的衣服给她换上。当看到兰香穿上姐姐宽松的衣服时，我忍俊不禁。

这是姐姐第一次见兰香，她说：“兰香，你好清秀啊！果然字如其人。”

兰香听闻此言，脸颊红透，恰似山中的映山红。

中考前，兰香要走了。她父亲的工作单位在北方某城市，她要回家参加升学考试。

兰香离开那日，我想送送她。走出教室，我看见她站在核桃树下，脸色绯红，脸上洋溢着灿烂的笑容。她向我轻轻地挥手，我跑过去，把那支“英雄”牌钢笔塞到她手里，然后如惊飞的山雀般跑开。

如今，斑斓的阳光洒下来，鲜花争相怒放。我想，学校里的那棵核桃树该愈发葱郁了。

我和颜老师

仿佛一夜间，春笋齐齐地探出毛茸茸的头来。“咦，这一根没动静，恐怕是‘聋’了。”颜老师幽幽地叹气。

春笋“聋”了，意味着生命的陨落，我不由得起了怜悯之心。

“不知是哪个冒失鬼乱指？”颜老师捋了捋长长的衣袖，说：“笋不能用手指的，一指准‘聋’。”

我暗自一惊。

早些天，我跟颜老师说不想上学了。爸妈都在广东，我一个女孩子，既要帮奶奶放牛、割猪草，又要照顾弟妹，没必要坐在教室里打瞌睡。颜老师有力地挥动左臂，说：“千万别放弃，要相信自己绝不比别人笨。”那姿态，和他每次翻山越岭带领我们捡干柴来抵御寒冬时一样。恍惚间，橘黄火光映照下，伙伴们脸色坨红，几双布满冻疮的手烤得暖暖的……

那天放学后，颜老师去了我家，说得奶奶直抹眼泪。我送老师回家，途中就指了那些尖尖的嫩笋。难道那一指，笋就不生长了？

颜老师蹲下来，使劲拔出那根“聋”笋，脸上写满了疼爱。

真没想到，我的“指功”这么厉害！我把手藏进裤袋，伤感地想：我这手指要是插进地里能长出一所漂亮的学校，该多好啊。

我们学校坐落在竹林掩映的群山之中。学校的墙壁是用黄泥巴掺着石灰、卵石，一层一层夯紧筑牢后，中间再铺一些篾条当钢筋做成的。学校的屋顶椽梁全是竹子做的，晴天，柔软的阳光透过竹棚缝隙，倾泻在同学们身上。颜老师教我们唱“辣妹子不怕辣”，稚嫩的童音飘荡在小山村。一旦下雨，教室便有了小溪，到处湿湿的。颜老师撑一把伞朗读“日照香炉生紫烟，遥看瀑布挂前川”的诗句。大家挤在干净的课桌旁，陶醉在朗朗的读书声里，渴盼的眸子熠熠生辉。

颜老师30多岁，看上去很秀气，白白净净。我第一天去报到，全校还只有三四个孩子，现在听村里人“老颜老颜”地喊，我突然发现，颜老师一夜之间变成白头翁了。既然我的手能指笋成“聋”，何不把颜老师的头发变得乌黑发亮？我还想把学校推倒，学校倒塌，我们就有机会搬进新校舍。有了新学校，我们也不用在雨中求学了。于是，我一边念念有词，一边盼望学校在瞬间被我夷为平地。我的额头开始冒汗了，我发现我的手一点儿也没用，根本不能搞倒学校。我不服气，嘟囔着走近学校，想把那几棵撑墙的杉树移开。

乌云笼罩了天空，又下雨了！我急忙钻到屋檐下。紧接着一道闪电，反射出阴冷的光，令我心惊肉跳。雨越来越大，天也越来越黑。学校后面传来几声巨大的“轰隆轰隆”，伴随着泥沙下落的声响，整座山似乎都要压下来……我好害怕。

又是一道刺眼的亮光。我欣喜若狂，站在我面前的是颜老师！全身湿透的他弯腰蹲下来，背上我迅速离开学校。

不到两分钟，学校轰然倒塌，我刚才所站的位置，完全被沙石泥土覆盖。我跟老师说对不起，不该对学校乱指，学校是被我指倒的。颜老师喘着气说：“傻孩子，春笋是生了虫子才变‘聋’的，你的双手是用来书写未来的。”

秋季开学，我们搬进了新学校。颜老师左手捏一截白色粉笔，在黑板上写了一个大大的“手”字。他的右衣袖空空荡荡。那年捡干柴，颜老师摔断了右臂。

盼望拥抱的日子

孟老师个子不高，梳着齐耳短发，脸庞白净，一笑露出两汪酒窝。她常着一件素白罩衣，上面星罗棋布地点缀了一些梅花，一簇簇地开满了屋子，开满了我桀骜不驯的童年。

班上搞文艺表演，我跟曹志高来了一段小品。我把书包塞进衣服下面，夸张地捧着隆起的肚子，尖起嗓子，扭捏地说："老公，我怀孕了。"曹志高配合默契："真的吗？是我的孩子？"我故意把肚子一挺："真的，是你的，我们要了吧……"节目完毕，全班哄笑不止。孟老师笑得捂住了嘴，蹲下身去。

课后，孟老师找我谈话。她离我很近，浑身散发出淡淡的芳香。

"你很活泼，又很幽默啊，学业咋那么不尽人意呢？"

我低下头。我没有一个完整的家，爸妈离婚了，我跟爸爸过。爸爸酗酒，拳头没有轻重。

孟老师拍拍我肩膀："我看好你，努力吧，争取考出好成绩。

我不怕考试，每次考试，都是曹志高代劳的，可这一次真要命，孟老师把我和曹志高调开了。我并不气馁，堂而皇之搬出教科书"参考参考"，直至孟老师盯我好几分钟了，我才不得不收起来。我强烈感受到了孟老师双眸中熊熊燃烧的怒火，我想这时候，只要划燃一根火柴，准能引爆整个地球。放学后，我很幸运地被"请"进了孟老师办公室。

已近黄昏，晚归的鸟雀怯怯地掠过窗外的一帘天空，学校静悄悄的。

我趴在桌上，搜肠刮肚写悔过书。孟老师开了灯，在旁边看着我，用恶狠狠的口吻说："写不深刻，就别想回家。"不回家就不回家，反正那个家我也不想回。我有顶撞她的冲动，但没说出口，我发现她生气的样子很好看。

天完全暗了下来，我才有了一丝害怕。慌乱中，撞到了孟老师温软的身上。

"你急了是不是？你急，我不急。"

我还真的急了，我怕爸爸的拳头。不知爸爸今天的心情好不好。爸爸的文化跟他的胡子一样稀疏粗糙，他每天骑一辆破摩托车四处打工，担砖，挑石，背钢筋。他起早贪黑，累得够呛。爱喝酒，朝我吹胡子瞪眼，不分青红皂白地揍我。趁老师不注意，我拔腿就往外跑。也许是刚从光亮中出来，一下陷入黑寂的世界，有些不适应，我差点摔倒了。我感觉轻飘飘的，一股暖流包围了我，耳畔响起了孟老师柔和甜美的声音："宝生，天黑了，夜路不好走，老师送你。"我使劲一嗅，馨香扑鼻，原来是孟老师紧紧地把我搂在了怀里呀！

那晚我失眠了，烙烧饼一样翻来覆去，反复咀嚼那种母性的味道。

放了暑假，孟老师带我们去附近的青龙潭漂流。我心仪文小菲已久，我要做她的"护花使者"。文小菲换上一袭粉红色泳装，恰似一尾袅娜的美人鱼，可她娉娉婷婷地扭向了曹志高。曹志高有么子好？无非是帮文小菲的奶奶挑水担柴了。好你个曹志高，亏你还是同桌呢！酸酸的感觉涌上心头，我失望至极。

同学们一对一对地上了船，叽喳雀跃，笑语喧哗。我孤零零地伫立岸边，眼泪都要流出来了。

"你是男子汉，来保护老师吧。"笑靥如花的孟老师陡地亭亭玉立于我面前。孟老师一身浅蓝色泳衣，上面开满了青翠的花朵，在阳光下显得格外美丽。

我像一只快乐的小鸟，心情特别愉悦。我和孟老师穿过小桥流水，涉险波峰浪谷，时而屏住呼吸，艰苦过关；时而欢呼尖叫，引吭高歌。几经波折，我们来到了一处宽阔的湖湾。先期到达的同学们早已打起了水仗，湖湾成了欢乐的海洋。

我瞥了一眼孟老师，不敢贸然动手。

“男子汉，犹豫什么？来啊。”孟老师泼水过来，向我发起挑衅。她的无拘无束点燃了我的激情，我马上给予反击。我体格粗壮，力气大，几分钟后，孟老师全身上下被我浇得湿漉漉的，恰似出水芙蓉。

孟老师有点不服输，嘴角微微上翘，起身淋我：“好啊，你欺侮老师是女子，我泼你，泼你。”不料，小船剧烈摇晃起来，孟老师站立不稳，慌作一团；我想要去扶，一个趔趄，掉进了水里。

湖水不深，但我还是喝饱了水，左脚踝受伤，划出了血。孟老师焦急万分地惊呼，同学们赶了过来，七手八脚把我弄到了医务室。医生给我包扎好了伤口。

孟老师流着泪说：“宝生，都是老师害你的。”她弯下身子抱住我，轻轻地亲了一下。她的短发轻柔地拂拭着我的耳垂，她红润的脸上洋溢着一种母性的芬芳。我清楚地听到了自己“怦怦”的心跳，心里乐开了花，满足于故意落水换来了老师的拥抱和亲吻。

孟老师只教了我们一个学期，后随丈夫去了遥远的西部支教，我再没见到她。

井

六月。

两个孩子沿弯弯山路抬了一箱矿泉水上山，给参加“全市关爱留守儿童会议”的代表每人发了一瓶，还剩一瓶。其中有个叫小雨的女生，抹抹额头的汗水，怯怯地把水送到了校长面前。

黑黑瘦瘦的校长架着眼镜，正在介绍情况。学校名叫岩石学校，孤零零地嵌在山旮旯里，以前喝水都困难。全校十五名学生，留守儿童就占十二名。我一人身兼数职，已熬了八年……阵阵掌声之后，市妇联、团委、计生委等十多家单位相继表态发言，校长边听边记，拧开瓶盖欲喝口水润润喉咙，突然发现了小雨他们渴盼的目光。

小雨盯着地上的空瓶，犹豫着蹲下去，哪知其他孩子手脚更利索，抢先得手，跑向后山。那儿有一泓清泉，四方形状，青石垒砌，恰如绵绵群峰清亮的眼，一年四季汩汩汪着。孩子们围在井边，快活地把空瓶灌满水，高高地举起瓶子“咕咚咕咚”吞咽……

“不要脸，抢我的瓶子！”小雨啐道。

“嘻嘻，又没写你的名字。”

“我用什么盛水？”小雨眼角泛起了泪花。

“给你。”校长不知何时到了孩子们身后，把矿泉水递给小雨。

小雨没接。她知道校长讲得嘴唇都起了泡，嗓子也略带嘶哑了。

校长硬是把水塞到了小雨手里，然后跪下去，捧起清凌凌的泉水大口大口喝着。

“好啦，不要玩了，都回教室。城里的客人大老远来看望我们，还有记者要拍照，别鼻涕邋遢的影响我们学校的形象啊。”

孩子们大笑，纷纷掬水擦拭脸庞，一个个糊成了大花脸。

校长站在井边，阳光在他肩头晃动。那井是他带领孩子们一锤一钎凿出来的。

伤疤脸

清晨，校门口挤满了送孩子的车辆。

一辆红色皇冠轿车慢慢靠近马路边停下来，还留下不少的空隙，车主是一个贵妇人。骑摩托车的王心翰载着两个女儿从空隙中经过，皇冠车的车门突然像弹簧一样打开，王心翰急刹车，猝不及防连人带车重重摔倒在地，两个女儿疼得叫个不停。

王心翰顾不得自己额头渗血，赶紧扶起孩子，走向贵妇人理论。

“你怎么开车门的？伤了人怎么办？”王心翰指着女人说。

贵妇人甩了甩米黄色的头发，对着镜子补妆，不理王心翰。

“还有，我的摩托车也摔坏了……你叫我怎么赶去工地上班？”王心翰加大了音量。

贵妇人狠狠地瞪了一眼王心翰，突然提高了嗓门：“瞎了你的狗眼！没看到老娘的车停在这儿？你撞坏了我的车要不要赔？”

“我的摩托车刚买一个月，好几千啊！”

“你知道我的车要多少钱吗？说出来怕吓死你！哼，你赔得起？”

“你开车门也不看有没有人，撞了人不但没有半句道歉，反而倒打一耙要我来赔钱，良心真是被狗吃了！”王心翰一怒之下，推了贵妇人一把，说：“你这女人到底还讲不讲理？”

“你敢打我？！”

“我，我没打你……”

“好哇，你打我，看老娘不搞死你！”贵妇人抓起手机求救。

一位面色黝黑的青年挤进来，笑眯眯地说：“大姐，校门口不能停车，那儿还竖了牌子……”

贵妇人大怒：“关你屁事儿！你也敢来教训老娘？”

“大姐，您大人有大量……本来是您不对……您就给点医药费算了。”黑脸青年依旧面带微笑。

“我凭什么要听你的？你以为你是谁啊？听说过吴笠集团吗？好歹我也是吴总夫人！”

学校预备铃声响起，王心翰拍打着女儿身上的灰尘，叮嘱了几句，看她们眼闪泪珠进了学校。

这时，一辆灰色宝马风驰电掣般冲了过来，很快从车上下来一名衣着光鲜男子，厉声大喊：“谁打我老婆？简直不想活了……县城内外没有我吴笠摆不平的事！”

贵妇人得意地指了指王心翰，吴总眉毛一横，冲上去，挥拳欲打，可拳头还没抡起，后衣领便被人提了起来，就像电影里的慢镜头一样，他那壮实的身子快要悬空了。

“你不问清楚情况就打人，算什么男人？”一个伤疤脸的匪气汉子拨开人群，从后面揪住了吴总。

“好汉，你先放我下来。”吴总吓得脸如白纸，不再嚣张。

汉子抱拳，昂起一张满是疤痕的老脸，环顾左右说：“你是老总，素质应该不错吧，要是有车位，谁也不会随意停车，是不是？”众人附和：是呀，校门口巴掌大，乱停乱放本来就是交通违法行为……女人越听越觉得不对劲儿，拉了一下吴总。

“他……他打我老婆。”吴总摸着痛得要命的脖子，嗫嚅着指向王心翰。

“你老婆是不是爱惹事？”汉子厉声问道，一脸伤痕牵出许多纹路。女人看这阵势，急忙钻进了车内。

汉子把前后经过简单地说了一遍，吴总看见汉子脸上那一条条黑亮的刀疤，蜿蜒如蛇，狰狞可怕，就什么也不说了，乖乖地掏出 500 块钱给了王心翰。王心翰对汉子千恩万谢，然后推着摩托车去修车了。

警察赶过来的时候，吴总夫妇早已溜了。

汉子和警察介绍完事情的原委，待人群散去，便健步如飞，进了一个厕所，看四下无人，松了口气。他抹了一把脸，突然之间伤痕全无，只露出一张黝黑而坚毅的面孔。

默

“马良，你家又没来人？”老师问。

“我爸不在家，我妈病了……”马良勾着脑袋，脸颊涨得通红。家长们的眼光齐刷刷地望向他，羞得他恨不能找个地缝钻进去。家长会开完后，他赶紧跑出校园，也不顾来往车辆死按喇叭，飞快地横过马路，爬上了三月的河堤。

绿柳轻漾，玉兰花开，涟水河两岸蜂飞蝶舞。马良无心观赏春天的景致，脑子里尽是老师的追问和家长们异样的眼神，心里不免涌起一股愧疚之情。

马良求学于湘乡一中南校区，每学期都有家长会。他走出画岭大山，进城读书，最大的烦恼莫过于家长会了。春节过后，爸爸扛起背包迈出家门，回头冲他憨憨地笑：“良伢子，你只管攒劲读，老爸为你挣学费。”爸爸在南方工地流血流汗，回家一趟都不容易，更别说参加家长会了，于是，此项重任就落到了妈妈头上。

第一次家长会，学校特别重视，校门上方悬挂了横幅，且有专人接待，并邀请电视台全程拍摄学生文艺节目。曲终人散，掌声响起，马良望眼欲穿，却不见妈妈的影子。他好难过，躲进宿舍蒙头大哭。也不知什么时候，妈妈怯怯地进来了，扯他的衣角。马良“霍”地坐起，冲到比自己矮一个头的妈妈面前，气咻咻地说道：“本来我不想让你来的……呜呜，要你莫迟到……丢面子！”妈妈抹着汗水，像做错事的孩子，腼

腆地笑着。

金秋十月，马良回家帮忙收稻子。邻人说：“你妈上次进城，早晨五点就起床，走路去的。”马良惊得呆了半天，泪水在眼眶内打转。从画岭到城里，有七八十里路程，妈妈一步一步丈量，不知洒下了多少汗水……

马良过了东山大桥，步入南岸河堤。一条小径青砖铺就，两旁香樟成林，桃红李白嫩紫薇，不知不觉就踱到了主题雕塑墙前。看着第一幅雕塑，马良的思绪又回到了去年，也是这样的春天，阳光明媚，彩旗飘荡，学校组织“徒步东山大桥——镇湘桥——湘乡大桥”春游活动。少男少女们边赏景，边拍照，发视频，小鸟似的奔跑追逐，激情飞扬。当大家观摩主题雕塑时，老师指着第一幅“孟母三迁”，讲述了孟母为了儿子成才煞费苦心的故事，然后话锋一转，说：“个别同学的母亲啊，太不像话了，家长会都不参加，怎么沟通嘛。”说得马良低下了头，不敢看老师。自那次迟到后，马良就不再把开会通知单带回家了——妈妈让他颜面尽失，他不愿她再来学校丢人现眼。一旦老师问起，他就以“生病”等理由搪塞过去。

马良想拍照发给远方的爸爸，可自己没有手机，只能借别人的过把瘾。慢慢地，他的双手软软地垂下去，眼睛盯着不远处的林荫小道，一动也不动。那里有一些新栽的绿化树，培着新鲜的黄土，一群妇女头戴草帽，穿长筒套靴，佝腰植草皮。呵，妈妈就在其中。马良不在家，妈妈闲不住，到处打工贴补家用。妈妈蹲着微胖的身子，双手不停地劳作，头都不抬一下，没注意到马良在看着她。马良心里一热，双眼几欲涌出泪来，一声“妈妈”到了嗓口，却又哑了下去。

转眼到了毕业季，最后一次家长会了，学校强调所有家长必须到场，否则不予发毕业证。这可把马良难倒了。爸爸出门前已做了安排，在学校附近租了一间最便宜的房子，供妈妈陪读，服侍他一日三餐。他默默地吃饭，妈妈不停地夹菜，扇扇子……妈妈目光热切，马良欲言又止。

晚上，马良失眠了，躺在床上烙烧饼。

“马良，你父母也真是的，只顾赚钱，也该关心关心你啊。”老师的话，带着批评的口吻，“高中三年，老师没见过你父母，太不像话了。”

“……我爸不小心摔坏了腿，妈妈心急火燎赶去照料呢。”马良感觉自己的声音有些飘浮，像从喉咙里挤出来的。老师信以为真，摆了摆手，不再追问。

俗话说“儿不嫌母丑”，可我，我死要面子，撒谎不脸红……马良走出教室，忍不住自责，内心一阵痉挛。

听说他娘生他时难产，大出血……

他还在娘肚子里，父亲就进了“聋子班房”。出来后，也不认他，人间蒸发。多亏了现在的父母领养，含辛茹苦，拉扯成人。造孽啊。

为了他读书，他们的亲生女儿早早辍学打工了。

…………

散会后，家长们边走边嘀咕，不免唏嘘嗟叹。

黄昏，天似一方血色池塘。

校门口，喧哗退去，路灯初绽。敲锣打鼓地来了一支队伍，前面三人套着熊猫连体服，胸前背后涂有广告语，七八人紧跟在后，高举花花绿绿的广告牌。一只臃肿的“熊猫”露出脸来喘气，汗珠子豌豆大，头发若水洗。她就是马良的妈妈。她瞥了一眼学校，“哇啦哇啦”地跟后边的人使劲比画，满脸的幸福。

马良学画

马良家对面有一间画室，是知名画家罗老师办的美术培训班，慕名前来学画的学生络绎不绝。

春天里，画室前面的空地上，新栽了一株山茶，叶片上羞羞地滚动着露珠。树是罗老师栽的。一群孩子从画室里飞出来，在前坪追逐嬉戏，笑语喧哗。孩子们嘟着鲜艳的小嘴，说山茶跟罗老师画的一模一样，水水灵灵。大家临摹，浇水，玩游戏，欢呼雀跃。山茶树生机勃勃，含苞吐蕊。

马良心里有虫子在挠，痒痒的。他悄悄地攀上画室窗台，观摩习画，眼睛也不眨，差点掉落地上；有时抢在人群前去浇水，却被男孩们一把推开。他好想跟他们一起学画啊。以前在乡下，他就十分喜爱画画，天上飞的，河里跳的，林间跑的，他都想画出来。舍不得作业本，就拿竹枝瓦砾当笔，于田间地头左右勾勒，描摹童趣。

八岁那年，马良随父母进了城，把家和村庄丢给了爷爷。父母开快餐店，送外卖，兼收废品，每天早上四点多就要起床，忙得像陀螺，哪舍得花那额外的钱呢。没钱交报名费，自然进不了罗老师的画室。不进就不进，偷偷瞅上几眼，一笔一画烂熟于心，回去再揣摩，也是一种满足呵。

马良家位于城中村，屋顶覆盖着石棉瓦，床铺陷于纸箱泡沫盒包围之中。他没精打采地翻着旧画册，盼望父母归来，又淘米洗净，放到燃得正旺的煤炉上。打开旧电视机，却无图无声。拍拍机顶盖，闪闪烁烁跳出些人影，再狠劲擂三下，才“嗡嗡”地发出声音。

十五岁的杜菲走进了一所艺术学校，为了凑足学费，不得不白天打工赚钱，晚上在夜校研习绘画。付不起房租和模特费，他就与码头工人挤地下室，以父母亲朋为描绘对象；天气晴好的日子，就在甲板上、海滩边、乡间小道、农舍庭院竖起画架，描绘故乡那令人欢愉的景色。他后来成了法国著名的画家。马良被电视里杜菲的故事感动得哗哗流泪，拿起筷子在地面默默地温习，一遍又一遍……

夜幕降临，天也完全黑了。马良专注于习画，忽有一股浓浓的烤焦了的气味传入鼻腔，他猛拍脑袋，大喊一声“糟了！”仿佛才从梦中惊醒，坏了，又要挨父母的责骂了。他急忙扑向煤炉，慌乱中打翻了热水瓶，热气腾腾的开水流淌一地，“啊哟，我的腿……”

又到了周末，孩子们兴高采烈地来到罗老师的画室，其中有个小女孩，长着一张红彤彤的圆脸蛋，一双宝石般的大眼睛，会说话似的扑闪着。她细心地发现窗外的马良多日不见了，她握着画笔，心不在焉地涂着。休息时，她一边给山茶浇水，一边瞟向马路对面的石棉瓦棚，忽有人影一拐一扭地晃了一下，正是马良。

她似一朵彩云飘了过去，惊得马良往后挪了一步。

“我跟你同校，七年级 152 班。叫我娟子吧。”她落落大方。

“我，我叫马良，155 班。”马良腼腆一笑，“我的左腿不小心被开水烫伤了，打了针，敷了药，在家再休息一段时间就能痊愈了。”

“不严重就好。你这画的什么？”娟子看见马良手中有一张捡来的广告纸，背面画了一棵树，旁边蹲着一个浇水的小女孩，线条简单，却很逼真。

“她是谁？”娟子的笑声像摇曳的铃铛，清脆响亮。

“随便画的。”马良瞄她一眼，脸就红了。

“偷偷地画人家，不正经。”娟子的声音很细，像会被风吹走，心里却暖乎乎的。

“不是呢。我腿还没好，不能来看你们学画，只能待在家门口，眼巴巴地看着……你第一个出来，给山茶浇水，我就画下来……”

“你要快点好起来呀，到时候，我们一起学画画。”娟子饱含期待地望着他。

马良嗫嚅着低下了头。

“你是担心罗老师不让你进来？他是我舅舅，我要他不收你钱，你就再也不用趴窗台了。”

“真的？太好了！谢谢你。”马良激动得几欲落泪。

转眼又到了春天，娟子兴奋地来找马良，可哪里还有他的影子呢？在十多台挖掘机推土机的“轰隆”声中，城中村已被夷为平地，取而代之的将是十多层高的繁华商业广场。

娟子噙着泪水，久未离去。那山茶开得正旺，缀满了枝头。

最后一次行骗

1

一位背着牛仔包的中年妇女走过来，问："还有馒头吗？"

马良和田亮心思全在下棋上，丽姿观棋入了迷，随口道："有呢，自己拿。"

妇人拿起包，胡乱塞进两个馒头，摸索着递出一张 100 元大钞。

马良接过崭新的钞票，问："有没有零钱？"妇人摇摇头，马良便低头从铁皮盒里翻出 98 元，转交给丽姿。

田亮苦思冥想，却难挽败局。"宜将剩勇追穷寇，不可沽名学霸王。"马良胜券在握，兴致高昂地吟了一句诗，然后振臂高呼："田亮，快拱手投降吧！"丽姿拍手叫好，忽然发现那 98 元钱仍在自己手上。

马良左瞅右瞧，中年妇女不见了。"张丽姿，你怎么不找钱啊？"马良瞪着丽姿说道。

田亮输了棋，心里有些不满，正无处发泄："你不会是贪小便宜，故意不给吧？"马良的误会与田亮阴阳怪气的话，让丽姿十分难受，委屈的泪水悄然坠落："我不是那样的人好不好？那人也太大意了，钱不要就走了。"

2

马良跺了跺脚，转身往大街上跑。到了汽车站十字路口，田亮和丽姿也跟来了。夜幕降临，华灯闪烁，人来车往，却没有他们要找的那个人。

这时，有交警骑摩托车经过，马良如盼到了救星，赶紧上前拦住交警：“警察叔叔，有没有看见一个阿姨？矮矮的，瘦瘦的。”

交警笑着说：“阿姨？大街上到处都是啊。怎么了？”

马良喘了口气，晃一晃手里的钱：“她买我的馒头，我没找钱。”

丽姿补充道：“阿姨背着牛仔包，她嘴角有痣。”

交警说：“这个人我倒是看见了。她走得特别快，还横穿马路，差点儿被汽车撞倒，然后进了城中村。”

“太好了！”三人异口同声地说，“谢谢警察叔叔。”他们飞快地跑向城中村。城中村位于鳞次栉比的楼群之间，马良在那里度过了难忘的三年光阴。后来父母攒钱买了一套廉价的二手房，马良放了学要帮着卖馒头，就再没回去过了。

3

绕过几条贴满广告的街道，沿着一条昏暗而狭窄的小巷，三人走进一家小商店打听。老人指着巷子深处的一间小平房，说：“乡下来的，刚租住不久。”店内有顾客插话道：“听说，她为了给丈夫治病，欠了一屁股债，带孩子来城里打工了。”

马良一路小跑至小平房，拍着门大喊：“阿姨，快开门，找您钱来了。”

等了几分钟，没有动静。马良并不泄气，说：“阿姨，我是惜池路口卖馒头的马良，刚才沉迷下棋，没找您钱，对不起，给您送钱来了。”

“阿姨，是我的错，您走得太快，我忘了把钱给您。”

“阿姨，开门吧。”

哐当一声，门开了，光影里露出一个小孩的脑袋。他头发卷曲，身子瘦弱。中年妇女没有出现。马良失望地张大了嘴巴，丽姿推了一下马良，小声说：“他跟你长得好像啊。”田亮也点头表示赞同。

马良问：“你妈妈在家吗？”小孩不吭声。

马良捧着手里被攥出了汗的98元钱，礼貌地说：“请告诉你妈妈，这是应找她的钱。”

小孩不接马良的钱，反而伸出脏兮兮的右手，说：“我妈给的100元，你带来了吗？”

马良真是丈二和尚摸不着头脑，他看了看丽姿和田亮，顺手从裤兜里掏出那张钞票，放在小孩手心。小孩马上缩回右手，又递出左手，手心里躺着皱巴巴的两元钱。

“我妈说，要收回这票子。”说完，小孩立马关上了门。

为什么呢？三人皆沉默不语，猜测着，思考着。

4

小孩进屋后，一头扑到我怀里，呜呜地哭了：“妈妈，我好饿啊。”我用力搂着儿子，任泪水哗哗地淌。

看到那三个孩子专心地下棋、观棋，我就想到了儿子，不由得良心大发，捂着脸羞羞地逃了。

那是我第一次，也是最后一次行骗。

第六辑　警营文苑

基层民警工作生活的写真

侦破案件，走访调查

保一方平安

情节环环相扣

引人入胜

马良找娘

马良白天替人画像，100元一张；夜晚，火车站地下室一滚，梦里就是故乡。

马良从小喜欢画画，树上的鸟，河中的虾，稻田的蛙，都是他描摹的对象。因家贫，他13岁辍学，跟舅舅进城当学徒。舅舅开五金店，他帮忙看店送货。有一次送货到郊区，发现有人支起画架在写生，他边看边学，天暗下来才知单车和货物都丢了。他好害怕，不敢回店，缩在桥墩下挨到天亮，随流浪者远离了家乡……

此后，马良辗转成都西安兰州等地，靠画像为生，一边流浪一边寻找家的方向。家乡的塔头山，云雾蒙蒙，马良在梦中无数次勾勒，醒来已泪流满面。流落森城后，马良不走了。马良计划攒钱，攒好多好多，等着回家的那天，交给娘，让娘灿烂地笑。他一直固执地认为，会有那么一天的。马良瘦得像粉条了，可他的裤袋日渐鼓胀丰满，厚厚的两万块钱啊。

那天的阳光特别和煦。马良修了胡须，洗净脸面，昂首挺胸向银行走去。大约半小时后，马良悻悻地坐在街心公园生闷气。他没有身份证，银行不给办理存款业务呀。马良左手插进裤兜，摸索一阵，两万块硬硬的，还在。他喘了口气，打算回窝，转身就撞上一堵墙——车站地痞“大胡子”叼着烟头，双眼瞪得像铜锣，满是凶气。马良一惊，后退一步，背脊却被硬物顶得生疼，扭头瞅见一个独眼男人手持木棒，正虎视眈眈地盯着他……二比一，马良落败，两万块钱悉数被抢走。马良忍着疼痛，拼命追赶，“大胡子”和“独眼”分开跑，马良狂奔几条街道，追上“独眼”，抓起旁边肉铺上的菜刀，狠狠地劈下去……

长辫子，圆脸蛋，包菜头……马良左涂右抹，飞快地画出一个中年女人的轮廓。

画完后，他举起双手伸向我手中的手铐。

“她是谁？”我看着那画。

“娘。”马良勾下头，哽咽着。

“20 年了，你还记得你娘长什么样子？！”

“20 年来，我一直在找娘，找我的家，可我忘记地名了，只晓得是东北的塔头山……刘警官，我是杀人犯，罪有应得，可我坐牢就找不着娘了，我想娘，呜呜……”马良抱着“娘”痛哭流涕。

此后，经过我们的不懈努力，终于确定马良家的大致范围是东北的塔头山区。冰封时节，我带队远赴千里之外寻人。塔头山下辖六个乡镇，一百五十多个自然村落，排查难度相当大。雪越下越大，没有一点停的迹象，我和同事拿着肖像画，深一脚，浅一脚，逢人就问，苦苦寻找了四个乡镇，结果都让人沮丧。

当我们走访到第六个乡时,村支书带来了一个腰弯得像虾米的男人。男人在深圳打工，听说村上来了警察找人，坐车赶回来的。男人抱着画像，忽然像孩子似的放声大哭。所有人都愣住了。

“别哭。我拍拍男人的肩，你是马良的舅舅吧。”

男人使劲点头，指着画上的人说：“她是我妹妹。20 年了，我们兄妹的恩怨终于可以化解了。”

马良失踪后，他的父亲急得一病不起，瘫痪在床。他娘思儿心切，把一切怨恨发泄到弟弟身上，责怪弟弟没照顾好马良，虐待了马良，打死了马良，总之，活要见人，死要见尸。在当地政府的调解下，马良舅舅变卖全部家当，一次性赔偿马良家两万块钱。之后，姐弟反目，互不往来，舅舅一家南下打工。

“我没虐待他，没打死他……我清白了。”舅舅已泣不成声。

看守所内，马良迟疑地看着站在我身边的老女人，她发如雪，脸似枯柴……“是俺娘吗？”马良不敢想象。

女人走近马良，颤抖着手摸向马良的眉际，那儿有一道疤痕。

“哥带我到塔头山剁柴摔破的。我记得，娘还打了哥一巴掌……”马良回忆。

女人一把抱住马良，呼号着：“儿啊，你真是我的良儿啊，你受苦了……”

“坏事也变成了好事，感谢警官为我找到了娘……”马良咧嘴粲然一笑，笑得比哭还难看，泪水沿着他瘦削的脸庞往下淌，打湿了娘的白发。

“良儿啊，好好改造吧。刘警官都说了，你那一刀幸亏偏离了心脏，独眼的命已经保住了，大胡子也抓到了。”

一束暖光照射进来，照亮了母子俩 20 年后相聚的温馨。

归

小巷幽暗，人影稀疏。包厢的窗帘拉下来，灯光旋即灭了。

“笃笃笃——”，一阵急促的敲门声过后，警察推门而入，屋内慌作一团。

“又是你！”派出所内，所长张烨盯着小芹。

小芹紧咬嘴唇，低着头，不敢看张烨。每次汇钱回家，她就给自己下死命令，再搞一个月就不做了，可一个月后又接着做了。她记不清这是第几次被抓了。

往年这时节，年味浓郁，小芹正在忙着腌制鱼肉呢。公公去世得早，婆婆患有白内障，一直无钱做手术。三岁那年，她的母亲外出再没归来，父亲茶饭不思，每日阴沉着脸，借酒解愁，在一个雨夜失足落水……在她的记忆里，母亲的形象是空白的。后来，她嫁给了永根，婆婆待她比女儿还亲，让她感受到了浓浓的亲情。从怀孕到坐月子那段时间，婆婆的照顾真是无微不至，她每次想起都有要哭的冲动。她特别想治好婆婆的病，于是她与永根努力攒钱，期待有那么一天，带上婆婆去长沙的大医院做手术，给婆婆一个光明的世界。永根勤劳顾家，跟着架线队走南闯北，一分钱恨不能掰开来花，夫妻俩省吃俭用，左拼右凑，建起了新房，日子虽清贫，却也甘甜滋润。糟糕的是，在一次作业中，电线杆上的横档意外掉落，击中了永根的左臂，导致他整条胳膊都废了……

在家休养，永根的心情就像六月的天气，说变就变，动不动就发脾气，瞪眼吹胡子，摔碗扔筷子。小芹看在眼里，急在心里，决定外出找一份工作。她骗永根说要去深圳，永根相信了她，她挎着蓝花包袱进城，永根送她。蜿蜒山路蛇一样扭出村子，小芹搀扶着永根，踩着薄薄的阳光，默默无语。涟水河浪花翻滚，两岸油菜花低低相望。隔河就是永丰镇，镇上有车开往县城。河水清清凌凌，小船晃晃悠悠，永根呆立岸边久久不舍。

“我们到你家了解了情况，可你也不能作践自己啊。”张烨给小芹倒了一杯茶。

小芹的眼睛红了，头垂得更低。进城后，有熟人介绍她到一家洗浴中心当洗脚妹，每天抱着男人臭熏熏的大脚，搓呀，抠呀，捏呀，累死累活地干着，一个月才一千五百块。这样下去，婆婆的手术费用何时才能挣够？还有儿子过年的新衣和明年的学费呢？不久，她认识了在沿海城市打过工的阿翠。阿翠长相平平，说话轻轻柔柔，笑起来妩媚死了，丰满的身子直往男人身上贴，缠得男人心花怒放。“赚钱不费力，费力不赚钱，小芹，你只要……”她听后，脸倏地红了，火辣辣地发烫。她怎能干那号事？村里有女孩曾误入歧途，女孩的家人在村里始终抬不起头，不管走到哪里，都背负着沉重的耻辱呵。但她终究没能守住底线……

“我们送你回家。”张烨说。“不！不……我……我不回家。”小芹语无伦次，瘦长的脸庞更显苍白。“求求你了，张所长，把我送看守所关起来吧……别人看见我是被警察遣送回来的，我的家人哪还有面子……”短暂的沉默过后，室内爆发出极为压抑的呜咽声，让人揪心。

永丰镇一家超市里，小芹站在琳琅满目的百货前挑选物品：她先给永根挑了一把自动剃须刀，永根平时爱干净，下巴刮得一丝不苟，只是出事后爱发牢骚，胡子也懒得剃了；接下来，她选了一件厚实的红棉袄，胸前背后的“熊大熊二”憨态十足；又买了几盒口服胶囊，送给婆婆保健养眼。结账时，老板说已经有人付了钱。小芹愕然，再看看门外两位身着便装的女警，也就明白了。女警秀气漂亮，热情大方，从城里坐车到镇上，一路多亏她们相伴，才化解了那份尴尬和孤寂。

三人穿过街道，来到涟水河边。寒风乍起，白雾缭绕，时而浓密，时而稀疏，给三三两两的农家庭院增添了缕缕柔和的氛围。小芹寻找渡船，却一无所获，远远望去，一桥飞架南北，车行人往。

真想不到一年多没回家，涟水大桥取代了过河的渡船，变化真大啊，小芹戚然长叹。她转身向女警弯腰鞠了三个躬，擦干泪花，大步向桥上走去。

几片云彩掠过天空，冬阳终于露出了脸，暖暖地洒在小芹身上。

金海岸

村子很安静，偶尔传来几声小孩的吵闹声和嬉戏声，还夹杂着低低的犬吠。

他悄悄地来到了水库堤坝。山背上棉絮似的白云，缓缓移动，云团下面，有一白胡子老人在钓鱼。聊过后得知，老人是水管站守水库的，刚来这里没多长时间。

“野猪冲村的左国忠在家吗？”他问。

老人瞥了他一眼。

他避开老人的目光，扭着头。

“你是谁？”白胡子老人问。

“我是他亲戚，今天是他，他生日，来吃酒的……”他的声音慢慢细了下去。

“哦。左国忠的老婆病得可不轻，好可怜的，天天盼着混账儿子回来……”说着，老人收拾钓具，向水库尾头的库房走去。

他一听，眼角便红了，想要追问老人，可老人已走远了。远远的，又有人走来，他立即转身，快步走向山林躲藏，等待天黑。

眼前的这座小水库，是他儿时的乐园。一到黄昏，库面波光粼粼，像一簇簇金子在跳跃，故名金海。他家就在金海岸边。由于家中困难，父母无力供三个孩子上学，他初中未毕业就在街上学修理。名义上是学修理，实为街头小混混，偷鸡摸狗，无所不干。一天夜里，他们一伙人骑摩托车去偷狗。许是得手次数多了，这回放松了警惕，被主人来了个瓮中捉鳖。外边接应的同伙见势不妙，逃之夭夭。主人一家给他来了个五花大绑，打着火把在村子里游行。主人高呼：“大家快来看啊，抓到‘贼牯子’（意即‘小偷’）了，年纪轻轻的，不学好。”村民皆围拢过来看热闹，一个个义愤填膺，恨不能三拳两脚打死他算了。有人出主意，脱光他的衣服，丢水里浸泡。时值晚秋，河水冰凉，他在水中实在支撑不住了，牙根咬得“嘣嘣嘣”响，连声求饶。可村民依旧骂不绝口，并不理睬他的哀求。乡上的派出所接警后，民警及时赶到才将他捞上岸。民警脱下衣服给他披上，问他哪里人，父母是谁。水淋淋的他打着喷嚏作答，野猪冲村的，父亲叫左国忠，母亲叫陈金英。村民听后，大骂他父母不是人，教子无方，生个贼，不如不生……“张所长，你们警察可得好好管教啊！”事罢，他的母亲陈金英受不住打击，伤心得整日以泪洗面，卧病不起。

此后几年，他并无悔意，破罐破摔，胆子也越来越大，成了团伙的骨干力量，寻衅滋事，盗墓抢劫，样样卖力。警方多次实施抓捕，都让他侥幸逃脱。本地已经无处藏身，他如惊弓之鸟，不得不随“头儿们”外出躲避风声。离开之前，他想潜回山沟沟里，最后见双亲一面。

下半夜，几个黑影摸进了村子。紧接着，伴随几声狗叫，“黑影”把左家包围得水泄不通。来人是一群便衣警察，齐刷刷地闪着手电光，探照灯似的射在他的床头。

“咦，热热的被窝咋就没人了呢？”民警疑惑。

躺在床上的陈金英脸色惨白，断断续续地说：“小牛拉肚子，去茅房了。”

民警迅速扑向茅房，也没人。此时，后山脚下响起了细碎的脚步声。肯定是跑了！民警急急追去。

他跑呀，跑呀，跑到无路可逃了，只有那方墨绿色的水库拦在前头。他毫不犹豫地跳下去，拼命游向对岸。

民警喊："左小牛，上岸吧！你跑不掉的。"

又喊："左小牛，逃什么逃？你对得起你父母吗？"

水中的他继续划动臂膀，不理警察的喊话。彼岸是库房，库房后面群峰绵延，林木蓊郁，进山就等于老虎脱笼了。

民警们没有下水，而是分两路从小道包抄。他已经上了岸，丝毫不敢松劲，喘着粗气攀岩爬石，翻过几道篱笆，借着夜幕掩映，倏地钻进了库房。他手忙脚乱，急于脱掉湿衣裳，灯光猛地亮了，刺眼得很。有人正看着他，是白天钓鱼的白胡子老人。

他嘘了口气，继续换装。

"左小牛，父母也见着了，跟我到派出所去自首吧。"他觉得这声音好熟啊。抬头一看，老人的"白胡子"不见了，他眨眼间变成了张所长，正盯着他。在张所长旁边，站着他的父亲左国忠。

他身子一软，哭着跪了下去。

马良架线

前些年，马良四处打工漂泊，终于在家乡盖起了房子，但也欠了不少外债。老婆身体不好，儿子在读书，经济压力很大。房子一盖好，他就跟老乡去了福建。

马良一直想干架线的活儿，在他看来，绑着安全绳迅捷地爬上高耸入云的电线杆，悬挂好横档，空中坐线，优哉游哉，挣的钱还比其他工种多几倍。不过好岗位大家都眼热，马良太老实，不懂贿赂工头，轮到他就只剩下挖洞这种活了。

“咱要不想整天灰头土脸的，就得去活动。看你也不行，交给我吧。”马良的老乡是个心眼活泛的人。等卡车把一盘盘高压电缆运抵桩位后，他赶紧缠着工头献殷勤，又是槟榔又是香烟的，终于捞到了守线的美差。

守线的第一晚，马良凝望着城市的点点灯火，两眼湿润，心头一片思乡之情。老乡却冲他狡黠地笑，眸子闪闪烁烁，只见他身手敏捷，快速地剔除电缆线外壳，“铜体”尽裸，金色迷人。拗弯，踩扁，扭成麻花状。这捆白天架线剩下的线尾巴，少了几米谁会管呢。但马良害怕，心想：这可是偷啊！

“愣着干啥，还不快帮忙？”老乡白了马良一眼。

马良僵着没动，老乡扔了个袋子给他：“赶紧装起来。等我兑了钱，带啤酒、花生米、猪耳朵回来，咱俩好好喝几杯。”

从此，老乡每次“加班”都喊马良一起。钱到手后，一人一半绝不含糊。工地上干一整天活儿，收入都没晚上这一会儿多。想到加速增长的存款，马良也是满心欢喜。不过，真正轮到他独立“作业”时，他还是胆战心惊，怕被人发现报警。那晚，当他战战兢兢地从回收店老板手中接过钞票时，警察真的出现了……

马良被判服刑两年。进了监室，他颓然倒在小床上，面无表情目光呆滞，内心却翻江倒海，肠子都悔青了。他曾梦想做一名优秀的架线工，上杆架线，组塔吊装，潇洒又惬意。可到头来，没爬一回电线杆，没上一次铁塔，反而稀里糊涂入了狱。

在狱中，抬水泥预制板、拆废旧变压器这类活又累又脏，没人愿意干。马良咬咬牙，抢着上，吃苦受累从不抱怨。电工师傅喜欢他老实肯干，对他悉心指点，于是，他从简易电路入手，整天琢磨线路结构，刻苦钻研，熟练掌握了一些电力知识，成了电工师傅的“编外”助手。他因为劳动积极，表现良好，获准减刑，可以提前几个月回家。

那天傍晚，马良回到村里。他脸颊通红，猫腰低头不敢看人，一路小跑进了家门，抱住老婆孩子放声大哭。老婆一边抹泪一边张罗他吃饭，一家三口围桌而坐，温馨无限。

突然，马良“哎”了一声，问：“怎么不开灯呢？”

“开着呢。”老婆长叹一声，“咱村的电就这样，电力不足，光线特别暗，家家孩子都近视，咱儿子都戴600度的眼镜了。”

马良摸摸儿子的头，不再说话，吃过饭早早睡了。

一个月后，村主任采纳了马良的建议，向上级政府争取到了资金。加装变压器时，马良给电力工人当助手，技术娴熟，令人刮目相看，之后被推荐到乡供电所当合同工，月薪两千多块，乐得他睡觉都能笑出声。

新变压器装好后，重新开闸送电，村里一下亮堂了许多。

大嘴开车

潘大嘴，顾名思义，嘴大口甜，能说会道。

大嘴跑的是省际客运路线。他手握方向盘，嘴里哼着流行歌曲，飞一样地驾驶着客车在公路上奔驰。

“开慢点！”乘客提醒大嘴。

“哥，姐，我专跑这一路线呢。这条路上有几道弯，几个岔路口，我心里都清楚，闭着眼我也能把车安全地开到县里。”大嘴边开车边吹嘘着。

“滴、滴、滴”，有一辆客车相对开来，大嘴明白了，今天这一路没有执法检查。这是他们的暗号：三声响报平安，路上无人查超员超载；两声响为打招呼，有交警执勤，应注意。大嘴听后也给对方发出了三个响亮的喇叭声。

刚转过一道弯，就有一些人拦车。大嘴停下车，打开车门，上来七八个人。他看了一下后面，乘客已坐满，上来的人只能坐在过道上了。大嘴让跟车的售票员——自己的妻子从后面拿出一些塑料小凳，让上来的人都坐下，然后驾车继续前行。

车又行了二里多路，路边又有人招手，大嘴又停下车，准备打开车门。这时，车上就有人高声喊了：“大嘴，你已超载了，不能再上人了。”“就是，这样做太不安全了。”乘客们七嘴八舌地吵开来。大嘴又哥又姐地叫个不停，解释着经营的困难，车里才渐渐恢复平静。

车门打开，那几个乘客全都挤上了车。

客车到了虾米坳，大嘴换了个挡位，准备下坡。前面有一辆大货车，正在缓缓前行，大嘴准备超它，就把方向盘往左一打，将车驶上左边车道，不料前面上来一辆大卡车，大嘴急忙刹车，谁知由于严重超载，客车失控，大嘴眼看就要撞上大卡车，就又往左打了把方向，只听“咚”的一声巨响，大嘴什么也不知道了。

醒来时，大嘴已躺在医院病床上，腿脚不能动。他用手摸摸头，头上裹满了白纱布。这时，妻子说：“大嘴，你昏迷了一星期……咱车出事了……”话未说完，就号啕大哭起来。大嘴问：“其他乘客呢？”“有20多个轻伤，有的还在住院。”大嘴咬咬牙，强忍着泪水说：“别怕，等我伤好了咱照样开车。”妻子哭得更厉害了：“大夫说……你以后可能再也开不了车了。”

大嘴听后，痛哭起来。

招　呼

“猜一猜，我是谁？”一个陌生电话打了进来。声音好熟悉，我却想不起是谁。

“我是陈武。当了副大队长了，连我老同学都忘了！”电话那头是久违了的笑声。

“老同学，难怪声音这么熟。听说这几年，你搞投资发了财，连电话都没一个。有事吗？”我问。

“今天中午12点30分，我老婆在长桥广场开宝马车撞了一个女人。这女人好牛，走路闯红灯了，还说有理。听说她老公在市委，关系硬着呢，所以先给你打个招呼。”陈武粗着嗓门。

“你老婆开车撞的是人，人命关天啊。交通事故电话里讲不清楚，请你相信我，我会公正处理的。”我安慰陈武。

“有你出面，我就放心了。”陈武舒了口气。

“今晚6点红树林饭店，我请你。好多年没聚了。”我邀请陈武。

“红树林，你还记得啊。”陈武爽快地答应了。

刚挂电话，市委办肖楠又打来了电话。

“刘队的电话总是通话中，真是大忙人呵。今天中午我老婆被一辆宝马车撞了，司机是女的，明明是她没减速，硬说我老婆过斑马线闯红灯，真是有钱就任性。拜托老同学了。”肖楠语速极快，显然很气愤。

“嫂子受伤，住院了吗？”我问。

“她还算有良心，事发后及时将我老婆送到医院，垫付了医药费……还好，我老婆只是轻微脑震荡……”肖楠说。

“这起事故，今晚就可以结案。晚上红树林见。”我心里有数了。

下午 6 点，红树林饭店。菜刚上齐，肖楠和陈武先后赶到。

陈武惊奇地看着肖楠：“老同学，你也来了。”

我笑道：“想不到吧。”

坐好后，我们彼此看着，情不自禁想起高中毕业在这里分别的时刻。大学毕业后，肖楠被市委办招录，我到交警队，陈武父亲是人事局的干部，但他个性强，不愿凭父亲关系往上爬，全靠自己打江山。参加工作后，我们有几年没见面了。

“两位老同学，今天中午有一起交通肇事，当事人是你俩的妻子，也是我的嫂子。我把事故认定书带来了，要不要宣读？”

“别念，开始喝酒吧。”肖楠和陈武对视片刻，皆扭头转向我。

“是我老婆不对，开车撞了你老婆，还说有理，等下我要她去给嫂子赔不是。嫂子治疗费和赔偿都由我出。”

“对不起，我老婆闯了红灯才会被你老婆的车撞倒的。别说钱的事，都是兄弟，医药费反正由保险公司负责。”

陈武和肖楠相互敬酒道歉。酒宴散后，我们来到医院，在门口听到了两个女人的对话。

“嫂子，今天是我不对，我过斑马线没减速撞了你，请你谅解，以后我开车一定注意安全。”

“弟妹，我也有错呀，我过斑马线闯了红灯……以后我一定遵守交规，不闯红灯。”

这时，我的电话铃响，又是来打招呼的。

戒 酒

一束强光射在崔茗脸上，刺得他双眼如锥刺般疼痛。他感觉所有一切都是模糊难辨的。

我怎么会躺在这灰暗的屋子里？今早去送货……糟糕，又是喝酒惹的祸。疼痛感让崔茗有了一丝清醒。

崔茗喝酒在村里是出了名的。他曾当过兵，从部队复员回家后搞个体运输，因嗜好饮酒，不但没赚到钱，反而亏了老本。后来经人介绍进货运公司开车，业务不错，收入也可观。儿时的伙伴都窝在乡下种田喂猪，羡慕他挣活泛钱，可他怎么也高兴不起来。老婆迎春不争气，生了三个女儿呀。崔茗虽说不是单传，但重男轻女的封建思想还是有的，失望和郁闷让他无法释怀，只有借酒浇愁了。

日子如柴草，一天天被伐倒。有一次，崔茗给一家超市运输糖果，半醉半醒中就把车开进了农田，整车糖果全翻了，幸亏人没受伤。迎春担惊受怕，哭哭啼啼吵着要离婚。迎春说："我当寡妇不要紧，就怕苦了三个孩子。"崔茗见老婆动了真格，赶紧赌咒发誓再不喝酒了。迎春摇头："你发的誓差不多有一个车皮了。"崔茗双膝跪地，涕泪横流："再喝酒我就不是人，是畜生！行不？"迎春"扑哧"一笑，心就软了。风波平息后不到一月，崔茗又因酒驾出事，撞坏了公路隔离栏，还是交警送回来的。迎春绝望至极，干脆卷起铺盖去了大女儿家。

崔茗一摸脑袋，终于记起来了。迎春赌气离家后，他情绪低落，萎靡不振，恰巧有儿时伙伴邀他唱歌，他的心情才慢慢有所好转。觥筹交错中，他的酒瘾又来了，浑身像长满了虫子，痒痒的……天未全亮，货运公司来电话了，说有一批货要得急，让他赶紧去。天公不作美，细雨纷飞，他揉着眼睛，醉眼迷离地发动了车子……对了，就是在雨中，有人骑单车，他来不及踩刹车，出事了，后来什么也不知道了……

崔茗努力尝试着坐起来，可身子僵硬，怎么也动弹不了。

不会吧！不会的！崔茗使劲一眨眼，眼角便涌出两颗豆大的泪珠。他像不停旋转的陀螺，被生活抽打着，每天不知疲倦地忙碌奔波。好在苦日子总算熬到头了，两个大女儿嫁人生子，过起了幸福的小日子，小女儿也在去年考上了大学，前途一片光明。每当一家人团聚在一起，其乐融融地唱“咱们老百姓今儿真高兴”，多么的温馨和美啊。可现在，这一切似乎都不存在了。

怎么没看到迎春的影子呢？这么大的事，不会不知道吧。还患难见真情呐，都是骗人的！呸！可这“呸”字还没出口，崔茗就被两个白衣男子粗暴地架起来，像押罪犯似的拖到了另一间房。

“你们想干什么？”崔茗想喊，却喊不出声。

房间暗淡，前方墙壁上悬挂了一块长方形“镜子”，镜内人影晃动。崔茗睁大眼睛，终于看清那是液晶电视。里面那个打扮时尚的中年女人，就是迎春。这个女人，老子出了车祸，你却逍遥快活，喜笑颜开——在一家富丽堂皇的大酒店里，迎春身披婚纱，满脸幸福地挽着一个陌生男人的臂弯，在三个女儿的簇拥下，清晰地向他走来。这怎么可能？你凭什么结婚！难道我死了吗？

崔茗心如刀绞，痛苦万分，房间突然陷入黑暗，紧接着，门“吱呀”一声开了，幽灵似的闪进来一个单薄的身影。“幽灵”不作声，直接飘向崔茗，吓得他哆嗦着后退，无处可逃了，缩在墙角瑟瑟发抖。“幽灵”阴阴怪笑：“你好好看看，我是谁？”崔茗强作镇定一瞅，妈呀，这不是那个骑单车的女子！怎么如此血肉模糊，狰狞恐怖？“幽灵”伸出长长的舌头，说：“我本来被保送上了清华，被你害的……”

“不，不，我不是故意的……”崔茗惊叫。

瞬间，房间内所有的灯光全亮了，崔茗痛哭流涕，汗湿衣裳。

原来，事故发生后，女孩子受伤，而崔茗醉倒睡着了。现场交警曾试图把他扶出来，但刚扶出驾驶室站好，崔茗又瘫软下去，跌倒在地。后来他上救护车，也是两名交警架上去的。交警从崔茗手机上找到了迎春的电话，迎春和女儿们急忙赶了过来。迎春见崔茗醉得不省人事，伤心之余，请求医院帮忙导演了这出戏。

此后，崔茗滴酒不沾，成了一名文明交通安全宣讲员。

擦鞋的女人

“擦皮鞋啵。”她笑意盈盈地朝我走来。她看上去三十多了，青袄子，灰棉裤，戴一顶手工毛线帽子。我歉意地搓搓手，呵着热气，继续往前走。

“擦皮鞋咯。”她又快步抢到我前面，我不好再拒绝，依了她。广场路灯次第放亮，人行道上橘黄遍地。她擦得很仔细，偶尔睃我一眼，抿抿嘴，笑了。我猜想，她是为拉到了客人而沾沾自喜吧。不久，她从光影中抬起头来，一脸欣慰。

我站起来给钱，她却不接，只顾收拾工具。“收钱啊。”我说，她把我的手挡了回来，笑容灿烂：“你是法官，不要钱。”

“那怎么行？”我把钱给她，掉头就走。转念又想，我没穿制服，她一个擦鞋的陌生女人，怎么会知道我的身份？我停住脚步，扭头一看，她伫立在寒风中，目光热切地看着我，像田埂上的一蓬野草。

“你是？”我迎她而上，广场已无人影，只余凛冽的寒风。“我是小美啊。”她冲我使劲地笑。我搜肠刮肚，努力回忆，却想不起来。“你给过我钱，我一辈子都记得……”为了让我看清楚，她整张脸都凑得很近，那双惊喜而略带羞怯的眸子，一下子把我拉回到了八年前那个雨雪纷飞的冬天。

那时的她，又矮又瘦，穿着拖鞋怯怯地走进了法庭，通红的脚趾露在外面，身子冻得瑟瑟发抖。我看在眼里，心都快融化了，几欲掉泪，

当即取来一双新鞋子，让她换上。“这是送你的生日礼物。”我说。

“真的吗？我的生日，自己都不记得了。”小美凄然一笑，又放声大哭。

小美的父亲病逝，母亲改嫁，初中未念完就辍了学。结婚后，她跟着丈夫进城打工。丈夫好吃懒做，三天打鱼，两天晒网，钱没赚到，却把她洗碗端碟子的钱输个精光。小美说他，他不爱听，两人经常斗嘴吵架，进而上演“全武行”，他竟粗暴地拽着她的头发往墙上撞……两人最终以离婚收场。她孤单一人，四处找工作。在劳动力市场，有人主动问她要不要发大财。她急于求成，满口应答，不料掉进了那人设下的圈套——此后他们专门在公园火车站合伙诈骗他人钱财，屡屡得手，最后被派出所抓获，锒铛入狱。她悔恨交加，觉得自己的人生完全毁了，整日以泪洗面。庭审结束后，我到看守所给她送达判决文书，并塞给她八百块钱。我叮嘱她，出去以后好好改过自新，不要再做糊涂事。她不停地说着“谢谢”，眼泪如断线的珠子……

“是你啊，小美，我差点认不出了。”我高兴地握住她的手。

“我早就认出刘法官了。是你帮助了我，温暖了我……出来后，我在城里租了房子，摆摊擦鞋，自谋生路。”她的眉间舒展开来，笑脸轻漾。

大雪封路

鹅毛大雪纷纷扬扬，飞舞着，旋转着。

“这鬼天气！”小王拍打着雪花，嘟囔着钻进了驾驶室。一路上，坐在后排的小燕泪眼汪汪，啼哭不停。她报案称，她的小爸胡满跟着大爸何军出门后，已经两天没回了。胡满乃何军的结拜兄弟，无儿无女，一直单身。6 年前，小燕过继给胡满当女儿，呼其为“小爸”，喊何军为“大爸”。两家平素来往密切，自小燕到胡家后，就更显频繁，好得几乎成了一家人。正月初四上午，何军请胡满伐树，胡满二话不说，带上油锯出了门，之后失联。

路面积雪太厚，警车艰难地抵达村口，已无法前行。待小燕回家后，我和小王踩着冰雪来到何家。何家是一幢旧式两层楼房，屋内陈设简陋，楼顶蛛丝晃荡，尤显空落冷清。何军胡子拉碴，斜躺靠椅，神色落寞。见到我们，他表情淡漠，爱理不理。我出门绕屋转了一圈，雪花呼呼地直往脖子里钻，冰冷入骨。

“你老婆翠芳呢？”

“外面野去了呗。”

“胡满跟你走的？”

“是的，初四请他锯树，锯了会儿，油锯就坏了，他去街上修理……后来我再没见到他。”

“走，上山看看！”

我们跟着何军爬上他家屋后的云山，穿过大片茂密的树林，到达锯树地点，已是气喘吁吁。果然，那儿有一株粗大的杂树，底部有一圈锯痕。我仔细翻弄周围雪地，试图找到一点蛛丝马迹，却一无所获。小王试探着朝山里走，但雪太深，风又猛，被迫退回。我命小王等人先带何军下山，又费尽周折攀上云山之巅，极目远眺，感叹这雪下得真不是时候。画岭偏僻，点缀着几处楼宇建筑，一条水泥路猪肠子般蛇行蜿蜒，逶迤十多里才与大公路相接。倘若何军背锯上街，“猪肠子”是必经之路，不可能没人看见啊。

两天后，雪住了。我正在清除院内积雪，忽然接到小燕的电话，说她小爸找到了，在邻县码头打工。

“找到了？你接的电话？”

“大爸告诉我的。”

胡满外出打工，为何不自己给小燕打电话，却要何军传话呢？我决定再次调查何军。进入村道，白雪尚未消融，路面打滑，小王小心翼翼地驾车前行。到达后，我询问打电话一事，何军拍着胸脯：“刘所长我不骗你，胡满真打了电话，他在码头干活，三千块钱一月，还邀我去哩。”我盯着何军：“电话号码呢？”他一愣：“不，不小心删了。”

下半夜，寒风凛冽，冻得人直哆嗦。我带人隐蔽守候在村头，一团黑影慢慢地蠕动，“咯吱咯吱”声渐渐靠拢。我们悄然下车，大喝一声“站住”，几束强光射向黑影，正是惊慌失措的何军。

“何军，这么晚了去哪里？”我问。

“打，打工。”他脸色惨白，吞吞吐吐。

“别演戏了。大雪封路，你逃不出去，当雪住天晴，你就谎称胡满在码头打工，想要转移我们的侦查视线，为出逃作掩护。我们调查了，码头根本没有叫胡满的工人，干一个月也才两千多，初四那天，也没人见过胡满上街。最重要的是，第一次上你家，我在你家杂屋草垛里发现了一把锄头，上面有新鲜的泥土印痕。新春佳节，冰天雪地，你拿锄头上山挖什么？”

“挖……”他瘫了下去。

何军原本有个幸福美满的家庭。儿子两岁时，何军外出谋生，很少回家，翠芳留守老家，一些重体力活都是胡满相助，一来二去，他们走到了一起。何军知道后，也曾骂过闹过，也想过要离婚，但又有了女儿小燕，为了家庭稳定，只好忍耐着，煎熬着。6年前，翠芳提出要把小燕过继给胡满，何军不同意，她就以离婚或出走相逼，他不得不在协议书上签字摁手印。今年初四，翠芳跟何军摊牌了，过了元宵节，她就随胡满去工地煮饭。何军心知肚明，小燕长得太像胡满了……他的心情糟糕至极，喝了不少酒，多年的心火如地下的岩浆奔突不息，遂骗胡满上山，趁其不备，用砍刀猛击其头部，然后背至深林，挖坑掩埋……

次日，何军带我们再上云山，在丛林深处挖开一处灌木虚掩的雪地，找到了胡满的尸体，还有油锯、作案凶器……翠芳母女早已昏厥过去。

何军垂着头，神色漠然，悔恨的泪水沿腮而下，滴到了冰冷的手铐上。

刁子鱼

晓兰收拾好厨房来到客厅，瞅见老公张烨正在看春晚重播，儿子欣然坐在沙发上啃饼干。

“你还没去？”晓兰指着欣然旁边一盒包装精美的礼品，“风味刁子鱼，水府庙特产，欣然舅舅旅游带回来的，送你们秦局长尝尝，有什么不可？”

张烨盯着电视荧屏，没理晓兰。他警校毕业后参加工作，从社区警务室到乡镇派出所，摸爬滚打二十余年，至今还在全市最偏远的岩石派出所任所长。他忙于工作，无暇谈恋爱，三十多岁才结婚。

“我说你怎么这样窝囊，真打算在那穷乡僻壤干一辈子？你们龚副局长马上要调任城管局长了，许多人可瞄准了那个空缺！”

“嘻嘻，副局长比我副班长大吗？”欣然咂巴着嘴巴，插了一句。欣然七岁了，活泼可爱。

张烨刮了一下欣然的鼻子。欣然抱着饼干盒跑进了厨房，又从厨房折回客厅，像个快乐的小精灵。

“这么多年了，我从来没到上级家拜过年。你说，要我提着礼品去局长家，街坊邻里怎么看？”

“死脑筋！”晓兰哼道。

一会儿，看守所长老张打电话过来拜年。寒暄中得知，老张已去过局长家，还有治安孙大队、刑侦汪大队、禁毒钱教导员等一大帮局属单位的头头脑脑。张烨不便明问他们是否送礼，忖度之余，就有了想法：新春佳节，下属给领导拜年，也并不见得那么灰暗，人之常情嘛，只要不送贵重的礼物，也不算违纪。

次日傍晚，张烨提着礼盒，悄悄地来到秦局长家，可局长去慰问离退休老同志了，还没回来。他下意识地扫了一眼，看见桌上摆着几幅本市书画名家的作品，角落里堆满了茶叶花生等土特产，便松了口气。他不顾局长夫人的阻挠，撂下礼品，赶紧走人。

春节过后，张烨到局办公楼参加收心会，在走廊撞见了秦局长。没想到，秦局长主动跟他打招呼："小张，你工作扎实，任劳任怨，既有热情，又有策略，岩石辖区治安良好，民调不错，加油哟！"秦局长的话意味深长，说完后还拍了拍张烨的肩膀，拍得他心儿暖暖的。

"谢谢局长鼓励，我会更加努力的。"张烨热血澎湃。

"刁子鱼味道不错。"局长笑眯眯地看着他，"贵吧？"

"不贵，不贵。"张烨赶紧接话，"局长喜欢，下次再让我小舅子带几盒回来。"

恰巧，秦局长电话响了。听完电话，局长说有要紧事，摆摆手，就走了。

"看来局长大人也并非圣人啊！刁子鱼，我的宝贝亲亲，升迁有戏咯！"这样想着，张烨走出机关大院，内心舒服极了，感觉天是那么湛蓝，树是那么翠绿，枝头小鸟又是那么欢欣。

"你要是早听我的，多到领导家串门走动，意思意思，联络感情，说不定早就离开了岩石乡，当上了副局长。"吃晚饭时，晓兰开始表功了。

"老婆英明。"张烨端起酒杯，一饮而尽。

不久，张烨如愿以偿，被局党委提拔为副局长，分管农村综治工作。高兴之余，张烨不免又有些担忧，老张等人都"拜年"了，却没有他们想要的结果，会不会闹情绪，捅出他送礼这个"马蜂窝"呢？带着一肚子疑问，张烨忐忑不安地走进了局长办公室。

秦局长微笑着起身："小张，快请坐。"

张烨不知局长葫芦里卖的什么药，一脸茫然地站着。

"这是刁子鱼的钱，一千块，够不够？"秦局长的口气不容拒绝。

"够了，够了。"张烨接过钱，脸色通红，十分尴尬。

"小张，我还要谢谢你。"秦局长紧紧握住张烨的手，郑重其事。

"谢我？"张烨嗫嚅着，睁大了眼睛。

"谢谢你的'防腐剂'啊。拜年的其他同志都被我狠狠批了一顿，并责令做出深刻检讨，礼品都拎了回去，只有你的最特殊，我就收下了。"

秦局长捧出张烨送的那个盒子，打开来，里面赫然放着一瓶"防腐剂"！"你长期从事基层派出所工作，经验丰富，早就是局党委的考察对象了，这次任命，也是众望所归，有为就有位嘛。谢谢你，它让我防微杜渐，时刻保持清醒头脑，做到廉洁自律。"

张烨后来才想起晓兰做果酱时用的那瓶食用防腐剂无故失踪的事情，估计是调皮的欣然把它放在了刁子鱼盒子里，后来忘记拿出来了。

站　台

“孩子，上车吧。”他劝女儿。

“我要看着您回。”来花说。

“一年多了，老爸还会丢？放心吧，等下来车你就上。”

又一辆大巴驶离站台。

“爸，您看天色不早了，回吧。”

路灯次第绽放。他纳闷了，这天，怎么一下就黑了呢？

他是杀猪匠，性躁，嗜酒，一直单身。有一天，村里进来一对外地母女，他炒了猪肝，让母女饱餐一顿，母女就留了下来。他哼着小调，抱起女儿往天上抛，取名来花。来花娘因病去世后，曾有陌生男人进村找到他，想要领养来花，村里人也劝他放弃算了，一个老男人拖着一个孩子，苦巴巴地供她求学结婚成家，之后就是黄土一堆，不值呀。他低头喝酒，不作声。来花扑过去，抱住他蓬松的头，放声大哭：“爸，我不走，就不走！”他拢紧来花，热泪纵横。

去年暑期，他到福建修桥梁，喜获女儿高考上线的消息，来回奔跑，逢人就夸：“俺来花可是村里第一个女大学生！包工头林总过来道喜，他讨要工钱，想送女儿去报名，林总说工地人手少，工期紧，款不及时，要不先预支一些，他说声“要得”，反正跑得了和尚跑不了庙的，捧着一千多，喜滋滋地走了。

送来花上学后，他又马不停蹄返回工地。女儿读高中时，在音乐方

面表现出良好的天赋，特别弹得一手好钢琴，在全省比赛中获过奖。上大学后，女儿想利用课余时间到钢琴班深造，他岂能拖后腿！电视里那些选手，哪一个不是多才多艺。只是为了来花上学，他已经债台高筑了。

到工地后，拗不过工友们笑请喝酒，他已有了一些醉意，欲找林总要钱供女儿学钢琴。可林总不在，饭堂专门替他炒的猪肺还在锅内热着。

“这家伙即使在，也莫想搞到一分钱，他的钱都塞给女人了。当年，他攀上建筑公司老总的千金，狠心抛弃了妻女……”

“工程款早就下来了，怕是被林总吞了。你们看，车都换成了宝马。”

“姓林的每次胸脯拍得当鼓响，‘阎王不少鬼钱’，那是放屁！”

他越听越烦，想到几次讨薪未果的尴尬，气咻咻地走了。月下，他晃着头，酒气直喷：“大年三十，老子一把杀猪刀趟进村长家，硬是要回了来花娘俩的责任田。哼！莫逼俺！”

又一辆大巴停靠站台，人挨人挤向车门。

他又催促女儿上车，可来花上不了，始终游离在人群外围。

站台上的人有增无减。

来花把手中的水果递给他，说：“要您莫买，携带多不方便……您带回去慢慢吃吧。”

“叫你拿着就拿着！往后……想买都没机会了。”

来花惊讶地看着父亲，说：“您瞒着我在深圳做了一年也不告诉我，现在我知道了，不就在郊区嘛，远是远一点，我会常来看您的。”

“我是说以前给你买得少。嘿嘿，水果营养，看你面黄肌瘦，哪像我女儿。”

“我比亲女儿还亲。”来花娇俏一笑。

“孩子，学习不要太累，要一步一个脚印，你的路长着呢。老爸没文化，也没本事，将来你有出息了，怕是不记得我这老头子咯。”话毕，他转过身去，瞥了一眼站台上的宣传栏。昨晚跟女儿联系后，他从早上盼到中午，一直在站台徘徊。他到深圳后，从不外出，下了班就睡，可一直没睡过安稳觉。有时半夜噩梦惊醒，猛地坐起，惶恐不安，汗水涔涔。

“怎么会呢？”来花看着父亲。一年多没见面，父亲苍老了许多。

“放了假，记得去你娘坟头烧点纸钱。你娘一定孤单落寞，芭茅草恐怕个把人深了。”

“爸，放假还早着呢，您？”来花双眸噙泪。

“想你娘呗。”他背过身去，揉擦眼睛。

目送大巴载着来花远去，他挥动的手无力地垂下。抬眼望，初月悬上空。去年那个月夜，醉醺醺的他在工地附近街头瞎逛，回味工友们的话，想着难于到手的工钱，他咬咬牙，买了“毒鼠强”，溜进饭堂倒入那碗猪肺菜，事后才知，林总竟是来花的亲生父亲！

他最后瞟了一眼站台，丢下几声沉重的叹息。宣传栏里张贴着省高院关于敦促在逃犯罪嫌疑人投案自首的通告。

天上半个月亮，拉长了他的影子。

鱼非鱼

若菲是一尾名贵鱼，体态妖娆，风度翩翩，极具王者风范。

经过层层筛选，若菲九死而后生，把一片泽国搞得风生水起，颇受渔人器重。久而久之，渔人提拔若菲为总管，投放至泽国最重要的岗位——桃花源垂钓休闲中心。“桃花源”距城三公里，翠绿丛林中掩映着一排农家乐式庭院，清亮的湖泊，鹅卵石铺就的小径，细柳衬香樟，幽静怡人。若菲每天带领鱼群，在这方水域尽情游玩，在水草中翻跟斗，在假山假石间穿梭嬉戏，享受着，快乐着。

清凌凌的水底，彩虹似的弯着一座桥梁，香甜的食材遍布桥的另一头，闻之便让鱼们陶醉，轻飘飘的，麻酥酥的。对于食材的调配，渔人可谓费尽心思，不舍昼夜，才大功告成。若菲告诉鱼们，只有跨过“彩虹”，鲤鱼跳龙门，才能咬到香喷喷的饵食，香饵并非唾手可得，可得看你的本领。鱼群鱼贯而过“彩虹”后，经不住香气的诱惑，拥挤不堪，秩序大乱。所有鱼儿铆足了劲，争先恐后，哄抢那些美食。

“就知道挤！没素质，真可怕。”若菲嗔骂。一个一个来，排队咬食，都有机会的。第一竿市领导的，第二竿分管副职的，第三竿国土建设交通部门的，第四竿……在一阵哀号声中，上钩的鱼儿随钓竿上扬而优雅地露出水面，没排上队的，哭红了双眼，只能等待下一次的临幸恩宠了。

名贵鱼队伍中，小叼最不起眼，却最悲哀最凄惨。他第一次跟父母出游，就眼睁睁地看着父母从水底消失了。小叼擦干眼泪，细心观察若菲的一举一动，隐约觉得，若菲就是谋害鱼群的帮凶。为什么每次冲关，她从不咬钩，却极力怂恿其他鱼们向前冲呢？最蹊跷的是，她从不当众就餐。小叼个头小，在一碧万顷的水域里，像一粒泥丸或一痕枯叶，渺小得几乎不存在。他趁若菲没注意，偷偷游到柳荫下面躲藏起来。柳荫是禁地，不允许鱼群踏足半步，一旦被看守鱼丁发现，便是死罪。

小叼分外小心，屏气凝神，窥见若菲倏地闪进柳荫，紧接着，稠密的铁丝网挡住了其他鱼类，柳荫就成了若菲独享的水晶宫。她伸伸腿，就有鱼儿给她换上家常便服；她招招手，就有鱼儿端来高档饮食；她点点头，就有专线接通外面的世界，可供守在电脑前的渔人实时获取水下动态信息。她是渔人豢养的家丁，待遇高级至极，她只要听命于渔人，珍馐美味，帅哥豪车，黄金别墅，应有尽有。小叼看得眼睛都快鼓出来了。

若菲的秘密被小叼发现了，就不是秘密了。小叼欲给父母报仇，也想当总管，策划发动鱼群起义。慢慢地，主动咬钩的鱼儿凤毛麟角。鱼们起义的结局肯定是悲惨的。各式各样千姿百态的钓竿每年都列队排满了“桃花源”，成为垂钓休闲中心一道独特的风景线。小叼鼓励大家争口气，要自由，誓死不当奴隶，不被人类宰割，但肚子饿怎么办呢？绝食的后果是鱼肚皮朝天，想翻身都浮不动咯。一夜之间，死鱼漂上了水面，刺眼得很。

渔人急了，蹲柳荫边千呼万唤：“若菲，亲——”

铁丝网内的水底一阵扑腾挣扎，若菲翻着白眼浮上来，一动也不动了。不久，小叼哼着胜利的歌曲，吹出欢欣的气泡，入驻“水晶宫”。渔人窃喜，有了新晋总管，就不愁没法向“桃花源”老板交差了。

“老子前期投放的名贵鱼快死光了？什么原因？”听完渔人的汇报，老板大为恼火，把渔人狠狠地骂了一通，又不惜血本购回另一批，再三要求渔人好生打理，让垂钓者尽兴而归，否则就打包走人。

虽然挨了老板的训斥，但物色到了新的总管，新投鱼群也被调教得

落落大方，训练有素，只要下钩，保证队伍拉得出，战斗打得响……渔人心里高兴，饮酒后眯上眼睛打盹，一觉醒来，钓鱼馆只闻水响，却不见人影。渔人不安起来。自从换了新的名贵鱼后，来此垂钓者寥寥无几，往日，预钓电话接连不断，都是那些开发商，大老板，总经理等等精心为官员们垂钓休闲做准备，待其筋骨松弛身心舒坦后再求办事……可近年来，停车坪空空荡荡，特色食馆冷冷清清，老板忧心忡忡，渔人也闲得心慌意乱了。小叼不合时宜地蹿出水面，显摆功劳，渔人正烦着呢，恼羞成怒，一网兜捞住他，丢上岸，任其一命呜呼也不理睬。

后来，桃花源垂钓中心的“名贵鱼馆”转型为普通垂钓馆，渔人那套豢养技术已无用武之地，不得不面对失业的现实。

老　虎

老姜右手哆嗦着摸向胸口，身子如筛糠般颤抖。

“别动！老实点。”小毛把枪抬高了一点。

“他，他掏枪？”白茹吓得花容失色，紧偎着胡总。

“你别耍花样了。把手放下！”胡总说。

老姜不理黑洞洞的枪口，继续摸索……他掏的是一张火柴盒大小的相片！

小毛松了口气，但枪口依然瞄准老姜。

老姜举起相片给他们看，异常激动地说：“这是我女儿萌萌。她从小喜欢跳舞，刻苦用功，北京有位舞蹈家答应收她为徒，并推荐她进艺院深造，学费 40 万。我没钱啊，我……”窗外，冰天雪地，北风怒吼。

愣怔间，老姜趁机夺枪，对准三人。惊慌混乱中，他们被迫缩至屋角。

“哈哈，老子好不容易搞到一张虎皮，没想到被你们捡了。快点交出来！”老姜拿枪比画，眼球白得吓人。

“你放过白茹吧，她是无辜的。”胡总求老姜。

老姜冷冷地说：“她是你的相好吧，看得出，她很在意你。”那一刻，老姜想到了老婆。她嫌老姜窝囊，一年收入抵不过别人玩几把麻将，绝情而去。那年，萌萌 3 岁。

老姜哼了一声：“我放走她，她要是报警呢？我没那么傻！”

白茹挨着胡总，说：“我不会离开你的。”又柔声道：“我有了。”

胡总扭头凝眸，心里一暖。

啊……呜！不好，虎啸声近，老虎来了。

“虎皮在哪？快把虎皮扔出去！”老姜焦躁地晃动着枪。

虎皮是小毛捡的。他太需要钱了，梦想在城里买一套房子，娶一位妻子，再把娘亲接来享享清福。他在城里贴瓷砖，年前找胡总讨工钱，从初一到十五，嘴巴讲得起了泡，只差没给胡总下跪了，也没要到一分钱。难道一年的工资，打了水漂不成？他忍无可忍，醉醺醺地跌入网吧淘枪，绑架胡总上山，逼其打电话给白茹让她送钱来……之后，在风雪中迷路了，恰巧拾到老姜不慎掉落的虎皮……

“快拿出来扔啊，扔啊！老虎嗅到同类气味找来了，见了虎皮，肯定会离开。”老姜十分焦急。

……不被老虎咬死，也得冻死啊！小毛暗忖。他狠狠地剜向胡总和白茹，解开了紧攥的袋子。白茹抢过虎皮，猛地扑向窗户。

“白茹，别扔！他的话不可信！”胡总急忙阻拦，可来不及了，虎皮已飞出窗外。

啊……呜！虎啸声似乎离得更近了。糟糕，老虎见了虎皮并没离开。

老姜狡黠地笑了：“你们以为扔了虎皮会安全吗？那是老虎幼崽的虎皮。母虎踏雪寻崽，一直跟着我们，它发现只是一张虎皮，不但不会走，而且更易激怒它！我们身上都有虎崽的气味，谁也逃不掉！”

母虎暴躁地走近屋子，前爪搭窗台，击碎了一块玻璃，震得四壁摇晃。

白茹脸色更白，小毛几欲瘫软下去。死亡的阴影笼罩着这间废弃的砖瓦屋。

“你比老虎更可怕！”胡总怒视老姜。

“你以为我想这样？我所做这一切，都是为了萌萌。我既当爹又当妈，吃尽了苦头，终于把她送进了艺术的殿堂，我容易吗？虎皮值钱啊。只是没想到，风雪中遇上了你们。算我倒霉！”

“我不想死，我想我娘，呜呜——”小毛涕泪横流。

“想活着回去，只有一个办法，从你们中挑一人，去外面引开老虎。”老姜指着三人，一字一顿地说道，“枪里的子弹，我留着对付老虎。”屋里陷入死寂。

“我去！”胡总镇定地说道，“我的车陷在雪野，车内有白茹筹的40万，给你吧。你要答应我，送白茹和小毛回家。”老姜点点头。

胡总又给小毛道歉：“假如我不拖欠工资，你就不会绑架我，也就不要遭这份罪……对不起。”

小毛哭了：“老板，我，我好糊涂，那钱……”

白茹眼泪汪汪：“胡哥，你出去，凶多吉少，我们的孩子呢？”

胡总挤出一丝笑容：“好好养大孩子，教育他，做个好人。”

白茹哽咽着说不出话。胡总为了给前妻治病，花光了所有积蓄，尚欠着一屁股债。前妻不愿拖累胡总，逼他离了婚。

胡总一出门，老虎就龇牙咧嘴扑将过来。

刹那间，一片强光照耀，数架直升机盘旋在空中，全副武装的警察从天而降，一下包围了屋子，母虎吓跑了。白茹进山前报了警。

老姜急红了眼，欲拿白茹当人质，小毛奋勇相助。警察破窗而入，活擒老姜，也把小毛给铐上了。胡总和白茹抱成一团，哭成了泪人。

野菜的心愿

雨水洗濯过后，涟水河畔的风光带格外清爽舒畅，草地，坡上，树下，鲜嫩的野菜纷纷探出头来——荠菜、野蒿子、马芷苋，一蓬蓬，一簇簇，墨绿惹眼。

田婶喜出望外，像拾珍珠般掐了一把野蒿子，蹲到水边清洗干净。到家后，动手和面，拌瘦肉葱花，做蒿子粑粑，炸得油亮金黄，盼儿子儿媳下班。

六点整，儿子儿媳回来了。“你们快来尝尝妈做的蒿子粑粑。”田婶额角冒汗，眉宇间却尽是得意。

“嗯，野蒿真香，好吃。”儿媳咬了一口，“妈，您去散步，没跳广场舞啊？”

“晟晟住校读寄学，俺一个人在家，就去河边走走。没想到路边有野菜，就摘回来做粑粑，让你们尝尝鲜。儿子，妈做的粑粑好吃吗？”田婶望着儿子。

对于乡村野味，天上飞的，林间跑的，水底游的，儿子早已吃得发了腻，但他不愿忤逆田婶的意愿，故意嘟起两腮，咂巴着嘴大口咀嚼，一副欢喜得不行的样子。田婶笑了，夺过儿子的碗，一个劲地往里夹粑粑，口里念叨：“好吃就多吃点……”

儿子哭笑不得。儿媳冲儿子挤眉弄眼，幸灾乐祸。

当初，田婶舍不得画岭的瓜果蔬菜，鸡鸭牛羊，怎么也不肯进城。

可是，老伴说话不算数，丢下她先走了——说么子白首到老呢。没了老伴，她再也拗不过儿子，住进了城市的钢筋水泥笼子。孙子晟晟放半月假，大部分光阴田婶要独处，她很不习惯，便也躲在人群后跟着扭广场舞。儿子应酬多，在家吃饭犹如蜻蜓点水，做做样子。每次从外边回来就伸懒腰，歪躺沙发，疲惫不堪，醉眼蒙眬。田婶看在眼里，疼在心里，只要儿子在家，就想给他做好吃的。哪知儿媳总是嘴一撇，揶揄道："您儿子是市领导，才不稀罕么子山珍海味！他吃惯了大餐，煮一把蔬菜漱漱口就行。"

儿子推开粑粑，欲起身。田婶就说："儿啊，这蒿子粑粑可是好东西，过去想吃都吃不上。那时候，队上分的粮食少得可怜，你们一个个饿得面黄肌瘦，你爹带着你哥姐到处找吃的，看见野菜就一哄而抢，还跟人打架，流了血，抱回来煮汤，做粑粑，炒辣椒……你最小啊，两岁，只晓得哭，嗓子都哭哑了。有一次挖野菜，你爹意外发现山上有地窖，里面飘出红薯香。那几天，全家吃上了你爹偷来的红薯，比过年还高兴哩。你最馋，舔着碗不松口……后来，你爹被五花大绑揪去批斗……原来那是队长私藏的宝贝呵。可怜你三哥，本来病恹恹的，因为断了粮，加上感冒，打摆子，送到卫生院，抬回家就断了气……"田婶哽咽着抹眼泪。

"妈，你讲过多次了，讲得我耳朵都起茧了。好，我吃，我吃还不行吗？"儿子端起了碗。

此后，每次看见野菜，田婶就忍不住要采摘一些回去，盼着儿子回家吃饭。好不容易等到儿子回家，可他一进屋，闻到浓浓的野菜腥味，大脑瞬间崩溃，愣了许久才缓过神来。

"怎么啦？"田婶问，"脸色好难看哟，不舒服？"

"没，没有。"儿子支吾着。他想说妈你再莫煮野菜了，却没说出口，他心里有事。邻县偏僻的"农家乐"，建材商人请客，天益大厦项目招标……常在河边走，哪能不湿鞋？噫，兜里有么子硌得生痛，手一

捏，钥匙和银行卡呀！也不知何时塞的。

春雨如油，野菜长势喜人。天刚开晴，田婶闲不住，又去河边了。

“妈，你别煮野菜了！我不喜欢，一点也不喜欢。”儿子回到家，一见桌上有野菜，便板起脸孔，大发雷霆。儿子第一次对田婶发火。

田婶眼眶红了，站起来，说：“儿子，吃野菜好啊，它救过我们的命啊。”

“你不要忆苦思甜了！我又没有大手大脚，铺张浪费。”儿子反拱双手，背对田婶。

“你是没有大手大脚，可你变了。当妈的，能不了解自己的儿子？你是从画岭走出来的穷苦孩子，当了官莫忘本，要好好珍惜，不小心就会翻船，变得一无所有，甚至坐牢！妈反正老了，就怕连累媳妇和晟晟……妈不晓得讲大道理，只好煮野菜给你醒醒脑。”

望着那碗热气腾腾的野菜汤，儿子好似醍醐灌顶，倏地跪到田婶面前，泪流满面。

儿子一宿未眠。次日，他主动走进了纪委办公室。